古典詩歌研究彙刊

第二一輯

龔鵬程　主編

第 **15** 冊

遺民詩人方文（1612～1669）及其詩作研究

劉靜誼　著

國家圖書館出版品預行編目資料

遺民詩人方文（1612～1669）及其詩作研究／劉靜誼 著 — 初
版 — 新北市：花木蘭文化出版社，2017〔民106〕
目 2+228 面；17×24 公分
（古典詩歌研究彙刊 第二一輯：第 15 冊）
ISBN 978-986-404-877-9（精裝）
1.（明）方文 2.明代詩 3.詩評
820.91   106000589

ISBN-978-986-404-877-9

9 789864 048779

古典詩歌研究彙刊
第二一輯　第十五冊　　　　　ISBN：978-986-404-877-9

遺民詩人方文（1612～1669）及其詩作研究

作　　者　劉靜誼
主　　編　龔鵬程
總 編 輯　杜潔祥
副總編輯　楊嘉樂
編　　輯　許郁翎、王筑　美術編輯　陳逸婷
出　　版　花木蘭文化出版社
社　　長　高小娟
聯絡地址　235 新北市中和區中安街七二號十三樓
　　　　　電話：02-2923-1455／傳眞：02-2923-1452
網　　址　http://www.huamulan.tw 信箱 hml810518@gmail.com
印　　刷　普羅文化出版廣告事業
初　　版　2017 年 3 月
全書字數　158860 字
定　　價　第二一輯共 22 冊（精裝）新台幣 33,000 元

遺民詩人方文(1612～1669)及其詩作研究

劉靜誼 著

作者簡介

劉靜誼，台灣雲林縣人，國立嘉義大學中國文學研究所畢業，現專職國語文及作文教學。曾編有《指考學測升大學文化基本教材超正典》（蜂鳥出版社）。

提　　要

　　本書乃透過《嵞山集》針對明遺民詩人方文之家世、生平、交遊情形進行梳理，以知之生平際遇及人格特質，並從《嵞山集》中，探討方文其人生境況，與友酬唱吟和，對人生哲理思考的情形。方文詩作頗多，內容題材也相當多樣，包括自然生活、生命歷史、黍離思鄉、酬友弔亡等主題，而方文也以「樸、老、眞、至」等筆法呈現這些詩作內容。藉此研究，可了解方文因異質滿漢文化衝擊，造成其生存與身份認同的危機，而採行旅醫卜的方式游走四方，藉由行旅的漂泊過程解決其人生困境，透過客觀環境的重新認識來尋求自我身份定位，並且追憶逝去的家國。

目

次

第一章 緒 論

第一節 研究動機及目的

　　明清之際，是一個變動的時代，不論是在政治、社會、文化、思想上，均有所變化。在這樣的時代氛圍中，政治上發生民族政權的轉移，文化上出現滿漢異質文化的衝突，思想上理學漸爲實學所代。而王朝的移易，故國遺民自然出現，詩人方文正是身處明清易代的動盪世局，必須面對上述變化與衝突的明遺民之一。

　　方文，原名方孔文，字爾止，又名一耒，字明農，號嵞山，別號淮西山人、忍冬子，安徽桐城人，生於明萬曆四十年（1612），卒於清康熙八年（1669），年五十八，著有《嵞山集》十二卷，續集《四游草》四卷（《北游草》、《徐杭遊草》、《魯游草》、《西江游草》各一卷），又續集五卷。桐城方氏爲皖中頗負盛名的世家大族之一，與明朝政權關係極其緊密，從五世祖方法〔註1〕開始，即在朝爲官，至四川按察司斷事。方法於建文元年（1399）應鄉試，出自方孝孺門下，在靖難之役後，因拒絕於朱棣的入賀表中署名，遂被逮捕，於押解途中投江自沉，這種忠義風範確實影響方氏族人，《嵞山集》卷一〈小

〔註 1〕 方文之一世祖爲方德益，二世祖方秀實，三世祖方謙，四世祖方圓，五世祖爲方法。詳見李聖華：《方文年譜》，〈世系表〉（北京：人民文學出版社，2007 年）。

孤山詩〉序云：

> 我祖斷事公，諱法，字伯通。建文朝舉于鄉，授四川按察
> 司斷事。靖難兵取南京，天下藩臬官皆有賀表。公不肯與
> 名，被逮。至望江，給守者曰：「此吾父母邦也，幸寬我
> 械，容治酒，北向而拜，以盡人子之思。」守者許之。于
> 是衣冠立船首拜，拜畢，躍入江而死。姚鄭孺人，會赦歸。
> 苦節四十人，懷其爪髮，葬于東龍暝山。今戊子七月，八
> 世孫文〔註2〕自楚歸，過望江，歔欷憑吊，求我祖所沉之處
> 不可得。因見小孤危峯崒嵂，莫可攀躋。忠義之魂，當萃
> 于此，故作小孤山詩。（《嵞山集》卷一〈小孤山詩〉序）
> 〔註3〕

觀方文所言，可知其祖德家風，並以其族祖方法爲忠義典範，詩中
云：

> 我祖山澤民，嗣君舉鄉試。厥師即正學，風節夙相勵。（《嵞
> 山集》卷一〈小孤山詩〉）〔註4〕

說明方法出於方孝孺門下，方孝孺因拒爲朱棣起草登基詔書而被殺，
方法以正學爲榜樣，以死明志，可知方氏族人於明清之際崇勵忠節，
實忠義家風所致。

而方法以降，方氏家族以科名仕第不計其數。方文之祖父方學
漸，爲萬曆間明經，學者稱明善先生，〔註5〕著有《易蠡》、《性善繹》、
《心學宗》、《桐川語》諸書，發揚朱子學說，名揚一時。方文之父大
鉉，以進士出身而晉爲戶部主事，而大鉉之兄大鎮，亦官至大理寺卿，
方文父執輩親長，如方大任、方大美，或從兄弟孔炤，甚或子侄輩方
以智等，均爲明朝進士，並獲要職，可見方氏家族與明朝的關係極其

〔註2〕方文自稱爲方法八世孫，乃是自方法後算起第八代之故。

〔註3〕見方文：《嵞山集》卷一（上海：上海古籍出版社，影康熙刻本，1979
年），頁51。本文所引方文之詩作，皆參照此本，以下不再贅述，只
載明卷數及頁數。

〔註4〕方文：《嵞山集》卷一〈小孤山詩〉，頁51。

〔註5〕見馬其昶：《桐城耆舊傳》卷一〈方學漸傳〉（台北：廣文出版社，
1978年）。

緊密。

　　不僅政治上，方氏家族與朱明王朝密不可分；文學上，方氏家族亦出現不少名詩人，如方拱乾著有《坦庵詩鈔》，方孝標著有《鈍庵詩鈔》，方登峰著有《述本堂詩鈔》，方享咸著有《栲舟詩鈔》，方世舉有《春及堂詩鈔》及《韓昌黎詩集編年箋注》，方貞觀有《南堂詩集》。其中方貞觀、方世舉與方文三人，世稱「方氏三詩人」。〔註6〕

　　入清後，方氏遺逸中以方以智父子較為人所注意，但以經學、子學及音韻學為其心力所在，算學更是成就非凡，而一生以詩為性命所寄，首推方文。方文為方以智從叔，明末為諸生，並未出仕，入清之後以賣卜、行醫或任塾師，游食四方，方文於「嵞山先生像」一圖中自題：

　　　　山人一耒字明農，別號淮西又忍冬。年少才如不羈馬，老
　　　　來心似後凋松。藏身自合醫兼卜，涸世誰知魚與龍。課板
　　　　藥囊君莫笑，賦詩行酒尚從容。(《嵞山續集》)〔註7〕

詩中言其字號，示歸隱耒耜之心，表堅守節操之意，其中透露出方文的憤世之情，亦可透視出方文對於改朝換代的悲感心理。本是顯榮家族，國難之災，令其不得不向現實低頭，行醫賣卜，遊食為生，心情之慘淡，不言可喻。

　　方文以詩名世，其詩風可以「樸老真至」一語概括，時志明於《山魂水魄——明末清初節烈詩人山水詩論》一書評論方文：

　　　　……「樸老真至」是詩人春華秋實的結晶，其間浸透著詩
　　　　人一生風塵、幾多辛酸，故而他的詩直白中蘊蓄著悲壯，
　　　　沖澹裡回蕩著淒涼，詩人冥思苦吟的功力，對藝術不倦的

〔註6〕《皖志列傳稿》卷二〈方文拱乾貞觀世舉傳〉中稱方文詩震天下，
　　　　而方文之後，以詩聞名之族輩，一是方貞觀，一是方世舉，故合稱
　　　　為「方氏三詩人」。詳見金天翮：《皖志列傳稿》(台北：成文出版社，
　　　　1936年)，卷二，頁122。馬其昶：《桐城耆舊傳》(台北：廣文書局，
　　　　1978年)卷七〈方氏三詩人傳〉直指方文、方貞觀、方世舉三人為
　　　　「方氏三詩人」。
〔註7〕方文：《嵞山續集》，頁846。

追求，以及對人生哲理的反思，全融進篇篇詩歌裡，就凝
聚成撼動人心的衝擊力……〔註8〕

明清易代之際，此間遺民經歷是有其特殊性的，漁獵爲特徵的滿族文
化進入農耕生活的漢族文化區，異質的滿漢文化相互衝擊，造成明遺
民生存與身份認同的焦慮。對方文而言，家族榮衰與國族興亡所交織
而成的複雜情感，造就質樸而悲壯的詩風；甲申之變，乙酉之亡，山
河激變，人事滄桑，《嵞山集》裡斑斑可考。

　　明遺民文學相關研究，於近世已漸成一股風潮，引起廣泛討
論。明遺民議題中，關於桐城方氏之研究，則方以智、方拱乾等人爲
主，以詩聞名的方文目前僅見朱小利《方文及其嵞山集研究》之碩論
〔註9〕，可惜的是，該論文只淺論方文作品，對於方文的深入研究稍
嫌不足。另有朱麗霞《明清之交文人游幕與文學生態——以徐渭、方
文、朱彝尊爲個案》〔註10〕，以一章節來討論方文謀生與其文學創作，
再加上謝正光先生、時志明先生以及嚴迪昌先生於著作中論及，和少
數清代詩歌史及明遺民研究中略述方文詩作，方文其人及其詩作之深
入研究專著目前仍屬少數，故而筆者興起研究方文之意。

　　知其人且論其詩，明其詩以申其志，立其志而定其名。本文擬透
過方文詩作研究，以見其生平際遇及人格特質，並映現詩人心理漸進
的歷程，藉此對「方氏三詩人」之首的方文做整體性的認識。

第二節　前人研究成果回顧

　　針對明遺民議題研究卓然有成者，有謝正光生生、趙園先生、何

〔註8〕詳見時志明：《山魂水魄——明末清初節烈詩人山水詩論》，第八章
　　　〈身老田園，心繫人間〉第二節〈況當凌絕頂，千峰恣遐眺——方
　　　文的山水詩〉（江蘇：鳳凰出版社，2006年），頁298。
〔註9〕朱小利：《方文及其嵞山集研究》南京師範大學文學研究所碩士論文
　　　（南京：南京師範大學，2007年）。
〔註10〕朱麗霞：《明清之文文人游幕與文學生態——以徐渭、方文、朱彝尊
　　　爲個案》（上海：上海古籍出版社，2008年）。

冠彪先生等人，如謝正光先生編有《明遺民傳記資料索引》〔註11〕，和范金民先生合編《明遺民錄匯輯》〔註12〕等等之遺民重要參考資料外，又著有《清初詩文與士人交遊考》一書，詳論明遺民與清初大吏交遊情形。在《清初詩文與士人交遊考》書中，謝正光先生肯定遺民與貳臣之交往有其積極性的一面，因為清初士人之間的交誼，往往是明末已建立的社會關係之延續與發展，而朝代異動所引起的政治波動，對士人的交往並沒有帶來極大的衝擊，反而造就新的文化契機。〔註13〕

謝正光先生所研究的遺民議題著重於顧炎武、錢謙益等人，於方文雖有專論——〈讀方文《嵞山集》——清初桐城方氏行實小議〉，〔註14〕但僅止於從方文《嵞山集》進行其族人之行實之考查，透過《嵞山集》裡載史般的詩歌，針對方氏族人事蹟、旅食、遊幕情形進行考訂，文中並將方文多首詩作加以繫年，提供筆者於方文詩作繫年上諸多參考資料，但關於方文詩作思想內涵及藝術風格等，卻甚少著墨。

在謝正光先生的研究成果之下，近年來，方文研究已為時人所注意，李聖華先生《方文年譜》〔註15〕一書考究方文詩作及友朋間書問、酬贈詩詞等，綜合各種史料，加以考定，對方文生平有詳細紀錄，其中更重要的是，將方文生平大事佐以史實及詩作，對於方文生平梗概、交友狀況有詳盡的史料及詩篇做為佐證，提供研究者不論是對於方文個人生平，抑或是其詩作研究均有相當大的幫助。

〔註11〕謝正光編：《明遺民資料索引》（台北：新文豐出版社，1990年）。
〔註12〕謝正光、范金民：《明遺民錄匯輯》（南京：南京大學出版社，1995年）。
〔註13〕詳見謝正光：〈清初貳臣曹溶及其「遺民門客」〉，收錄於《清初詩文與士人交遊考》（南京：南京大學出版社，2001年），頁225～226。
〔註14〕詳見謝正光：〈讀方文《嵞山集》——清初桐城方氏行實小議〉，收錄於《清初詩文與士人交遊考》（南京：南京大學出版社，2001年），頁109～181。
〔註15〕李聖華：《方文年譜》（北京：人民大學出版社，2007年）。

　　另朱麗霞於《明清之交文人游幕與文學生態——以徐渭、方文、朱彝尊爲個案》，以一章節來討論方文謀生與其文學創作，並深論方文與李漑林的交往情形，且整理方文與清之新貴的來往狀況，又論及方文之峱山體與白居易長慶體之間的同異，對方文作品的藝術表現手法有深入的探討。

　　而時志明先生於《山魂水魄——明末清初節烈詩人山水詩論》一書中亦有專文論及方文。在〈況當凌絕頂，千峰恣遐眺——方文的山水詩〉一文中，將方文山水詩按其寫作時間和遊歷次序分別五大類型，分別是散見在《峱山集》、《峱山續集》中描寫皖贛吳越等地，自然景色的山水詩；《北遊草》中描寫幽燕風光的山水詩；《徐杭遊草》中描寫徐淮武林名勝的山水詩；《魯遊草》中描寫泰岱齊魯山川、古蹟的山水詩；《西江遊草》描繪贛江一路節物風尙的山水詩，〔註16〕透過時志明先生對於方文山水詩的專論，可對方文山水詩產生整體性認識。

　　在嚴迪昌先生所著之《清詩史》第二章〈眞氣淋漓的方文的詩‧附說方氏族群〉述及方文的身世、人品、交遊及其世族，並對方文詩作有簡略介紹。文中以爲方文詩作具史乘參酌意義，且以敘事手法寫抒情詩，別具特色。針對方氏家族詩風的轉變，亦有精闢見解，然因此書爲詩史之故，嚴迪昌先生對於方文其人及詩作並未有深入性的討論。〔註17〕

　　至於研究論文方面，目前僅見朱小利《方文及其峱山集研究》之碩士論文，可惜的是，該論文只概述式討論方文生平，將方文詩作做概略性的分類，關於方文其詩作背後所隱藏的含義，及其身爲遺民心

〔註16〕詳見時志明：《山魂水魄——明末清初節烈詩人山水詩論》，第八章〈身老田園，心繫人間〉第二節〈況當凌絕頂，千峰恣遐眺——方文的山水詩〉（江蘇：鳳凰出版社，2006 年），頁 296～309。

〔註17〕詳見嚴迪昌：《清詩史》，第二章〈以方文、錢秉鐙爲代表的皖江遺民詩人——兼說地域文化世族〉第一節〈眞氣淋漓的方文的詩‧附說方氏族群〉（浙江：浙江古籍出版社，2002 年），頁 185～199。

境的變化並未深入研究，實爲可惜。

　　綜上所述，可知方文之相關研究僅止於以其詩作爲史，論述方氏家族，如謝正光先生之文；或僅論其山水詩作，如時志明先生之文；又或只做概略性介紹，如嚴迪昌先生之文；或從經濟與文學關係的角度下討論方文詩作及其藝術手法，如朱麗霞女士之作。而筆者回顧前人研究成果，益覺關於方文其人及詩作之全面性研究有其必要性。

第三節　研究範圍

　　方文作品現流傳有《嵞山集》前集，時間自戊寅（1638 年）至丙申（1656 年），分別以詩體分卷，計十二卷。《嵞山集》續集，時間自丁酉（1657 年）至辛丑（1661 年），分：北游草，丁酉年（1657年）至戊戌年（1658 年）所作；徐杭游草，己亥年（1659 年）所作；魯游草，庚子年（1660 年）所作；西江游草，辛丑年（1661 年）所作，又稱《四游草》，計四卷。《嵞山集》又續集，時間自壬寅（1662年）至己酉年（1669 年）所作，分別以詩體分卷，計五卷。故方文作品《嵞山集》共二十一卷。本研究將以上海古籍出版社，一九七九年所出，據北京圖書館藏康熙二十八年（1689 年）原刻本影印，清人別集叢刊之《嵞山集》爲文本，並參以胡金望、方則桐點校之《方嵞山詩集》〔註18〕進行方文其人及其詩作研究。

　　《清史稿》並未爲方文立傳，其傳記資料散見於卓爾堪《明遺民詩》〔註19〕，闕名朝鮮人《皇明遺民傳》〔註20〕，孫靜菴《明遺民錄》〔註21〕，李桓《國朝耆獻類徵初編》〔註22〕，王士禎《感舊集》

〔註18〕方文撰，胡金望、張則桐校點：《方嵞山詩集》（合肥：黃山書社，2009 年）。
〔註19〕卓爾堪：《明遺民詩》（北京：中華書局，1961 年）。
〔註20〕闕名朝鮮人：《皇明遺民傳》（北京：北京大學出版社，1936 年）。
〔註21〕孫靜菴：《明遺民錄》（台北：明文出版社，1985 年）。
〔註22〕李恒：《國朝耆獻類徵初編》（台北：明文出版社，1985 年）。

〔註23〕，陳衍《感舊集小傳拾遺》〔註24〕，馬其昶《桐城耆舊傳》
〔註25〕，金天翮《皖志列傳稿》〔註26〕，鄧之誠《清詩紀事初編》
〔註27〕（台北：中華書局，1970年）。以上可作方文生平研究所用，
均在筆者研究範圍。

舉凡與方文相關之詩話、評論，或其交遊者之詩作提及方文者，
亦在筆者研究範圍，務求能對遺民詩人方文進行全面性探討。

第四節 研究方法及步驟

本論文的研究方法，除傳統的統計、分析、歸納、辨證、整合等
方法外，將參考中西方的文學批評理論。將運用文學社會學的批評
法，以及精神分析、神話原型批評、身體理論等研究方法，細察方文
詩作內容，以此來考論方文詩作。

首先，筆者先據相關資料，先對方文家世、生平、交遊情形進行
梳理。其次，閱讀《嵞山集》後將方文詩作加以分類，並加以分析歸
納，以期進行深入的探索及了解，並作客觀性地探討。因方文人生經
歷曲折，且交游廣泛，詩作數量相當可觀，內容又包含交游、酬贈、
感懷、詠物、懷古等，而詩體有五言古、七言古、五言律、七言律、
五言排律、七言排律、五言絕、七言絕等，可見其各詩體兼備，在如
此多產詩作的情況下，通讀方文詩作，並根據其創作時間加以分類及
分析爲本論文須先處理的重點，亦爲本論文較艱難的部份。

在將方文詩作加以分類、分析後，再針對其詩作內容進行方文內
心世界的探討。當我們在閱讀文學作品時，時常可見一些超越時空且
普遍存在於文學作品當中的現象，這些精神事件會不斷地重複出現，

〔註23〕 王士禎：《感舊集》（台北：明文出版社，1985年）。
〔註24〕 陳衍：《感舊集小傳拾遺》（台北：廣文出版社，1968年）。
〔註25〕 馬其昶：《桐城耆舊傳》（台北：廣文出版社，1978年）。
〔註26〕 金天翮：《皖志列傳稿》（台北：成文出版社，1936年）。
〔註27〕 鄧之誠：《清詩紀事初編》（台北：中華書局，1970年）。

而且常常會產生一種似曾相識或者親身參與之感。通過這些精神事件所凝結的心理體驗，以原始意象（即原型）的型式，在各時代中出現，並被保存在「集體無意識」裡，世代沿傳。這種集體無意識是指人類對於某種事物或特定情景下所表現出的普遍心理傾向、情感態度等精神現象。原型是一種精神共通現象，它的本質就是尋求反映在歷時性中的共時性原則，探求個別事物中的共同性，研究不同個體之間的相通性。

　　榮格以為集體無意識不是從個人發展而來，而是通過繼承和遺傳而來。集體無意識是具有普遍性，它是共同的心靈遺留物，它不是個體在後天經驗中獲得的，而是本能所遺傳，不為個人所覺察、所意識，然而卻處處制約著個人的精神、心靈和行為模式。而弗萊對「原型」的概念則反複加以闡釋，並且亦將其從心理學層面轉向了文學層面。弗萊從具體文學作品與作品之間暗含的聯繫中概括出原型，挖掘潛伏在文學現象背後的深層情感力量和共同感受，揭示人類審美反應的共同心理程序，探討原型現象背後的共同原則、人性模式，把文藝活動中深藏的無意識現象揭示出來。通過原型批評這一過程，看到人類心靈的共同性、相通性、文學作品的某些永恆性、普遍性，進而從更深的層面真正理解文學的創作和欣賞過程中，所包含著普遍人性與個體特性，意識與無意識，承傳與創新等辨證關係。〔註28〕

　　在文學作品中總有一些永恆不變的因素內在地制約著其基本方向，它們作為基因、本源，決定著文學作品的特性，有時表現為否定、揚棄或是反傳統，或是呈現週期性的反複。但是不管如何變化，總是圍繞著人類心靈軌跡在旋轉。而這種相對穩定的不變因素是人對文學的特殊需求的本性反映，它以「模式」和「本能」的方式來體現。所以文學作品原型的背後有心理原型的深層作用。文學作品以特有的方

〔註28〕參見施春華：《心靈本體的探索——神秘的原型》第三章〈神秘原型的闡釋：榮格的原型理論〉（哈爾濱：黑龍江人民出版社，2002年），頁 59～98。

式鏤刻了人類精神原型，追尋原型亦即追尋人性、人類精神財富和它的本質，並使遠古精神與當下心境相互貫通。

文學是一個以獨特方式體現人類精神動的體系，它由人類的本性所決定，文學作品的發生、作品內涵，在在體現人類的精神價值追求，這種追求中包括人類對原型心理體驗的具象化負載、儲存、表達、交流等。由於文學作品中的原型在人類精神現象中覆蓋面廣泛，以至於對於文學作品可以作多方面的解釋，因此詩歌中的原型意象，向上，可以進行哲學理念的分析，向下，可以與作家心理體驗乃至於日常生活情景作對應的分析。據此理論來審視方文內心，就方文詩作中最常出現的意象著筆，藉由穿越詩中這些意象突破詩作表面象徵，深入方文內心意義中探究這位遺民詩人究竟如何自處，如何迷惘與掙扎於世道中，細看其於「理想」與「現實」之間抉擇，在「進」與「退」之間掙扎，面對人生處境的兩難，透過書寫來傳遞內心的迷惘與掙扎，以及未擇殉國而改以拒仕的方式面對明亡後的生活，其間心境的轉折，正是筆者研究方文內心世界的取向觀點。

再者，方文以行醫賣卜方式遊走於江湖山野之中，因而選擇以「行旅」來面對人生的諸多困境，企圖找尋一處心理停泊的港灣，以求暫時忘卻心靈的創痛，獲得短暫的滿足與寧靜。透過這種移動的知覺過程進行創作，而這種創作往往需透過感官的相應知覺來傳達，並藉由可見與不可見的身體探索著這個世界的意義，以這種方式重新與世界建立聯繫，人們亦將重新發現自己。〔註29〕

且方文將家國離亂、有志難伸、失意落拓這些生命歷程一個個被堆疊而成的記憶，以身體作為移動的基礎，透過感知與體會形成一種屬於方文自身獨特的行旅書寫，這些感官移動所形成的影像，讓方文對自身的知覺作一整理，從而在記憶與回憶當中進行自我創作。

〔註29〕〔法〕莫里斯·梅洛——龐蒂著，姜志輝譯：《知覺現象學》第二部份〈被感知的世界〉（北京：商務印書館，2001年），頁262～265。

根據柏格森在《創造進化論》當中所說：

> 我將自己的每一種狀態都描述成一個片斷，彷彿是個分割
> 出來的整體。我說我確實在變化，但在我看來，這個變化
> 存在於從一種狀態到下一種狀態之間的過渡中：對於每個
> 分割出來的狀態，我往往會認爲，在它作爲全部時間的狀
> 態裡，它始終如一。然而只要稍加注意，我就會發現，在
> 每個瞬間裡，所有的感情、意念和意志都在發生變化。

〔註30〕

就算是相同的物體，在不同的時空下，便有不同的感受。以此爲立論
基礎來審視方文行旅途中的創作，將有不同空間感與時間性，亦可就
此理解方文在行旅過程中其記憶與回憶交織激盪下的文學產物，進而
深入這位遺民詩人的內心世界，探究其心理變化之歷程，以窺伺方文
心靈深處的種種衝突與消解。

〔註30〕 〔法〕昂利・柏格森著，肖聿譯：《創造進化論》第一章〈生命的進
化──機械論與目的論〉（北京：華夏出版社，1999 年），頁8。

第二章　方文之生平、交遊及其詩作評價

　　桐城方氏，爲安徽頗負盛名之文學世家，才人輩出。從宋、元起，即爲有名世族〔註1〕，及至明代，五世祖方法爲建元年舉人，官至四川都指揮使司斷事，《桐城耆舊傳》中有載：

> ……建元元年鄉試中式，天台方正學先生典試事，以托孤寄命，大節不奪命題。公既受知正學，歷政臺封，授四川都指揮使司斷事，執法不撓。無何，正學死建文之難，成祖即位，爲永樂元年。諸藩賀表登級，公當署名，不肯署，投筆出。俄詔逮諸藩不附者，公與逮，登舟，飭家人曰：「至安慶告我。」，行次望江，人曰：「此安慶境也。」，公瞻望再拜，慨然賦詩二章，曰：「得望吾先生鄉可矣。」遂沉江死。(《桐城耆舊傳·方斷事傳》)〔註2〕

「建文之變」即爲歷史上有名的「靖難之役」，明惠帝建文元年（1399），燕王朱棣起兵叛亂，至建文四年（1402）攻下南京，惠帝失蹤，燕王朱棣即位，是爲明成祖。跟隨方孝孺腳步，面對奪位的明

〔註1〕桐城方氏二世祖方秀實方謙曾任元朝望亭巡檢，三世祖方法曾任明朝四川都司斷事。

〔註2〕見馬其昶：《桐城耆舊傳》卷一（台北：廣文書局，1978 年），頁 7～8。

成祖，方法不肯屈服，於方孝孺死後投江赴義，以保全節操。〔註3〕
方法不降成祖之事，對方氏家族而言有著極大的影響力。方文《嵞山
集》卷一〈小孤山詩〉中說道：

> 我祖設在今，悲憤復何似。浩浩長江水，小孤山獨異。巉
> 巖如其人，靈爽此高寄。後死者誰子，祖風得無愧。（《嵞
> 山集》卷一〈小孤山詩〉）〔註4〕

方文自言先祖忠義之風可傳為後世典範，方法的節烈事蹟給予易代後
方文的自處選擇一種鼓舞力量，由此亦可見方法之事對於方氏家族有
著相當大的影響力。

　　方文之祖方學漸，字達卿，號本庵，學者私諡為「明善先生」。
方學漸為萬曆年間明經，但不仕，著有《易蠡》、《孝經繹》、《心學宗》、
《桐彝》、《邇訓》等諸書。〔註5〕方學漸有三子，長子大鎮，次子大
鉉，三子大欽，其中次子方大鉉即為方文之父，而方大鎮乃方以智之
祖父。

　　方文之父方大鉉，字君節，號玉峽，生於嘉靖年間，為萬曆年間
進士，本授刑部主事，後改戶部主事，有正室蕭氏，側室有王氏及吳
氏，有四子，孔一為大欽第四子過嗣；方文為側氏王氏所出；孔矩、
孔性為吳氏所出。方大鉉工於詩歌、古文辭，可謂才氣縱橫，在如此
的家族氛圍下，亦孕育出方文的博學廣識。

第一節　方文的生平

一、童年及青少年時期（萬曆四十年至崇禎六年）

　　方文，原名孔文，字爾識，改字爾止，明亡後更名一耒，號嵞山、

〔註3〕詳見《明史・方孝孺傳》卷一百四十一，列傳第二十九（台北：鼎
　　　　文書局）。
〔註4〕方文：《嵞山集》卷一，頁51～52。
〔註5〕見馬其昶：《桐城耆舊傳》卷四〈方明善先生傳〉（台北：廣文書局，
　　　　1978年），頁127～129。

忍冬、明農、淮西山人。生於萬曆四十年（1612）正月初九，因家學
淵源，從小便聰穎過人，六歲時隨父大鉉訪左光斗，席間誦杜甫〈秋
興〉八首，左光斗爲之欣喜，遂與之訂下婚約，《嵞山集》卷二〈噉
椒堂詩〉即詳載此事：

> 我昔登茲堂，總角六齡耳。先君官司農，少保尚御史。老
> 友結重姻，拜謁攜小子。小子幼誦詩，〈秋興〉如流水。抗
> 聲吟席上，少保驚且喜。一首飲一盃，八盃竟醉矣。踰年
> 我遂孤，少保去京市。（《嵞山集》卷二〈噉椒堂詩〉）〔註6〕

隔年，萬曆四十六年（1618）父方大鉉逝，由母親王氏撫育長大，《嵞
山集》卷二〈述哀〉有載：

> 小子生不辰，七齡司徒沒。母年未及壯，守貞志不屈。以
> 母而兼父，教養咸有術，兒長粗能文，母日望簪紱。（《嵞
> 山集》卷二〈述哀〉）〔註7〕

方文父早逝，由王氏母兼父職撫育方文成人，而方文事母極其孝順，
甚至在外遊歷時，心中仍掛念母親：

> 高堂六十又三年，三十三年別所天。爭道有兒能富貴，豈
> 知垂老更顛連。家貧啜菽應難得，世亂浮萍不易還。痛負
> 吾親尤負母，何時歸種北田山。（《嵞山集》卷七〈二月廿
> 一日爲母氏壽懷歸有作〉）〔註8〕

方文與母親王夫人之間深厚的母子情感，可從〈述哀〉一詩窺見端
倪。全詩共一千二百字，作於順治十四年（1657），王夫人於順治
十三年（1656）因病於樅川過世，此時方文人正在淮安，隔年正月，
收到家信，聽聞母喪，方文哀痛欲絕，便寫下〈述哀〉一詩，詩中寫
到：

> 開春多靈夢，神志每皇感。便欲促裝歸，其奈資斧竭。俄
> 驚家人到，奔走勢勃勃。傳言去年終，阿太已奄忽。乍聞

〔註6〕方文：《嵞山集》卷二，頁87。
〔註7〕方文：《嵞山集》卷二，頁107。
〔註8〕方文：《嵞山集》卷七，頁356。

魂魄飛，一慟肝腸劃。嗚呼滄浪天，忍降此酷罰。我罪果深重，胡不自殄滅。災異起房帷，侵尋及耄臺。遙想屬纊時，光景甚淒切。……歸路出隋堤，揚帆經建業。采石與蕪陰，高人夙所愜。憐予奔喪回，賻誄亦稠疊。但恨石尤風，江行苦不捷。寒食方抵舍，柴門氣蕭瑟。我號入中堂，二女亦號出。撫棺哭聲亂，麻衣滴成血。斯時方寸心，痛如攢萬戟。（《嵞山集》卷二〈述哀〉）〔註9〕

面對喪母之痛，方文表現出哀痛萬分之感，一句「斯時方寸心，痛如攢萬戟」，更是具體地描述出失恃的悲慟。

除母親王氏外，左光斗對方文青少年時期亦有深厚的影響。左光斗（1575～1625），字共之、遺直，桐城人，萬曆三十五年（1607）進士，明熹宗天啓年間，與楊漣彈劾魏忠賢二十四罪，卻遭閹黨發難，後被捕下獄，於天啓五年（1625）殉身社稷。期間方文欲同張儁襲擊緹騎以救出左光斗，但為左光斗所勸止。

左光斗事件後，方文便跟從王宣學《易》，王宣，字化卿，號虛舟，與方大鉉、左光斗交情甚篤，且均精於《易》學，方氏家學以治《易》聞名，方文早年失怙，卻能承繼家學，係因師事王宣之故。

及至天啓六年（1626），方文從白瑜〔註10〕習舉子課業，並與方以智、周岐、吳道凝、孫臨、王彭年、左銳諸人讀書賦詩。方文青少年時期，曾遊學天下，與方以智登齊山，遊桐城北山，遊學南京、吳越，並結交幾社、復社之名士，如錢龍惕、顧苓、孫淳、楊廷樞、夏允彝、陳子龍、陳名夏、周鐘等人。年少時期的方文，並未將視野留佇於桐城，為拓寬其視界，縱遊吳越等地，且與諸士子文人聚飲賦詩，方文和復社諸名士結交，大都自此時期開始。

〔註 9〕方文：《嵞山集》卷二，頁 105～106。

〔註10〕白瑜，字瑕仲，號安石，桐城人，崇禎年間貢生。好學有識量，博聞強識。甲申之後，棄官歸隱，絕意仕進，學者謚為「靖識先生」。詳見潘江《龍眠風雅》卷二十八，收入《四庫禁燬叢刊》集部第 98～99 冊（北京：北京出版社，1999 年）。

二、避亂南京（崇禎七年至崇禎十七年）

　　崇禎七年（1634），因方應乾等世家鉅族魚肉鄉民，不諳世情，放任其子弟僮僕於鄉里間欺壓百姓，時間一久，人民的諸多不滿終於壓抑不住，於是汪國華、黃文鼎等人便帶領鄉民燒毀富家豪邸，掠奪金錢。

　　錢澄之《田間文集》卷二十四〈方處士子留墓表〉：
> 父應乾，太學生，別號瞿庵。家世豪貴，不諳物情，為鄉里所怨。崇禎甲戌秋，桐城民變，以瞿庵及諸大族為名，聚眾毀其家，子留隨父母遷居江寧。〔註11〕

又，方以智《流寓草》卷五〈桐變〉詩序：
> 甲戌八月，亂民斬關焚掠，結寨揚旗。舉火之夜，大姓俱走。此桐未有之變也。桐固鼎盛，而澆漓怨毒，風俗之變，詎知遂變而刀兵哉！〔註12〕

但是桐城方家因有世德，在此民變之中得以免禍，此時方文和馬之瑛、姚文然一起參與平亂之事，《嵞山集》卷六〈同王以介、弟爾從登眺城上〉：
> 兀坐窮簷多苦辛，閒行睥睨又傷神。孤城未破亦奇事，四野蕭然無一人。江海最憐王粲賦，池塘空想惠連春。當年同守山樓者，姚馬翩翩已出塵。（往賊圍城日，予同倩若、若侯守一棚，今并捷。）〔註13〕

後民變雖平定，但民變之際，方孔炤一方面安撫起事民眾，另一方面又協助平亂的官吏，籌措兵餉，此舉卻得罪百姓，方家於民變弭平之後，只得徙家南京。

　　寓居南京期間，因南京的地理、文化及政治優勢，吸引各地文人

〔註11〕見錢澄之：《田間文集》卷二十四〈方處士子留墓表〉，收入《續修四庫全書》集部第 1401 冊（上海：上海古籍出版社，2002 年），頁262。

〔註12〕見方以智：《流寓草》卷五〈桐變〉，收入《四庫禁燬叢刊》集部第 50 冊（北京：北京出版社，1999 年），頁 700。

〔註13〕方文：《嵞山集》卷六，頁 309。

雅士前來，方文並於此地購置別墅，並與顧夢游、邢昉、史玄、葛一龍等人結「求社」，並與方以智、方其義〔註14〕加入錢澄之與龍眠士子所結之「雲龍社」。方文亦開館授《易》於治山園，劉城《嶧桐文集》卷三〈方爾止易稿序〉：

> 桐城方爾止少負雋才，如昔人所稱沉博絕麗者。始攻詩，治古文辭，專家矣。不數年，盡棄去，獨講求名理，所讀皆《通書》、《啓蒙》、《近思錄》之類。……世受《易》，以此起家。爾止守先儒之學，則治《易》尤力，網羅漢宋諸書，斷以己意，象先系表，幾幾乎旦暮遇之。一日，手其六十四卦全爻文授余序。〔註15〕

在晚明如此多元的文學思潮中，方文開館授徒，在當時產生不小影響，陳筮姜、張介人、鄭司勛、盛琳等人跟從方文問學，事實證明，方文對其門生有相當程度的影響，如陳筮姜，明亡後隱居而終，《顧與治詩集》卷五〈陳翼仲四十初度〉：

> 相逢年正少，忽是壯夫時。學道不違俗，博文兼善詩。書聲山鳥和，心事澤漁知。莫漫求聞達，儀型在爾師。（翼仲從爾止遊二十年）〔註16〕

一句「莫漫求聞達，儀型在爾師」，即點出方文對於陳筮姜的影響。

崇禎十一年（1638），方孔炤任佐僉都御史，巡撫湖廣，抵抗李自成的農民軍，此時方以智、方其義、孫臨等人隨行，方文並未參加，而是留在南京參與撰寫反阮大鋮的〈南都防亂公揭〉。阮大鋮，字集之，號圓海，因與左光斗同鄉里，故起初偏倚東林黨，後因東林黨之趙南星、楊漣等人阻其仕進，轉而依附魏忠賢之閹黨，故復社名士憎惡其爲人，乃撰〈南都防亂公揭〉驅之。此時方文除了參與復社活動，

〔註14〕方其義，字直之，一作職之，爲方孔炤次子，與其兄方以智同以詩名世。

〔註15〕見劉城：《嶧桐文集》卷三，〈方爾止易稿序〉，收入《四庫禁燬叢刊》集部第 121 冊（北京：北京出版社，1999 年），頁 415。

〔註16〕見顧夢游：《顧與治詩集》卷五〈陳翼仲四十初度〉，收入《四庫禁燬叢刊》集部第 51 冊（北京：北京出版社，1999 年），頁 358。

同時亦致力於科舉應試。

崇禎十四年（1641），方文赴淮西盧州兵備蔡如蘅幕中，這是方文此時期的一重大事件，身為一名文人，投身於軍旅之中，顯現出方文希望利用其軍事才能，對於飄搖的晚明政治能有所幫助，而其友范景文、劉城、邢昉、吳應箕、倪天樞等人，俱有詩送方文入幕，並對其有殷切期盼。如：

> 柳淡風柔草色欣，春江帆影映斜曛。從戎自昔推才子，辦賊於今屬使君。（《文忠集》卷十一〈送方爾止傳經蔡兵憲幕中并司記室〉）〔註17〕

> 湘漢頻年經百戰，潛盧何日解重圍。周郎自古稱英妙，方叔於今尚布衣。（《石臼前集》卷五〈送爾止赴蔡觀察盧江幕〉）〔註18〕

> 憲府牙門旗鼓新，莫將此處著閒身。授經應解師貞吉，講藝時教墨盾親。（《嶧桐詩集》卷四〈送方爾止之淝水幕中〉）
> 〔註19〕

范景文等人認為，方文此次前去蔡如蘅幕中是建功立業的絕佳契機，可以藉此脫離布衣生活，既然方文科舉未能遂願，疆場也不失為一個好的表現舞台。

但是蔡如蘅在兵臨城下之際，臨陣脫逃，且擁兵自重，殘酷暴虐，方文查覺抱負難展，只得辭去幕府之職，《嵞山集》卷六〈書事〉寫道：

> 相國臨戎賜尚方，九親重翰灑天章。豈知禦寇仍為寇，又破襄陽與雒陽。白骨成堆周故府，青衣行酒漢諸王。江南

〔註17〕 見范景文：《文忠集》卷十一〈送方爾止傳經蔡兵憲幕中并司記室〉，收入《四庫全書》集部第 1295 冊（台北：台灣商務印書館，1983年），頁 988。

〔註18〕 見邢昉：《石臼前集》卷三〈方爾止易稿序〉，收入《四庫禁燬叢刊》集部第 121 冊（北京：北京出版社，1999 年），頁 415。

〔註19〕 見劉城：《嶧桐詩集》卷四〈送方爾之淝水幕中〉，收入《四庫禁燬叢刊》集部第 121 冊（北京：北京出版社，1999 年），頁 518～519。

羽檄絕馳至，寡婦停機欲斷腸。(《嵞山集》卷六〈書事〉)
〔註20〕

在辭去蔡如蘅幕下之職，方文返回桐城，此時桐城已遭兵火肆虐，方文寄詩范景文、方震孺，除述己志未申，又憂心黎民百姓：

> 東風柔櫓別江沙，送我安期棗似瓜。身賤那能酬水鏡，年荒無以報瓊華。左思作賦誰相識，王粲從軍祇自嗟。欲毀琴書事農畝，亂離何處有桑麻。(《嵞山集》卷六〈奉酬范質公司馬〉)〔註21〕

> 時危須仗濟川才，嘆息伊人廢艸萊。谿上且尋鷗作侶，閨中不使鳩為媒。芳菲盡脫知松節，禾黍無數飯芋魁。身在江湖憂未已，相逢笑口幾時開。(《嵞山集》卷六〈寄懷從兄孩未先生〉)〔註22〕

因桐城兵禍連結，方文於崇禎十五年（1642）只得重返南京，時正值江南大饑，方文不得已乞粟於梁應奇，《嵞山集》卷一〈四令君詩〉詩序：

> 予少狷介，耻干謁人，即躬耕，亦自足自給，故州郡之門，絕未履焉。崇禎壬午，江南北大荒，半米千錢。是歲，家人始乏食，有友梁平叔令宣城，不得已，一往謁之。君謝客甚嚴，顧獨厚予，三月贈金五百有奇，自是家人無飢餒憂矣。〔註23〕

崇禎十七年（1644）春，方文正臥病於南京〔註24〕，三月十九日，李自成攻陷京師，崇禎皇帝自縊，四月，吳三桂引清兵入山海關並大敗李自成，五月馬士英、史可法奉福王監國南京，此時方文正在西湖，至此才聞京師之變。國變之際，方文滯留杭州，仍思有轉寰的餘地，

〔註20〕方文：《嵞山集》卷六，頁291。
〔註21〕方文：《嵞山集》卷六，頁294。
〔註22〕方文：《嵞山集》卷六，頁294。
〔註23〕方文：《嵞山集》卷一，頁60。
〔註24〕方文：《嵞山集》卷四〈偕陳翼仲入山〉：「一春唯臥病，二月始看山。」，頁206。

再加上阮大鋮欲按《南都防亂公揭》捕殺之，不得已只能倉皇出避，
《嵞山集》卷三〈偕蔡芹溪至宛兼贈令弟玉立〉：

> 前年寒食楊柳青，有客同舟歸敬亭。今年長至雪霜白，歸
> 舟又附敬亭客。茅堂破壁風蕭疎，苦死必欲留客居。黃鷄
> 白酒恣啖飲，下牀上牀尊不虛。方今日月失其位，風塵兵
> 甲滿天地。虎豹當關欲噬人，季女何能不憔悴。君家兄弟
> 皆賢豪，大者孔融次孔褒。褒愛其兄促之去，且與張儉齊
> 遁逃。(《嵞山集》卷三〈偕蔡芹溪至宛兼贈令弟玉立〉)
> 〔註25〕

崇禎十七年（1644）年底，方文從杭州返回南京，欲移家至石臼湖，
但又作罷。

三、亂世飄零（順治二年至順治十三年）

順治二年（1645），因阮大鋮被拔擢爲兵部尚書，方文憂懼交集，
正巧史玄招其隱於太湖，方文前往，在此，方文與同時明之遺民相應
唱酬、聚集賦詩。順治二年（1645）五月，清兵攻陷揚州，史可法以
身殉國，方文跟隨楊文驄行軍往蘇州。六月，清兵入蘇州，楊文驄奔
走處州，方文有意追隨其抗清，但須奉養母親之故，只得作罷，而方
文心中卻感到羞愧，遂卜隱梅墩，《嵞山集》卷七〈聞楊龍友孫克咸
同日死難，詩以哭之〉：

> 姑蘇城外轉旌麾，士馬蕭蕭我獨隨。自愧江東行不果，祇
> 因堂北養無兒。周邦再造咸重震，漢鼎難扶死自期。況有
> 參軍同志節，臨刑慷慨復何悲。(《嵞山集》卷七〈聞楊龍
> 友孫克咸同日死難，詩以哭之〉) 〔註26〕

詩中清楚地說明無法參與抗清的原因：無法抗清並非貪生怕死之輩，
而是爲履行身爲子女侍奉寡母之責。在此流離之際，方文娶了小妾金
鴦，並攜金鴦避居汾湖，與潘陸、錢邦寅、何金城等人比鄰而居，不

〔註25〕方文：《嵞山集》卷三，頁 129～130。
〔註26〕方文：《嵞山集》卷七，頁 336。

時相互唱和賦詩。後過南京時，正巧陳名夏邀宴，並請方文定其詩，然方文卻頗不以爲然：

> 陳溧陽以假歸，乞盒山定其詩，執禮甚恭。盒山反復詩之曰：「甚善！但須改三字，即必傳無疑耳。」陳以爲隱也，曰：「寧止是，顧三字者何也？」盒山屬聲曰：「但須改陳名夏三字。」時坐客滿，舉錯愕不能出聲，陳亦屬聲曰：「爾謂我不能殺爾耶！」適代巡來謁，陳拂衣去。客咸咎盒山，盒山笑曰：「吾自辦頭來耳，公等何憂？」頃之，陳復入，執盒山手，涕流被面曰：「子責我良是，獨不能諒我乎？」，竟相好如初。〔註27〕

陳名夏，字百史，溧陽人，崇禎年間會試及第，於順治二年降清。方文屬聲直言，直指陳名夏降清，而作爲降清之明末文人，陳名夏請求方文爲其刊詩、命題的動機實是爲其屈節的行爲做消解，使得其名節能有所保留。〔註28〕

　　易代之初，方文因家資尚有餘裕，並未因謀衣食而奔波，後因戰亂之故，乃艱困於衣食，不得不賣卜於杭州。順治五年（1648），移居樅川，但困於米薪，只得求助於太湖令李世洽。同年，金鸞生一子，取名易耦。隔年，子御寇病篤，家人急催方文返家：

> 荒城居不可，此日況多兵。游子懶歸去，江鄉寄此生。忽聞兒病篤，頓使客心驚。縱欲拋家累，能無父子情。兒年十有六，癖好在文辭。求仕亦何急，嘔心猶未知。家貧常困苦，性褊只憂思。以此成勞瘵，高人笑汝癡。（《盒山集》卷五〈家人至蕪陰傳兒子嘔血之症，催歸江上〉）〔註29〕

但方文抵家時，其子已亡故。御寇病故後，侄方其義亦病卒，對方文

〔註27〕朱書：〈方盒山先生傳〉，收入方文《盒山續集》，頁1188。

〔註28〕李瑄認爲，方文斥責陳名夏一事實屬傳聞，係因朱書〈方盒山先生傳〉後言明此事得之傳聞，且就《盒山集》裡對同是明臣仕清的龔鼎孳表現出的寬容和體諒，方文對他人選擇仕清的抉擇並未如此激憤，這些佚事應是人們諷刺降臣、表彰忠烈的產物。詳見李瑄：《明遺民群體心態與文學研究》（成都：巴蜀書社，2009年），頁363。

〔註29〕方文：《盒山集》卷五，頁240。

而言，兩名晚輩先後病故，帶給他莫大的傷痛：

> 吾兒死不見其死，不見吾兒見猶子。猶子病時我在旁，其
> 形枯瘠不忍視。聞說我兒病篤時，其形枯瘠亦如此。傷哉
> 天乎何不仁，一門喪我兩才士。（《《嵞山集》卷三〈哭從子
> 直之〉）〔註30〕

從順治六年（1649）至順治八年（1651）期間，方文於蕪陰、蕪
湖、宣城等地行遊賣卜，並與諸位好友聚首賦詩。後至太湖縣，李世
治延邀方文講學，爲其招集生徒二十餘人，並結琴風社：

> 庚寅冬，予重至湖。湖當兵火凋殘之後，頗不能爲膏秣地，
> 然爲予招集生徒廿餘人，北面受業，修脡不薄。（《嵞山集》
> 卷一〈四令君詩序〉）〔註31〕

> 君詔諸俊彥，執契求良工。予學本媸淺，謬爲人所崇。聚
> 徒城南隅，厥社名琴風。誓將攜妻子，結茅隱司空。永隨
> 田間老，咏歌澤無窮。（《嵞山集》卷一〈四令君詩〉之〈李
> 太湖溉林〉）〔註32〕

順治八年（1651）年，時方文四十歲，攜家移居太湖，並於此
講學，每言至故國離亂，動輒涕泗縱橫。當方文於太湖講學之際，常
放言無忌，產生諸多流言蜚語，或有人勸其謹言愼行，方文卻作詩
謝之：

> 野老生來不媚人，況逢世變益嶙峋。詩中憒憊妻常戒，酒
> 後顚狂客每嗔。自分餘年隨運盡，却無奇禍賴家貧。從今
> 卜築深山裏，朝夕漁樵一任眞。（《嵞山集》卷八〈客有教
> 予謹言者，口占謝之〉）〔註33〕

一句「從今卜築深山裏，朝夕漁樵一任眞」點出方文對於世俗的流言
蜚語並不引以爲意，反而是順應自己的本性，言所當言，爲所當爲。
順治九年（1652），方文不屑流言蜚語，辭去講學之務，復賣卜於蕪

〔註30〕方文：《嵞山集》卷三，頁145。
〔註31〕方文：《嵞山集》卷一，頁61。
〔註32〕方文：《嵞山集》卷一，頁63～64。
〔註33〕方文：《嵞山集》卷八，頁379。

陰。及至當年秋天，移家樅川，至順治十一年（1654）因得魏裔魯、徐士儀、姚文然等人資助，得返桐城，贖回蕭家園舊田業，並以為從此得以耕隱終老，勝過陳名夏身敗名裂：

> 顏子一瓢飲，原憲百結衣。所樂在聖道，都忘寒與饑。我質本淺薄，安敢望前徽。兢兢持名節，於義不苟違。……試觀溧陽生，爵祿非不巍。一朝黨禍作，千里輿尸歸。身死何足惜，名敗良可欷。感彼田家叟，終身無禍機。（是年，陳名夏遇害）《鎞山集》卷二〈田居雜詠〉）〔註34〕

溧陽生即為陳名夏，順治十一年（1954）三月死於黨禍。自易代後，方文行旅於外，餐風露宿，賣卜行醫，只為贖回故園家產，能夠在此侍奉母親，耕隱過日；相較於陳名夏轉仕新朝，卻遭黨禍之害而死於非命，方文更是有所慨嘆。順治十三年（1656），三月元配左氏中風暴死，左氏兄弟因此和方家產生嫌隙，肖小之輩趁機欲奪其田產，小妾金鴛遭奪田之人毆打，墮胎而死。朱書〈方鎞山先生傳〉：

> 間登廬山，南望痛哭，遷居樅陽。會妻中風暴死，妻家構釁，移禍其妾，坏妾腦，墮胎死。〔註35〕

李聖華在《方文年譜》中認為，當時方文已贖回田業，肖小覬覦，乘勢相挾，小婦被殺，田產被奪，應為左氏兄弟助長之，且鄰裡中多為左氏族人，未能授救，此係妻妾不和之故。再者，方文載酒江湖，絕意仕進，家常貧而衣食無法自給，左氏有所怨言，對於金鴛亦不能相容。〔註36〕方文家難肇始於此，緣此之故，方文奉母命避仇出游，擇居江淮間，及至順治十四年（1657）因母喪始返桐城。

四、四方居游（順治十四年至康熙八年）

順治十四年（1657），方文於淮安收到母喪消息，旋即返回桐城，後為避仇，攜二幼女寓居南京，將二女託以吳天放後，北游京

〔註34〕方文：《鎞山集》卷二，頁93。

〔註35〕朱書：〈方鎞山先生傳〉，收入方文《鎞山續集》，頁1186。

〔註36〕見李聖華：《方文年譜》（北京：人民文學出版社，2007年），頁272。

師。方文於順治十四年（1657）至順治十五年（1658）北游於燕薊，
瀏覽金台山順之勝，和友人酬唱贈答。方文因家難之故而北游京師，
在京燕之地，是許多歷史事蹟發生的地點：易水送別、荊軻刺秦、文
天祥從容就義、謝枋得餓死殉國……，一切事蹟與方文此刻遭遇正遙
相呼應，也讓方文有所感觸。順治十五年（1658）方文繼娶明殉難名
臣汪偉之女，是年，並集南歸之詩，編成《北游草》，由王潢〔註37〕
作序：

> 爾止顧獨鬱鬱不得志，於時又遭家難，漂泊江淮間。渡河
> 踰、直走幽薊，與燕市酒人悲歌飲泣，已而短衫破帽，策
> 蹇驢出入關塞，尋盧龍之故壘，弔首陽之荒墟，發爲詩歌，
> 以洩其沈頓無聊骯髒不平之氣。〔註38〕

序中說明〈北游草〉內容及成集經過，因其寫作背景特殊，爲方文在
國破家亡，浪游四方的情境下之創作結果，其寄意深遠，抒發個人情
感的意味相當深重。

順治十六年（1659），方文訪徐州、杭州，並得李世洽分俸助買
宅於青溪，名曰「懷慨堂」。此時方文與友共游徐、杭之間名勝山水，
李明睿於〈徐杭游草序〉云：

> 余觀其游徐詩，不必有戲馬、放鶴等字，而知其爲徐州作
> 也。其游杭詩，不必有六橋、三竺等字，而知其爲杭州作
> 也。徐杭間山水有朋並皆佳勝，其登臨詩必序其山川之興
> 廢，贈答必序其交情之新故，一字不肯虛設，蓋天下之景
> 多同而情各異，情或同而事各異。爾止妙於序事，故其詩
> 千態萬狀，無一字相同，良有以也。〔註39〕

在游徐之際，方文心態亦有所轉變，所言之山光水色亦較〈北游草〉
少了蕭殺之氣，多分超逸曠遠的胸懷，是年所作，集結成〈徐杭游

〔註37〕王潢，字元倬，上元人，崇禎九年舉於鄉，入清不仕而隱於野，有
　　　　《南陔堂集》、《何莫草》、《伐檀稿》、《望古遙集》等作品，詳見孫
　　　　靜菴：《明遺民錄》卷十四（台北：明文書局，1985年），頁234。
〔註38〕王潢：〈北游草序〉，收入方文《嵞山續集》，頁540。
〔註39〕李明睿：〈徐杭游草序〉，收入方文《嵞山續集》，頁627～628。

草〉。〔註40〕

　　順治十七年（1660），方文北上齊魯，「盡覽泰山、孔廟之勝」，〔註41〕方文認為詩人不登泰山，不謁孔林，眼界不寬，題目終不大，〔註42〕因此游於齊魯之間，方文賦詩數百篇，將齊魯之景盡收筆底。林古度於〈魯游草序〉中有言：

> 爾止挾三尺劍，一囊書，北游燕趙，東游齊魯，弔古於金臺盧龍，望先朝之宮闕，潸澘出涕。已又登岱宗、謁孔林，恭敬肅將，因而長吟短詠，發攄其胸臆。〔註43〕

此年，將齊魯之游所作集結成〈魯游草〉。

　　順治十八年（1661），方文入豫章，至贛州。方文於順治五年（1648）至順治十年（1653）曾旅食於贛州，此次可視為故地重游，昔日山川風景，看在方文眼中可謂親切至極：

> 番湖掛席見匡山，來去匆匆俱不閒。却羨當年多逸興，冬春長住落星灣。（《嵞山續集・西江游草》〈舟中望盧山有懷舊游〉）〔註44〕

方文重遊舊地，所賦之詩樸而不卒，豪而不麤，悲而不傷，怨而不怒，〔註45〕是年詩作集結成〈西江游草〉。

　　康熙元年（1662），方文與施閏章商議刻顧夢游遺集，復得沈希孟捐金，得以將《顧與治詩集》八卷刻成，但此事却造成方文與施閏章之間略有嫌隙，起因乃施閏章認為方文未精選顧夢游詩，並草率付梓，且修改字句過多，有失本色。此年，方文重遊泰山，登岱祈夢。康熙二年（1663），王弘撰移居青溪僧舍，與嵞山草堂相望，日相往

〔註40〕方文〈北游草〉詩作當中較多凝重沉鬱之感，係為北方為政治中心，且為許多先朝古蹟之處，因而帶給方文國破家亡、無所依歸之感。而於隔年所作之〈徐杭游草〉，因游於徐杭之際，方文遠離政治中心，心境亦有所改變，故較少肅殺之氣。

〔註41〕李長祥：〈魯游草序〉，收入方文《嵞山續集》，頁689。

〔註42〕杜濬：〈魯游草序〉，收入方文《嵞山續集》，頁691～692。

〔註43〕林古度：〈魯游草序〉，收入方文《嵞山續集》，頁693。

〔註44〕方文：《嵞山續集・西江游草》〈舟中望盧山有懷舊游〉，頁834。

〔註45〕見周體觀：〈西江游草序〉，收入方文《嵞山續集》，頁770。

來。同年，方文遠游常州，與友相酬唱應和。自康熙二年（1663）至康熙八年（1669）方文於蕪陰病逝前，四處游旅，其盍山草堂時有名人文士相繼過訪，從過訪之人亦可檢視出方文交遊之脈絡遍及遺民、仕宦等。康熙八年（1669）七月，方文寓居安慶，同錢澄之、王雲龍、成梁論詩，後罹病，錢澄之及成梁促其返家，方文便攜嗣孫嗣沖返家，但過蕪陰時卻不幸病逝，享年五十八歲。

第二節　方文的交遊

　　翻閱《盍山集》，將近一半的詩作乃方文與友人來往交遊的作品，由此便可檢視方文的交遊狀況，其所囊括的範圍相當廣大，從明之遺民到仕清貳臣，甚至是清代才出仕者，均有所交往。方文從青年時期即好遊歷四方，旅居各地時常借宿佛寺，亦結交不少僧侶。

　　方文於青少年時期即與方以智、周岐、吳道凝等人結社，並結交錢龍錫、顧苓、陳子龍、周鐘、夏允彝、楊廷樞、陳名夏、徐汧、錢禧、徐世溥、錢澄之、范世鑒、齊維藩、洪敏中、汪應洛、劉漢、盛應春、劉城、吳應箕、孫臨……等人。後因桐城事變，避亂南京時，更結交顧夢游、黃國琦、杜濬、杜岕、周亮工、于奕正、劉侗、蘇桓、蕭嘉熙、戴重、呂維祺、冒襄、邢昉……等人。據筆者統計，與方文書信往來者約有百餘人，其交遊網絡相當龐大。明亡之前，方文成就及文名早已確立，當時即有不少人邀其為他人詩文題序。易代之後，亦有仕清貳臣者，敬其遺民風範而與之結交，如陳名夏、宋琬、周亮工、錢謙益、龔鼎孳、王士禎、施閏章等。

　　因方文交遊相當廣闊，無法一一列舉論述，故只舉重要者論述如下：

一、明之遺民〔註46〕

（一）林古度（1580～1666）

林古度，字茂之，號那子，福清人，寓於南京，晚年卜居金陵，家甚貧，卒於康熙五年（1666），年八十七。〔註47〕一生賦詩近萬首，王士禎爲其選刻《林茂之詩選》二卷，卻未選其故國故君之思、憑弔興亡之作，鄧之城《清事紀事初編》中認爲，王士禎此舉乃是懼怕遭受文字之禍。〔註48〕

林古度萬曆年間即移居南京，爲當時南京文雅之望，方文於崇禎年間於南京與其結識，並有書信往來。林古度並爲其〈魯游草〉題序：

> 萬曆丙辰，予與鍾伯敬、吳康虞同登泰山，各有詩鋟石，今四十五年矣。庚子秋吾友方爾止從泰山歸，言從荒荊蔓早中重爲摹拓，持以贈予。予展視，唏噓恍如隔世，既爲詩以酬之。而爾止又其燕游、魯游二草，屬予序。〔註49〕

方文於游泰山時，見林古度之題詩，不忘拓印下來並贈予林古度，並邀其爲〈北游草〉及〈魯游草〉題序，可見方文對林古度有相當程度的重視。方文寓於南京草堂時，高齡八十的林古度甚至經常過訪草堂：

> 八十二翁筋未衰，往來都市如童兒。尋常過我草堂慣，今年暑月何愆期。祇因兩髁患創癬，出門徒步多艱危。周公勸用楮桃葉，不識此方宜不宜。（《嵞山續集・西江游草》〈東

〔註46〕本論文所謂「明之遺民」乃出生於明代，異代之後未曾出仕於清者，皆曰「明之遺民」。

〔註47〕參見鄧之誠：《清詩紀事初編》卷二（台北：明文書局，1986 年），頁 282。

〔註48〕鄧之誠：《清詩紀事初編》卷二：「遺詩數千篇，王士禎盡去天啓甲子以後之作，謂刊落楚風，歸于正始。于是古度故君故國之思、憑弔興亡之作，骨不傳矣。士禎此選蓋懼以文字貽禍，託言標格，以欺當世人之人耳。」詳見鄧之城輯：《清詩紀事初編》卷二（台北：明文書局，1986 年），頁 282。

〔註49〕林古度：〈魯游草序〉，收入方文《嵞山續集》，頁 693。

林茂之先生〉〕〔註50〕

康熙四年（1665）冬，林古度過世，方文賦詩哭弔之：

> 隆萬遺民今已盡，尚餘一老在山隈。年登耄耋復何限，晚
> 際滄桑實可哀。病眼塵昏雖似霧，壯心火熱未成灰。重生
> 定作名家子，不待重罄景運回。（《嵞山續集》卷四〈哭林
> 茂之先生〉）〔註51〕

林古度晚年境況淒寒，夏無蚊幬，冬夜只能睡臥於敗絮中，方文對這
位老友的晚景相當同情，但方文亦家貧如洗，無物質上的助益，只能
在詩文上給予林古度精神支持。方文筆下曾對於這位老友有如此貼切
的描述：

> 凍雪初晴鳥曬毛，閒攜幼女出林皋。家人莫道兒衣薄，八
> 十五翁猶縕袍。（《嵞山續集》卷五〈雪後懷林茂之先生〉）
>
> 〔註52〕

雖然略帶詼諧，但卻透露出這位高齡老人的貧困。

（二）邢昉（1590〜1653）

邢昉，字孟貞，一字石湖，高淳人，明代諸生，少時即有詩名，
卒於順治十年（1653），年六十四。著有《蓺池草》、《魯稽齋詩》、《石
臼前集》九卷、《石臼後集》七卷。〔註53〕崇禎十年（1637），邢昉入
楊文驄幕下，有詩寄予方文：

> 丹陽郭外水漫漫，古渡停橈月已殘。樹色漸凋吳苑綠，砧
> 聲初隔泖雲寒。三江鴻鴈愁中落，九日茱萸海上看。別後
> 逢人詢世難，思君惟有淚闌干。（《石臼前集》卷五〈別方
> 爾止之雲間〉）〔註54〕

〔註50〕方文：《嵞山續集‧西江游草》，頁787。

〔註51〕方文：《嵞山續集》卷四，頁1085。

〔註52〕方文：《嵞山續集》卷五，頁1146。

〔註53〕參見鄧之誠：《清詩紀事初編》卷一（台北：明文書局，1986年），
頁97〜98。

〔註54〕邢昉：《石臼前集》卷五，收入《四部禁燬叢刊》集部第51冊（北
京：北京出版社，1999年），頁157。

隔年，方文至松江訪邢昉：

> 道逢楊德祖，江草寄微情。獨鶴歸何暮，雙魚全未烹。輕帆隨月上，苦思向潮生。欲抱成連瑟，從君海嶠行。（《嵞山集》卷四〈雲間訪邢孟貞〉）〔註55〕

後別邢昉時，又有一詩：

> 江樹東連海岸香，思君千里一相望。如何又逐秋風去，白草黃花總斷腸。（《嵞山集》卷十二〈雲間別邢孟貞〉）〔註56〕

好友相見，自然是喜不自勝，然方文此時念及返桐一事，卻不得不和好友再次分別，詩中透露出依依不捨的離情，並伴隨秋景，傷感之情躍然紙上。

　　邢昉與方文往來頻仍，兩人時常以詩歌相應和，方文人生經歷中之重大事件，常見邢昉賦詩以寄，如將入蔡如蘅幕下，邢昉曾寄詩鼓勵方文為國為民：

> 江郊初旭散煙霏，結駟驂驔逐建威。湘漢頻年經百戰，潛廬何日解重圍。周郎自古稱英妙，方叔于今尚布衣。更訪仲卿為小更，翩翩孔雀東南飛。（《石臼前集》卷五〈送爾止赴蔡觀察廬江幕〉）〔註57〕

爾後方文深覺抱負難展，辭卻蔡如蘅幕府之務時，邢昉亦寄詩慰問：

> 長征海曲已飄搖，回首潛廬路更遙。棲向南枝憨北鳥，夢隨孤嶼上寒潮。楚天戰伐無消息，吳地星霜久寂寥。詞賦近來哀庾信，隔江涕淚灑風飆。（《石臼前集》卷五〈永嘉得爾止泚水書併近詩寄此〉）〔註58〕

甚至方文於順治二年（1645）三月十九，同邢昉等人白衣縞冠於北固山哭祭崇禎帝。兩人交情之深，《嵞山集》中可窺一斑。

〔註55〕方文：《嵞山集》卷四，頁183。

〔註56〕方文：《嵞山集》卷十二，頁489。

〔註57〕邢昉：《石臼前集》卷五，收入《四部禁燬叢刊》集部第51冊（北京：北京出版社，1999年），頁154。

〔註58〕邢昉：《石臼前集》卷五，收入《四部禁燬叢刊》集部第51冊（北京：北京出版社，1999年），頁15。

（三）顧夢游（1599～1660）

顧夢游，字與治，江寧人，入清後以遺民身份終於順治十七年（1660），年六十二，有《顧與治詩》八卷。〔註59〕顧夢游家甚貧，晚年以書易粟，且所作之詩未有存稿，順治十年（1660）亡歿後，由施閏章經理其身後事，且由方文與沈希孟廣輯其詩，方文〈顧與治詩序〉描述得很清楚：

> ……戊戌、已亥，與治年逾六十，貧且病，不能治生，惟坐臥一小齋賣詩文自給。門外索書索詩者踵相接也，與治力疾以應之，覺詩思漸減，而書法遒勁逼眞古人。易簀之日，猶爲高座寺僧作五言律書丈餘大幅，了無倦容，其神志高曠如此。施尚白使君自宛陵來，江上心動，馳至其家，而與治瞑矣。尚白既親爲含殮，經理其喪，又探其篋中，遺草無有，因屬予廣爲搜之。……（《顧與治詩集》·〈顧與治詩序〉）〔註60〕

方文寓居南京時，曾與顧夢游比鄰而居，方文在〈石橋懷與治〉中云：

> 昔年居南邨，卜隣近君子。春秋多晏聞，朝暮承音旨。三日不相見，形神罔依止。（《嵞山集》卷一〈石橋懷與治〉）
>
> 〔註61〕

兩人交情深厚，由可窺知一二。

（四）紀映鐘（1609～1681）

紀映鐘，字伯紫，又作伯子、一字蘖子，號戇叟，自稱鐘山遺老，上元人。紀映鐘以詩著稱，和同里之顧夢游齊名。〔註62〕紀映鐘

〔註59〕參見鄧之誠：《清詩紀事初編》卷一（台北：明文書局，1986 年），頁 18～19。

〔註60〕方文：〈顧與治詩序〉，收入《顧與詩集》，《四部禁燬叢刊》集部第 51 冊（北京：北京出版社，1999 年），頁 296。

〔註61〕方文：《嵞山集》卷一，頁 14。

〔註62〕參見鄧之誠：《清詩紀事初編》卷一（台北：明文書局，1986 年），頁 19～20。

於明朝時入復社，國變後客龔鼎孳幕下十餘年，康熙二十年（1681）卒，年七十三，著有《眞冷堂詩集》等。

方文與紀映鐘關係良好，時相往來，共議論古今，《嵞山集》中有載：

> 寺客皆行矣，惟存爾及予。酒杯堪綣戀，江路且躊躇。爾復隨師去，吾何能久居。西風吹短褐，愁絕掛帆初。（《嵞山集》卷五〈送紀伯紫歸京〉）〔註63〕

此詩作於順治六年（1649），此時方文正送別紀映鐘返南京，而方文則欲歸蕪湖。順治十二年（1655），方文返回桐城前一日，會晤了紀映鐘：

> 重來白下渾無事，只爲貧交會面疎。武定橋南尋顧紀，盧妃巷北訪錢余。唯君未見心常恨，臨發相過願始舒。露薤霜橙不辭醉，姑溪小別六年餘。（《嵞山集》卷九〈去金陵前一日，飲紀伯紫齋頭有贈〉）〔註64〕

詩中明白地說明從送別紀映鐘返南京至重逢，已過六年餘，期間兩位好友未曾見面，方文本於此地將過訪顧夢游、紀映鐘、錢匯、余懷等人，只是訪紀映鐘未遇，心有不甘，於是臨行前再過訪，終於逐願，可見兩人交情匪淺。

康熙二年（1663）夏，南京大旱，方文心憂好友，立秋後始有甘霖，此時紀映鐘至嵞山草堂與方文聚飲賦詩：

> 君去眞州五日餘，江鄉雖好歎離居。交游已倦惟扃户，父子相依更讀書。舅病關心來故國，雨涼徒步到荒廬。不勝契潤憑杯酒，況是西風落葉初。（《嵞山續集》卷四〈立秋日紀伯紫見訪草堂〉）〔註65〕

方文每每詩成，總喜愛與紀映鐘分享，只可惜兩人相逢時間相當短，無法朝夕相處，方文在〈與紀伯紫同舟至儀眞而別〉道出無法常相酬

〔註63〕方文：《嵞山集》卷五，頁242～243。
〔註64〕方文：《嵞山集》卷九，頁445。
〔註65〕方文：《嵞山續集》卷四，頁1057～1058。

唱的遺憾：

> 詩成愛與爾商量，所恨離居各一方。何幸秋江同道路，不
> 嫌寒雨滯舟航。連宵始盡篋中集，明日重登君子堂。無奈
> 眞州又分手，淮南煙樹鬱相望。(《嵞山續集》卷四〈與紀
> 伯紫同舟至儀眞而別〉) 〔註66〕

在〈贈紀伯紫〉一詩中，同是遺民的紀映鐘其作爲讓方文有所感觸，
並與其相互鼓勵，對於絕意仕進，躬耕田畝的遺民生活，箇中滋味，
亦只有際遇相似的兩人才能有所體會：

> 君家孝侯臺，我家桃葉渡。相去不盈咫，時時得良晤。一
> 從徙眞州，明月隱江樹。把酒輒思君，中懷向誰語。隔江
> 猶歎遠，況復燕關去。三歲始歸來，黑頭今已素。傷哉貧
> 賤身，漂泊隨所遇。但得賢主人，何須悲道路。顧念長干
> 里，父祖有丘墓。多積買山錢，仍回舊景住。(《嵞山續集》
> 卷一〈贈紀伯紫〉) 〔註67〕

（五）杜濬（1611～1687）

杜濬，原名紹先，字于皇，號茶村，黃岡人。爲明末諸生，國變
後，歸隱山野之間，甘於貧困，並浪跡於江淮上，康熙二十六年
（1687）卒，年七十七，著有《變雅堂文集》、《變雅堂遺集》等。
〔註68〕

方文與杜濬交往密切，崇禎十三年（1640）杜濬北上廷試，方文
有詩寄之：

> 靈修端不異重華，四岳無人枉嘆嗟。此日新恩盈草澤，如
> 君豔質豈匏瓜。舊交強半拖青綬，政府誰當壞白麻。駐輦
> 臨軒應有問，莫教痛哭了長沙。(《嵞山集》卷六〈送杜于
> 皇北上廷試〉) 〔註69〕

〔註66〕方文：《嵞山續集》卷四，頁1059。

〔註67〕方文：《嵞山續集》卷一，頁899～900。

〔註68〕參見鄧之誠：《清詩紀事初編》卷二（台北：明文書局，1986年），
頁184～185。

〔註69〕方文：《嵞山集》卷六，頁290。

異代後，方文逢家難，杜濬曾爲其題〈抱鴛圖〉，此事方文詩中亦有載：

> 城北城西路未長，虛疑牛女限河梁。經時**疎澖**因霽雨，此時過後趁早涼。萬里束裝知我恨，五詩題畫斷人腸。欲攻愁壘須憑酒，索醉袁翁也不妨。（《嵞山集》卷九〈喜杜于皇見訪，因過袁令昭小飲〉）〔註70〕

杜濬爲人率直，並重人品氣節，此點和方文極其相似，兩人都以爲人品與詩品應要相符，身爲遺民的方文和杜濬均做到這一點。

（六）錢澄之（1612～1693）

錢澄之，原名秉鐙，字幼光，一字飲光，號田間，又號西頑，桐城人。崇禎年間諸生，異代後游於南京、吳門、閩中、京師等地，康熙三十二年（1693）年卒，年八十二。著有《田間文集》三十卷、《田間詩集》二十八卷等。〔註71〕

方文與錢澄之均是桐城人，因地緣之便，兩人便時相聚首，或同尋友，或同遊名山勝水等，例如，於順治十二年（1655），同訪汪宗周山居：

> 同人有約隨魚艇，獨樹逢迎見鳥巢。白酒盡拚秋晚醉，黃花肯負歲寒交。竹邊小閣新添楹，竹裏涼亭舊益茅。安得比鄰皆德友，柴門來往不須敲。（《田間詩集》卷三〈同爾止、子直、不害訪瑤若山居得交字〉）〔註72〕

順治十七年（1660），清朝嚴禁結社訂盟，時方文同錢澄之、陳允衡等人於顧夢游宅第小集，因鄭成功兵潰，清廷繼興「通海案」，因此方文、錢澄之、陳允衡等人不得不言別：

> ……時事又憐三日過，鬢毛總向十年華。明朝便發還山棹，

〔註70〕方文：《嵞山集》卷九，頁456～457。

〔註71〕詳見馬其昶：《桐城耆舊傳》卷七（台北：廣文書局，1978年），頁307～308。

〔註72〕見錢澄之：《田間詩集》卷三，收入《續修四庫全書》集部第1401冊（上海：上海古籍出版社，2002年），頁343。

愁煞孫逢月影斜。(《田間詩集》卷六〈庚子正三日，沈仲連、楊商賢、曾青藜、方爾止、梅杓司、陳伯璣同集顧與治宅〉)〔註73〕

錢澄之亦時相過訪方文草堂，與其聚談：

高閣倚窗隅，當窗二老夫。人煙昏後合，山色雨中無。薄俗眞宜避，吾徒幸不孤。隔鄰饒畫手，此意亦堪圖。(《田間詩集》卷十二〈過方爾止晴望樓小飲〉)〔註74〕

一句「吾徒幸不孤」說出身爲遺民的錢澄之面對方文時，內心有所感慨，有相惜相憐之感。

（七）潘江（1619～1702）

潘江，字蜀藻，號木厓，一號耐庵，桐城人。年少時好交遊，晚年始倦遊，並築河墅別業爲終老之所。康熙五十年卒，年八十。有《木厓詩集》、《木厓續集》、《木厓文集》等作品，並編《龍眠風雅》《龍眠風雅續集》。〔註75〕

順治九年（1652），方文移居樅川，曾與陳式集於潘江石經齋論詩：

吾鄉詩學自紛紜，古義深求在兩君。註就杜陵眞一絕，吟成白傳渾無分。爲懺預訂花間月，欲別先愁江上雲。問我何年歸里住，三人歌笑日相聞。(《嵞山集》卷八〈潘蜀藻招同陳二如夜集有贈〉)〔註76〕

順治十年（1653），與左國斌、潘江同登北山，兩人甚至論談香山詩甚快：

一秋風雨不曾晴，邀看我山期屢更。昨夜新霜鋪屋瓦，今

〔註73〕見錢澄之：《田間詩集》卷六，收入《續修四庫全書》集部第 1401 冊（上海：上海古籍出版社，2002 年），頁 370。

〔註74〕見錢澄之：《田間詩集》卷十二，收入《續修四庫全書》集部第 1401 冊（上海：上海古籍出版社，2002 年），頁 426。

〔註75〕詳見馬其昶：《桐城耆舊傳》卷七（台北：廣文書局，1978 年），頁 374～377。

〔註76〕方文：《嵞山集》卷八，頁 395～396。

朝爽氣出岑城。尋僧共坐沙灘竹，下酒爭餐蘺落英。不是
含風咀雅者，誰人白日解閒行。(《嵞山集》卷八〈左子兼
招同蜀藻登北山作〉)〔註77〕

野老攻詩二十年，詩中警句亦流傳。貪看酷嗜無如爾，短
諷長吟不論篇。自是性情眞契何，豈因朋好故周旋。往時
刻畫杜工部，近日沈酣白樂天。異地何曾相告語。同心不
覺自鑽研。君才通敏摹多似。我筆粗疎恨未全。別去乾坤
誰解此，歸來閭里特懽然。乍窺草舍三間小，重觀芳詞七
字妍。欲展客懷須命酒，忙分母饌已烹鮮。客非陶侃客堪
比，母較茅容母更賢。況有方干爲妹婿，也偕潘兵共留連。
今宵偶聚黃花下，古調高歌翠竹邊。長慶風光俱在眼，香
山胎骨本來仙。三人詠歎知非苟，百遍過從期莫愆。只恐
浮蹤猶未定，明朝又泛五湖船。(《嵞山集》卷十〈秋日歸
里，飲潘蜀藻茅堂，談香山詩甚快有贈，并示從弟井公〉)
〔註78〕

潘江嗜愛白居易詩，《木崖詩集》中曾錄擬長慶體詩數篇，方文本亦
雅愛白居易詩，擬白居易詩體，並作《壬子四子圖》，可見兩人喜好
相仿，不難看出兩人之間的情誼。

（八）孫枝蔚（1620～1687）

孫枝蔚，字叔發，號豹人，又號漑堂，三原人，爲明末諸生，崇
禎末年，孫枝蔚散盡家財，集結義勇之士對抗李自成；入清後，經營
鹽業有成，後又閉戶讀書，吟嘯歌詩，於康熙十八年（1679）舉博學
鴻詞科，授內閣中書，於康熙二十六年（1687）卒，年六十八，著有
《漑堂集》。〔註79〕不少人認爲孫枝蔚被舉博學鴻詞科應屬變節，應
不列入遺民之列。但筆者以爲，孫枝蔚被舉博學鴻詞科時，人於揚

〔註77〕方文：《嵞山集》卷八，頁413。
〔註78〕方文：《嵞山集》卷十，頁473～474。
〔註79〕參見鄧之誠：《清詩紀事初編》卷二（台北：明文書局，1986年），
　　　　頁169。

州，屢屢推辭不應，後不得已入考場，卻未寫完試卷而出，再加上明末時散盡家產對抗李自成，其內心依然向屬故國，故將孫枝蔚位於遺民之列。

方文與孫枝蔚交往密切，方文於《嵞山集》屢屢提到孫枝蔚，並認爲孫枝蔚乃其知己：

> 虞翻天下士，知己無一人。斯言初似激，久乃識其眞。我生好結交，交亦半海內。豈無文章伯，實少同心輩。同心亦有之，才藻或不如。才藻即英發，未必多讀書。吾欲求完人，僅見一孫八。秉節既堅貞，摛詞復淵洽。前年游我里，傾蓋如故知。臭味自相合，不異鍼與磁。招我來蕪城，江關好流寓。今春遘家難，益思傍君住。豈知我舟到，君復游武林。門巷頗幽邃，木葉空蕭森。整冠上君堂，三子出見客。委曲問而翁，音書久暌隔。鄧生武林返，言共君羈棲。雅游不得意，尚困西湖西。何不遄歸來，家園聊卒歲。雖泛沽酒錢，鶡裘猶未敝。況聞予在此，晨夕相與游。知己有眞樂，屢空何足憂。（《嵞山集》卷二〈訪孫豹人不遇因題其壁〉）〔註80〕

詩中亦讚譽孫枝蔚的學品及人品，給予極高的肯定。而在〈孫豹人布袍成有贈〉中，再一次對其遺民精神之堅定表示肯定：

> 不著武靈服，如今十一年。逃名惟有釋，製衲却無錢。大雪來山邑，殘繒作水田。只愁飛動意，渾不似安禪。
>
> 斯人衣壞色，朱紫合誰新。莫展擎天手，聊爲持缽人。朝陽知不遠，補衲意非眞。簪紱登黃閣，方無負此身。（《嵞山集》卷五〈孫豹人布袍成有贈〉）〔註81〕

方文更在〈贈孫懷澧〉一詩中，對孫枝蔚之子述說自己和孫枝蔚之間的深厚情誼：

> 若翁與我友，不異親弟昆。性情同桔柏，氣味如蘭蓀。所以久彌焉，白首永不諼。二老好爲詩，各有千萬言。其音

〔註80〕方文：《嵞山集》卷三，頁 102～103。
〔註81〕方文：《嵞山集》卷五，頁 271。

凄以苦，聽之傷心魂。秖合深山中，鐵□埋雲根。世人多
忌諱，此意誰復論。若翁有才子，接踵通詞源。行將振六
翮，凌風上天門。溉堂得表章，自然貴且尊。我有盋山艸，
亦付爾收存。敬父及其執，不辭絜矩煩。庶幾讀書種，長
留在乾坤。斯言爾識之，高義古所敦。（《盋山續集》卷一
〈贈孫懷澧〉）〔註82〕

方文對於孫枝蔚的遺民精神、學識內涵均給予高度贊揚。方文早於孫
枝蔚而亡，未見其赴博學鴻詞科，但就方文結交陳名夏、錢謙益、周
亮工、龔鼎孳等人來看，似乎並未對仕清者給予嚴厲的譴責，反而尊
重當事人的抉擇，因此對於孫枝蔚的選擇，若方文仍在世，應會給予
體諒。

二、仕清貳臣〔註83〕

（一）陳名夏（1601～1654）

陳名夏，字百史，溧陽人。崇禎年間會試及第，爲兵科都給事
中，後降清，任吏部尚書，順治十一年（1654）因南黨案，被以「復
冠服、改詔旨、縱子通賄」等罪名遭絞死，年五十三，著有《石雲居
集》。〔註84〕

入清前，方文與陳名夏即有賦詩往來，並數度在復社集會聚首。
異代後，據朱書〈方盋山先生傳〉中載，方文因不滿陳名夏降清，而
在社集場合之中厲聲斥責陳名夏，但順治五年（1648），方文仍有詩
寄陳名夏：

北風吹雨浣征塵，爾去燕關秋氣薪。折柳正當傾蓋日，看
花猶及上陽春。輕肥未敢援同學，醫卜長將老逸民。京雒
故人如借問，勿言江漢有垂綸。（《盋山集》卷七〈送王涓

〔註82〕方文：《盋山續集》卷一，頁864。
〔註83〕本論文所謂「仕清貳臣」，於明代曾經出仕者，異代之後，於清朝亦
　　　　有出仕者，皆曰「仕清貳臣」。
〔註84〕參見鄧之誠：《清詩紀事初編》卷四（台北：明文書局，1986年），
　　　　頁169。

來應試北上寄陳吏部〉〕〔註85〕

對於陳名夏的選擇，方文無話可說，只能尊重，而自己身爲遺民的心志方文鄭重地表達於詩作中，並將以此終老。

入清前，方文對於陳名夏追求赴科舉一事身表贊許，從〈聞陳史及第，陳旼昭授御史，兼懷姚若侯〉一詩可看出這點：

> 憶昔貧交有二陳，十年臭味頗相親。南宮一舉夔龍上，西府初冠獬豸新。忽捧惠書勞電勉，頓教伏櫪起遭迍。姚生年少才尤美，應許同官侍從臣。（《嵞山集》卷六〈聞陳百史及第，陳旼昭授御史，兼懷姚若侯〉）〔註86〕

但異代後，陳名夏仕清，後又因南黨案遭刑殺之禍，康熙七年（1668），方文避暑於三藏庵，見陳名夏遺墨，不得不興起慨嘆：

> 驀見僧房大幅懸，回思三十五年前。斯人雅志千秋事，僅僅科名亦可憐。（《嵞山續集》卷五〈三藏菴見陳百史遺墨有感〉）〔註87〕

對於陳名夏仕清，卻非以善終，方文只能抱以同情。

（二）周亮工（1612～1672）

周亮工，字元亮，一字緘齋，號櫟園，祥符人。崇禎年間進士，授濰縣令，並任江浙道御史，異代後，任戶部右侍郎一職。周亮工尚愛風雅，喜交遊，康熙十一年（1672）卒，年六十一，著有《賴古堂集》、《偶遂堂近詩》、《書影》、《字觸》、《讀畫錄》等。〔註88〕

康熙元年（1662），周亮工將赴青州兵備任，雪夜招集方文宴飲言別，此時周亮工已撰成〈西江游草序〉，而方文有詩酬周亮工：

> 少年出宰古濰城，一劍曾當百萬兵。遂有蘭臺賡帝簡，至今蓬海誦公名。星軺重指穆陵路，畫舸將爲春水行。獨惜

〔註85〕方文：《嵞山集》卷七，頁346。
〔註86〕方文：《嵞山集》卷六，頁308。
〔註87〕方文：《嵞山續集》卷五，頁1170。
〔註88〕參見鄧之誠：《清詩紀事初編》卷八（台北：明文書局，1986年），頁889～990。

山東風景異，憑高望遠不勝情。

魯國纔歸歲序殘，聞君元旦發江午。尚無薄酒旗亭醉，翻荷嘉招雪夜歡。總為平生好風雅，不嫌賓客半寒酸。岱宗闕里吾遊慣，只恐瑯邪興未闌。（《嵞山續集》卷四〈送周元亮使君之任青州〉）〔註89〕

周亮工曾多次資助方文，在方文艱難的醫卜生活給予幫忙，「不嫌賓客半寒酸」頗有感謝周亮工之意。後方文又至青州訪周亮工，對於周亮工仕清，方文並不與其斷交，反赴青州探訪，其意涵相當特別。「不交當世」對於遺民而言，是一種讚美，但是生活是現實的，再加上社會因素複雜的交錯下，遺民與仕清者之間的關係是無法像二者的政治立場一樣單純。〔註90〕雖然方文和周亮工政治立場相違，但就學識上、生活上兩人並無相違處，兩人反而在交往當中相互理解，進而相互欣賞。

〈讀畫樓詩為周櫟園憲使作〉一詩：

周公有畫癖，遠近無不搜。丹青累千百，一一皆名流。擇其最精者，手自成較讎。裝潢十餘帙，林壑煙光浮。置之屏几間，可以當臥游。往歲逢世難，家破身羈囚。一切諸玩好，散逸如鳧鷗。念此心不釋，篋中長獨留。辟彼趙子固，箬簽風壞舟。手持蘭亭本，笑立蘆花洲。至寶幸勿失，其它復何求。今年官南國，署齋有高樓。四面環青山，居然見皇州。因取向所癖，貯之樓上頭。錫名曰讀畫，退食時稍休。讀畫如讀書，其義淵且幽。苟非真博雅，妙緒誰能抽。況公擅著作，詩文垂千秋。千秋果自命，睥睨輕王侯。借問徐中山，當年有此否？（《嵞山續集》卷一〈讀畫樓詩為周櫟園憲使作〉）〔註91〕

〔註89〕方文：《嵞山續集》卷四，頁1050～1051。
〔註90〕詳見李瑄：《明遺民群體心態與文學思想研究》，第四章〈明遺民群體的現實困境〉第三節〈明遺民與仕清漢官之關係〉（成都市：巴蜀書社，2009年），頁349。
〔註91〕方文：《嵞山續集》卷一，頁903～904。

方文對於仕清的周亮工並不吝給予讚美之辭，這讚美之辭超越了政治立場，甚至對於周亮工遷職也抱以祝福：

> 舊交風雅幾人存，屈指愚山與櫟園。稍喜官遷來建業，恰逢書寄自章門。起盧欲待嘉賓至，乞米先從仁祖言。秋月揚帆過蕭水，廣酬知不厭頻繁。(《嵞山續集》卷四〈端午後一日，後施尚白少參書，是日，適聞周元亮轉江寧糧憲〉)

〔註92〕

只要能以拯民瘼、扶士風為己任者，就算身為貳臣，方文亦能有所體諒，與周亮工結交，正是最好的寫照。

（三）錢謙益（1582～1664）

錢謙益，字受之，號牧齋，又號牧翁、蒙叟、東澗老人，常熟人，著有《初學集》、《有學集》，編有《列朝詩集》、《吾炙集》等。〔註93〕錢謙益於明萬曆三十八年（1610）曾中進士，然入清後，錢謙益進退失據，降清後授禮部侍郎。錢謙益與方文結識於崇禎四年（1631），時方文二十歲，而錢謙益年半百：

> 崇禎辛未，爾止謁余虞山。別十四年，而有甲申之事。今年癸卯，自金陵過訪，又二十年矣。爾止初謁余，甫弱冠，才氣蜂涌，獵纓奮袖，映蔽坐客。余年五十，罷枚卜里居，天下多事，意氣猶壯。(《有學集》卷二十二〈送方爾止序〉)

〔註94〕

錢謙益對於方文評價頗高，認為其雖才弱冠之年，但其才氣過人，兩人之交從此際開始。爾後，錢謙益《初學集》刻成，方文讀後亦有詩寄錢謙益：

> 賤子童年性超忽，特地辭家泛滇渤。曾向虞山訪鉅公，縫

〔註92〕方文：《嵞山續集》卷四，頁1092。
〔註93〕參見鄧之誠：《清詩紀事初編》卷三（台北：明文書局，1986年），頁305～306。
〔註94〕詳見錢謙益：〈送方爾止序〉，《牧齋有學集》卷二十二，收錄於《續修四庫全書》集部第1391冊（上海：上海古籍出版社，2002年），頁213。

雲樓上瞻風骨。是時婞淺無所知，莫測高深惟歎咨。及壯
始窺初學集，朝吟夕誦勞吾思。厥後爲儒逢世難，衣冠文
物皆塗炭。巋然獨有魯靈光，顛頓支離東海岸。每愁風雅
道紛論，品定列朝諸詩人。不辭好辨爲剖晰，遂令藝苑開
荊榛。前歲磻溪介眉壽，遠近爭趨如恐後。欲偕林叟來持
觴，先遣長書謝親舊。却寄盦山詩一章，謬稱國手何敢
當。私喜平生說詩意，與公符合爭微□。去年九日期相
訪，作客山東絆塵網。今年仲夏身蕭閒，始到琴順擊雙槳。
三十年來臭味同，好將疑義質宗工。忽聞都市焚書令，鐵
篋惟應寘井中。（《盦山續集》卷二〈常熟訪錢牧齋先生〉）
〔註95〕

詩中方文表示對錢謙益《初學集》有一番細讀，並表示喜與錢謙益談
論詩作。錢謙益於順治二年（1645）降清，方文和錢謙益入清後所選
擇的生活方式並不相同，然兩人卻仍因詩會友，互贈詩作，不因政治
態度不同，而斷然絕交：

少年曾作虞山客，親見先生半百時。稍長服膺初學集，近
來醉心列朝詩。琴川不遠難重到，鍾阜相望一寄詞。何物
腐儒蒙記憶，謾勞千里報瓊枝。

屈指今秋是八旬，先朝耆舊更無倫。擬同詞客來爲壽，卻
訝長書謝所親。實在群言思就正，肯當吾世失斯人。相過
定在明春夏，猶及磻溪垂釣辰。（《盦山集·西江游草》〈喜
錢牧齋先生惠書復寄〉）〔註96〕

就方文看來，與錢謙益之交並非爲同是遺民之屬緣故，而是因詩會
友，政治立場和文學態度並不悖逆，因而方文與錢謙益仍有所交
往，甚至在錢謙益八十大壽之時，方文欲擬同林古度往常熟祝壽，
然錢謙益卻辭謝，而訂下江西之游，至此，方文多次至常熟拜訪錢
謙益：

有客來自五羊城，手攜荔枝酒一罌。云是荔枝漿所釀，以

〔註95〕方文：《盦山續集》卷二，頁936～937。
〔註96〕方文：《盦山集·西江游草》，頁813。

餉虞山錢先生。先生安置牀頭久，欲飲還須待良友。忽聞
我到意欣然，亟喚侍兒開此酒。我從未啖鮮荔枝，今茹此
味方知之。色如玉露初寒日，香似輕紅乍擘時，古甕頻勸
不肯止。先生愛我乃如此，何以報之惟藥方。社酒治聾加
鐵矢。（《嵞山續集》卷二〈錢牧齋先生招飲荔枝酒，酒後
作歌〉）〔註97〕

除此之外，方文在錢謙益亡歿後，有詩弔之：

八十三齡叟，何勞淚滿襟。獨憐投分晚，頗覺受知深。筆
札猶盈筍，聲詩最賞音。許爲君集序，醞釀轉浮湛。（《嵞
山續集》卷三〈歲暮哭友〉）〔註98〕

對於錢謙益亡故，方文追憶往事，感念舊情，哀悼之情深切，亦可從
中感受兩人之間的友誼深厚。

（四）龔鼎孳（1615～1673）

龔鼎孳，字孝升，號芝麓，合肥人。崇禎年間進士，授蘄水令，
後遷兵科給事中，入清後累任禮部尚書，喜交雋才，資助遺民寒士，
故海內士子歸之。康熙十二年（1673）卒，年五十九。著有《定山堂
詩集》四十三卷、《龔端毅公文集》二十七卷、《定山堂奏疏》八卷
等。〔註99〕

順治五年（1648），龔鼎孳初度，方文贈墨繡大士予龔鼎孳，並
贈一詩：

霜風吹古寺，一夜雪平階。有客不能寐，登樓多所懷。故
人張綺席，嘉召悉吾儕。況以山爲壽（是日孝升初度），應知
酒似淮。安仁年正少，絡秀隱能偕。柳色黃金佩，蘭香白
玉釵。江南盛泉石，塞北遠風霾。泛宅雷峰畔，揚舲邗水
涯。懽吳惟嘯咏，放浪脫形骸。枯樹寒鴉集，沿江戰馬排。

〔註97〕方文：《嵞山續集》卷二，頁937。
〔註98〕方文：《嵞山續集》卷二，頁1008。
〔註99〕參見鄧之誠：《清詩紀事初編》卷五（台北：明文書局，1986年），
　　　　頁552～553。

明朝歸未得，還許過高齋。（《嵞山集》卷十〈廣陵飲龔孝升太嘗寓齋〉）〔註100〕

順治十三年（1656），方文於揚州重晤龔鼎孳，並送其南行至粵：

此地昔爲別，江關雨雪霏。良宵聚羣彥，高咏送予歸。彈指八年過，懷人尺素稀。江關重握手，雨雪又霑衣。

三能今不少，誰比使星明。每涉江淮路，偏多黍稷情。憂來詩更妙，客至酒長傾。亦欲遊吳越，相隨船尾行。（《嵞山集》卷五〈喜龔孝升都憲至〉）〔註101〕

對於歷經明清易代之變的漢人而言，往往因政治立場不同，導致受到世人景仰、尊敬或譴責，僅管遺民或貳臣政治選擇不同，但在文學創作上，也抒發了黍離之思或故國之感，文化上亦是如此。龔鼎孳、吳偉業、錢謙益被稱爲「江左三大家」，三人出處相同，均是貳臣，時人對其多有貶抑之意，但方文卻未因此與龔鼎孳等人疏離，反而時相酬唱，並體諒其心志。

又如順治十五年（1658），應吳綺之邀，方文同龔鼎孳等人集會興誠寺，作詩壇酒會，元宵夜遊燈市，回思故國，慨嘆物事已非，後龔鼎孳又招集方文、吳山濤、陳祚明、吳綺等人觀燈，社集賦詩，作〈正月十九日，龔孝升都憲社集觀燈〉一詩：

京師勝日誇燕九，遠近黃冠會白雲。何事詩人偏聚此，如今仙長合歸君。酒斟玉斝葡萄色，燭晃銀屏翡翠文。漫道馬牛塵壒裏，尚容鸞鶴自爲羣。（《嵞山續集・北游草》〈正月十九龔孝升都憲社集觀燈〉）〔註102〕

康熙五年（1666），龔鼎孳母喪，送者眾多，杜濬、紀映鐘、閻爾梅等俱來，方文後至，並有詩贈龔鼎孳：

往昔郭林宗，葬母于介休。送者數千人，冠蓋如雲浮。獨有徐孺子，步趾來南州。負扃以自隨，絮酒升高丘。主人

〔註100〕方文：《嵞山集》卷十，頁465～466。

〔註101〕方文：《嵞山集》卷五，頁275。

〔註102〕方文：《嵞山續集・北游草》，頁594～595。

發深歎，此事遂千秋。今年龔司寇，葬母肥水陬。送者亦
千百，執紼皆名流。我櫂自江東，後期緣石尤。所愧磨鏡
客，不足當獻酬。猶記燕京日，荷公膠漆投。小別八九年，
依依懷舊游。轉借一杯酒，聊以舒離憂。(《嵞山續集》卷
一〈合肥投贈龔芝麓尚書〉)〔註103〕

兩人之間有諸多詩作酬唱，方文《嵞山集》及龔鼎孳《定山堂詩集》
中可見一斑。

三、清之新仕〔註104〕

(一)王士禎(1634～1711)

　　王士禎，字子眞，又字貽上，號阮亭，又號漁洋山人，新城人，
於清代累任至刑部尚書。〔註105〕王士禎於清初順治、康熙年間，上
至宰輔朝臣，下至布衣之士，能賦詩者均在其結交之列，故在文化圈
中擁有極高的影響力。王士禎爲文具簪紳之氣，與方文之「布衣語」
大相逕庭，二人之交誠可玩味。

　　王士禎曾攜集訪方文，而方文曾作詩酬贈：

王郎方弱冠，山左擅詩名。到處聞新作，居然見老成。知
予吟最苦，相視眼偏明。獨恨南歸促，難爲縞紵情。(《嵞
山續集‧北游草》〈王貽上進士携其全集見示答此〉)〔註106〕

此詩作於順治十五年(1658)，時方文四十七歲，於文壇中已頗負盛
名，正值弱冠的後進之輩，聞名而至，希望前輩能給予批評，方文並
不吝於給予讚美。除此之外，方文於居遊揚州時，時常同王士禎出遊，
後王士禎北上之時，方文更有詩贈之：

〔註103〕方文：《嵞山續集》卷一，頁899。
〔註104〕本論文所謂「清之新仕」，乃是於明代未曾出仕，異代之後，於清
　　　　朝出仕者，皆曰「清之新仕」。於明代僅獲科舉功名，未有實際出
　　　　仕者，則併入此類。
〔註105〕參見鄧之誠：《清詩紀事初編》卷六(台北：明文書局，1986年)，
　　　　頁677～679。
〔註106〕方文：《嵞山續集‧北游草》，頁586。

阮亭先生官揚州，江淮山水無不搜。最愛舊京多古蹟，公餘輒作金陵游。燕子磯邊每停橈，鳳凰臺上幾登眺。雨花木末恣扶筇，桃葉青谿仍垂釣。城南牛首與獻花，城北攝山復寶華。皆因僻遠不曾到，見人惆悵還咨嗟。今年五月遷官去，重訪金陵舊游處。拾遺補闕諧素心，捫葛攀蘿何足慮。先尋佛窟次幽棲，邀我同行路不迷。曉瞻雙闕雲生岫，夜臥層樓月滿谿。明日驅車帝城北，攝山幽秀宵難測。獨向深林探石泉，更上危峰望京國。逶迤便入寶華山，言訪律師叩禪關。此山古蹟雖鮮少，手掬龍湫亦動顏。五日之間五峰徧，君始回舟返江縣。江干相送惜分手，重約新秋至淮甸。七月涼飆抗去旌，我來折槥難爲情。知君厭聽俗人語，爲賦金陵五峰行。（《嵞山續集》卷二〈金陵五峰行送王阮亭祠部北上〉）﹝註107﹞

歷來方文曾爲時人所譏，因其詩「俚俗率易」，最著名的即爲王士禎評其「俚鄙淺俗」，此事第三節有專論，在此並不贅述。若以政治觀點視之，王士禎雖給予方文評價不高，卻仍與其往來，筆者以爲，此因方文於遺民詩群中聲望頗高，若能與方文往來，對於王士禎於文壇聲望的提升亦有不少助益。

（二）李世洽（？）

李世洽，字君握，號溉林，束鹿人，爲順治四年（1647）進士，授太湖令。﹝註108﹞對方文而言，李世洽對其窮困的遺民生活有相當有的幫助，時常饋贈米薪，甚至爲助方文，而邀其至幕下，但方文卻婉拒。雖婉拒李世洽的好意，方文對此仍銘記在心，〈四令君詩〉﹝註109﹞中正是感謝梁應奇、張國樞、崔掄奇、李世洽四人的知遇之恩。

﹝註107﹞ 方文：《嵞山續集》卷二，頁 955～956。
﹝註108﹞ 詳見《康熙安慶府志》卷十二〈邑政續傳〉，收入《中國地方志集成·安徽府縣志輯》第 10 冊（南京：江蘇古籍出版社，1998 年），頁 319。
﹝註109﹞ 方文：《嵞山集》卷一，頁 60～64。

對於李世洽之知遇，方文時有感懷：

> 官舍三年始有齋，短牆依舊覆茅柴。琴書雅尚人誰及，冰
> 檗高風爾亦偕。窗外晴雲來遠袖，燈前夜雨響空堦。雖然
> 陶令為知己，歲暮那能不感懷。（《嵞山集》卷八〈李明府
> 為家子建搆一茅亭，于署中命賦〉）〔註110〕

> 一塵曾借龍崖側，高樹重陰得所依。豈謂年荒居不久，可
> 憐秋雨送將歸。吟身雖逐枯蓬轉，鄉夢時親明月輝。却笑
> 玉環無處覓，又同羣雀傍簷飛。

> 七年三次來相訪，匪獨人嗤亦自嫌。僧有因緣時節在，客
> 為知己感恩兼。琴書況是千乎業，茶笋能無數日淹，若復
> 絺袍情未倦，恐君傷惠我傷廉。（《嵞山集》卷九〈重訪李
> 太湖〉）〔註111〕

對遺民而言，其內心精神的寄託乃是對於故國的忠誠，而這點亦影響
遺民的所言所行，但生活中仍有許多難題逼迫遺民面對仕清之人的幫
助，使其無法迴避與官員的往來。因此不得不把生活與理想一分為
二。就細節而言，於「大節」無損時，通過人際關係的變通與調整滿
足生活的具體需要。〔註112〕方文曾言：

> 一年書問未曾通，長有慈顏入夢中。老困愈知懷舊德，妻
> 孥亦解頌仁風。山田又旱難安土，詩卷雖多不救窮。盧岳
> 千峯自奇絕，主人那得似司空。（《嵞山集》卷八〈寄懷李
> 概林明府〉）〔註113〕

遺民乃是一個政治立場，但人生仍有許多實際的生活需求，這兩者
並不互相違背。故而，李世洽的幫忙，並無損方文遺民身份及其氣
節。

〔註110〕方文：《嵞山集》卷八，頁402。
〔註111〕方文：《嵞山集》卷九，頁427。
〔註112〕詳見李瑄：《明遺民群體心態與文學思想研究》，第四章〈明遺民群
　　　　體的現實困境〉第三節〈明遺民與仕清漢官之關係〉（成都市：巴
　　　　蜀書社，2009年），頁362。
〔註113〕方文：《嵞山集》卷八，頁412。

（三）宋琬（1614～1674）

宋琬，字玉叔，號荔裳，萊陽人。其一生遭遇坎坷，曾兩度爲人誣告入獄。宋琬才華出眾，王士禎於《池北偶談》中舉宋琬與施閏章爲「南施北宋」，於康熙十三年（1674）卒，年六十一，著有《安雅堂集》、《二鄉亭詞》等作品。〔註114〕

宋琬與方文交往相當密切，時將對方掛懷於心，順治二年（1645），當宋琬兄弟北歸，聞說宋琬掛念方文，方文即有詩酬作：

> 山東才子宋玉叔，滄滇以後無其人。曾游江南訪諸彥，江南諸彥皆逡巡。一朝京口與我遇，紵衣縞帶懂如故。把酒同登萬歲樓，行吟共倚三山樹。亡何白日塵沙黃，與子避地尊鱸鄉。本期煙櫂窮水國，可憐病骨支匡牀。久之風雨復飄散，君冒兵戈歸海畔。雙魚寂寂冷春江，三星耿耿望秋漢。明年六翮翔九州，乘興復作江南遊。逢人輒問明農子，聞我饑寒嗟未休。齊生書來道君意，令予俛仰發長喟。乾坤納納幾人存，出處雖殊心不易。初冬擬掉吳門來，君舟此際開未開。虎丘霜月甚可惜，安得與子大醉生公臺。
>
> （《嵞山集》卷三〈齊介人書至，云宋玉叔客吳門，念予甚切，感而有作〉）〔註115〕

詩中說明宋琬對於異代後，處於流離之際的方文相當關切其生活，「逢人輒問明農子，聞我饑寒嗟未休」，惟交心摯友才能如此掛心對方，逢此亂世，其情更是珍貴。順治六年（1649），方文賣卜蕪湖，宋琬分俸相濟，方文作〈蕪湖訪宋玉叔計部感舊四首〉，述說方文對宋琬的感謝：

> 丁卯橋邊芳草平，櫻桃時節共君行。吟聲互答如黃鳥，別諸纏綿在紫荊。復有佳期來笠澤，不堪多難去蓬瀛。乾坤納納同心少，何日能亡此際情。

〔註114〕參見鄧之誠：《清詩紀事初編》卷六（台北：明文書局，1986年），頁673～674。

〔註115〕方文：《嵞山集》卷三，頁140～141。

比年人自薊門還，皆道吾兄問弟顏。敢望功名附霄漢，獨
憐窮餓老湖山。使星何意乘軺近，舊雨相過鎖印閒。却笑
成都賣卜者，也能詞賦動江關。

南方佳麗數于湖，使者臨關昔甚那。一自狂瀾翻大陸，遂
令郎署屬危途。江蘺欲采簀盈室，野雀群飛鳳在笯。莫是
才華天所忌，故教足不過門樞。

宋玉才爲萬古師，風流儒雅爾兼之。高懷歷落人誰識，古
道微茫我略知。預擬登臨同嘯咏，何期山水有監司。論心
只好來僧舍，不似南徐痛飲時。（《嵞山集》卷七〈蕪湖訪
宋玉叔計部感舊四首〉）〔註116〕

順治七年（1650），方文宿於宋琬署中，後再游宣城，方文有詩記此
事：

江澗雨冥冥，孤查傍驛亭。旅愁難自遣，檐響且同聽。樹
老先秋白，燈寒夜入青。非君念疇昔，誰與慰飄零。

官輕如社燕，南北任孤飛。賤子復何似，窮途那得歸。稻
梁謀不免，鴻鵠志多違。只恐君行後，無人知我饑。（《嵞
山集》卷五〈雨夜宿宋玉叔署齋分韻，明日將之宛陵〉）
〔註117〕

陳宇舟於《清初詩人宋琬研究》論文中，引方文〈初度日宋玉叔計部
載酒見訪，因偕蕭尺木、羅天成登范羅山，限春光二字〉一詩中「哪
能同草木，枯絕又逢春」一句，認爲兩人已有鴻溝，其友誼已不復已
往。〔註118〕其全詩如下：

甲子渾忘却，君猶記我辰。軒車來旅舍，壺榼徙江濱。去
日忙如水，衰年愁殺人。那能同草木，枯絕又逢春。

古阜宜登陟，晴江盡一望。微雲分片白，弱柳羨絲黃。野
酌邀山友，高吟遜省郎。無才甘自棄，不敢恨年光。（《嵞

〔註116〕方文：《嵞山集》卷七，頁359～360。
〔註117〕方文：《嵞山集》卷五，頁245。
〔註118〕詳見陳宇舟：《清初詩人宋琬研究》（蘇州：蘇州大學碩士學位論
　　　　文，2004年），頁8。

山集》卷五〈初度日，宋玉叔計部載酒見訪，因偕蕭尺木、
羅天成登范羅山，限春光二字〉〕〔註119〕

方文初度於正月初九，而〈雨夜宿宋玉叔署齋分韻，明日將之宛陵〉
一詩作於夏，其詩中已明確表示兩人之間的情誼甚篤，何來兩人構隙
之說？陳宇舟應是誤解方文詩意。

（四）施閏章（1618～1683）

施閏章，字尚白，號愚山，宣城人，爲清初大儒亦是清朝名臣，
曾任江西參議、刑部主事等職，康熙二十二年（1683）卒，年六十六。
著有《學餘堂文集》、《學餘堂詩集》等。〔註120〕

施閏章曾爲方文〈西江游草〉題序，而順治十八年（1661），方
文抵南昌晤倪燦、宋之繩，於滕王閣遇施閏章，施閏章與方文訂下十
月會期，後卻遇生米潭風阻無法赴約，此事有詩記之：

> 蕭灘分手時，期晤章江渚。我辭歸櫂急，恐不能待汝。豈
> 知沙洲外，春水纔尺許。舟重易膠淺，累日空延佇。聞君
> 官舫來，相望不得語。推挽借眾力，帆檣始一舉。私喜旦
> 晚間，可以慰羈旅。及至生米潭，又被風濤阻。去年君過
> 此，云亦遇風雨。懷我作長句，其言淒以楚。我今吟此詩，
> 篤念同心侶。安得似田家，長年共雞黍。（《嵞山續集·西
> 江游草》〈生米潭寄懷尚白少參〉）〔註121〕

康熙三年（1664），兩人同登攝山：

> 十月星軺過舊都，江亭一宿便馳驅。懷人不見書空寄，奉
> 使才歸歲已徂。匆迫尚思游古刹，追陪必欲待潛夫。非君
> 逸興誰能爾，忙裏偷閒世所無。（《嵞山續集》卷四〈喜施
> 愚山使君至，即訂棲霞之游〉）〔註122〕

兩人時相往來，相互唱酬，對於施閏章的人品及文章，方文更是讚賞

〔註119〕方文：《嵞山集》卷五，頁243。
〔註120〕參見鄧之誠：《清詩紀事初編》卷五（台北：明文書局，1986年），
頁580。
〔註121〕方文：《嵞山續集·西江游草》，頁784～785。
〔註122〕方文：《嵞山續集》卷四，頁1073。

有加：

> 去年我向歷城遊，□華沈瀠恣冥搜。到處見君所題石，高
> 風逸韻垂千秋。今人仕宦惟干祿，山水詩文意不屬。即令
> 逐隊憩林泉，那有篇章賁巖谷。使君夙負天下才，睥睨一
> 官如浮埃。平生篤好在山水，但聞名勝心顏開。前年視學
> 來東土，星軺歷遍齊與魯。睠懷古人求遺蹟，廢者重興闕
> 者補。及登泰岱觀滄溟，夜半日出光熒熒。登州蜃市更奇
> 絕，老坡未許誇仙靈。以此新詩數百首，登臨贈答無不有。
> 嶽瀆藉以生光輝，豈止芳腴膾人口。我讀君文誦君詩，停
> 雲千里長相思。春鴻秋燕每不值，曾託芹溪爲致詞。今年
> 君自武林返，訪我衡茅不辭遠。貧交本是廿年前，此日重
> 逢猶恨晚。明朝便欲去匡廬，聚散匆匆意不舒。二孤五老
> 昔所賞，茲行游泳當何如。我有故人權溢渚，欲往從之罕
> 儔侶。樓船倘肯附遺民，一路雲山供笑語。(《嵞山續集・
> 西江游草》〈答施尚白少參見訪之作〉) 〔註123〕

所謂「一貧一富，交情乃現」，而方文對於施閏章於政治上的表現更
是給予正面的肯定：

> 湖西分司使君署，乃在城東最高處。俯瞰蕭江水上雲，遙
> 望閣山烟裏樹。使星本是少微星，雖居官舍風泠泠。既倚
> 芙蓉結爲星，又取箟簹裁作亭。世人鮮不愛華膴，高人視
> 之同糞土。石崇金谷秪須臾，葛亮草廬自千古。厥名就亭
> 意云何，取其簡易不煩苛。使君爲政亦如此，日日亭中聞
> 嘯歌。(《嵞山續集・西江游草》〈就亭歌爲尚白少參作〉)
> 〔註124〕

由此可見，方文對於施閏章仕清並未給予負面評斷，出自於友人關心
之意，成爲其精神支柱。

〔註123〕方文：《嵞山續集・西江游草》，頁787～789。
〔註124〕方文：《嵞山續集・西江游草》，頁795～796。

第三節　方文詩作之評價

　　錢謙益曾於〈送方爾止序〉中提到對方文詩作有如此評論：「獨于爾止詩，目開心折，以謂得少陵之風骨，深知其阡陌者，一人而已。」〔註125〕方文自己亦認為其一生「沉酣杜白」〔註126〕，杜甫的沉鬱頓挫，影響方文於歷史軌跡及生命錘鍊的表現，使其詩心更顯蒼涼；白居易的淺白易懂，造就方文敘事的情真意切，使其敘事言物更能立於客觀立場，使詩作的敘事性增強，而對社會評斷的角度益加遠深。

　　方文曾自比陶潛、杜甫、白居易，因三者與方文均生於「壬子」年，故而請畫師繪〈四壬子圖〉，陶潛居中，次杜甫，次白居易，皆高坐，而方文仆於前，呈其詩卷，此舉極可能表示方文將自己定位於承接陶潛、杜甫、白居易其後，並期盼自己的詩作能如同三者，對後世詩壇產生影響。朱麗霞則認為，方文認為自己是文化傳播者的角色，並以為方文敬佩陶潛詩風的恬淡及隱士的高義，但只學陶，欠缺歷史的厚度與文化重量，無法承接厚重的歷史使命，據此，方文由陶入杜，把少陵視為自己的指標。再者，方文亦承接白居易「長慶體」的詩歌體式，並豐富「長慶體」的詩歌藝術，提升了這一詩體的包容量。〔註127〕

　　陶詩淡然詩風及其樸素辭藻為方文所學，再加上杜詩「感於哀樂，緣事而發」的歷史厚度，繼而「長慶體」的詩歌體式，造就出方文「樸老真至」的「嵞山體」，透過遺民觀點，以記事手法，採用長篇詩歌，樸素的語言，深切的情感穿越其中，一幕幕歷史場景躍然紙

〔註125〕詳見錢謙益：〈送方爾止序〉，《牧齋有學集》卷二十二，收錄於《續修四庫全書》集部第 1391 冊（上海：上海古籍出版社，2002 年），頁 213。

〔註126〕方文：《嵞山集》卷九〈王望如招飲談詩，即席如此〉：「字句鍾鐔今不少，沉酣杜白古來難。」，頁 444～445。

〔註127〕詳見朱麗霞：《明清之交文人游幕與文學生態——以徐渭、方文、朱彝尊為個案》，第二章〈方文謀生與文學創作〉（上海：上海古籍出版社，2008 年），頁 234～250。

上，也使得「鉽山體」更是獨具一格。究竟古人和今人對方文詩作的評價爲何，乃爲本節論述重點。

一、古人評論

（一）詩語明白如話

方文的「鉽山體」最大的一項特色即爲詩語明白如話，讀來似口語，而此一特色在當時卻被譏爲「俚俗淺鄙」：

> 桐城方鉽山，少有才華，後學白樂天，遂流爲俚鄙淺俗，如所謂打油、釘鉸者。予常問其族子邵邨（咸亨）曰：「君家鉽山詩，果是樂天否？」邵邨笑曰：「未敢具結狀，須再行查。」（《古夫于亭雜錄》卷四〈方文詩〉）〔註128〕

王士禎直指方文詩語過於口語化，而使人覺得俚俗，難以登上大雅之堂，而這種「口語化」的特色，孫枝蔚更是替方文做了很好的解釋：

> 看似尋常最奇崛，成如容易却艱難。鉽山詩合荆公語，輕薄兒曹莫浪談。（渭北孫枝蔚：〈題鉽山先生續集〉）〔註129〕

陳維崧更是進一步的爲方文做辯解：

> 字字精工費剪裁，篇篇陶冶極悲哀。白家老嫗休輕誦，曾見元和薰本來。
>
> 春雨春陰又幾朝，他鄉寒食總無聊。把君丙午詩千卷，吟過城南丁卯橋。（陽羨陳維崧：〈題鉽山先生續集〉）〔註130〕

方文對於「布衣語」之說亦有所回應：

> 有客慈仁古寺中，蒼龍鱗畔泣春風。布衣自有布衣語，不與簪紳朝士同。（《鉽山續集・北游草》〈都下竹枝詞二十首〉）〔註131〕

〔註128〕 王士禎：《古夫于亭雜錄》卷四，頁 97～98，收錄於《清代史料筆記叢刊》（北京市：中華書局，1988 年）。
〔註129〕 《鉽山續集》，頁 843。
〔註130〕 《鉽山續集》，頁 843～844。
〔註131〕 方文：《鉽山續集・北游草》，頁 624。

「布衣自有布衣語，不與簪紳朝士同」劃分出詩歌領域的兩大範疇：「布衣語」與「簪紳朝士」，更明確地表達出方文的觀點：只做自己，不盲目附從。針對「布衣語」與「簪紳朝士」之爭，李楷爲方文所做的詩序正好爲此做了一番說明：

夫論詩而好譏議人者，此其人不足與言詩也。意以爲不排人無以自見，故於古人亦反脣焉。繇此推之，必律天下之人皆歸於己一軌，凡古人之不合於我者，輒訾其瑕纇使聞者無不驚而畏之，曰：「夫夫也且出古人上，其誰敢與之爭？」嗟乎，古人何易言也！古之人先得我心，亦猶我之先得乎天下後世之心也。與我同者，我趨之；與彼同者，彼趨之，古今一揆，是非無定，必引彼以就我，與強我以適彼，皆不然之事也。或彼或我，自成一家而已矣。乃世所援以爲口實者：元輕、白俗、郊寒、島瘦。予竊以爲不然。夫微之、樂天、東野、閬仙，豈復有堪爲姍笑之資哉！後之學者，不得其精神之所存而皮相之。耳食之，群而吠之，以「輕俗寒瘦」概古人之一生，古之人其心折乎？若四公者，皆自成一家者也。夫家者，異於游歷與寄寓者也。跋涉之途，不足以當一宿，一宿之旅不足以當流寓，流寓之所不足以當故廬。以是知歧出歧入，泛泛然而所歸者皆失其家而家他人之家。不能以自立，我之亞旅，我之苗裔，將安歸乎？古人爲人之所歸，而或以其異己，則曰非我家也，然不謂之汝家，乃遂訾之曰：「此未足以爲家。」嘻！其甚哉！方子於詩無所不學，而歸宗無二，其詩必自成一家，故其言曰：「樸老眞至，詩之則也。」予觀草木之華，香豔沁人，結而爲果，堅確可舉。方子之詩，詩之果也，樸老眞至，則果之熟時也。（〈嵞山集序〉）〔註132〕

詩歌究竟要「自成一家」或是「定於一尊」，在詩歌史中常是論辯的重點，〔註133〕李楷認爲就方文當時的生活境況及政治氛圍，在特定

〔註132〕李楷：〈嵞山集序〉，收錄於《嵞山集》，頁3～5。
〔註133〕詳見嚴迪昌：《清詩史》第二章〈以方文、錢秉澄爲代表的皖江遺

的年代及特殊的遺民身份下，詩歌對方文而言乃是寄寓情感、敘寫遊歷的管道，透過此一管道，可以看見方文生活態度，見證歷史軌跡，感受其思鄉懷親之情。方文身歷其事，所記情眞，將個人自傳及家國大事都融於詩作當中，此彌足珍貴。

透過旁觀者角度，方文詩作將敘事角度置於體現歷史的臨場感，在如泣如訴的過程中，方文詩作更使人感受到敘事性的強烈，而非個人主觀的批判，這是方文詩作的特點。「布衣語」僅是方文選擇書寫的一種語言工具，以口語化的敘事手法，較能有親臨事境的感受，並從中了解詩人所要傳達出的意義。

《嵞山集》中，孫枝蔚、談允謙、陳維崧、鄒祗謨、錢陸燦等人，針對方文詩作有以下的評論：

因誦荊公憶白公，歎君命與古人同。不教才展休明代，爲罰詩爭造化工。（京口談允謙：〈題嵞山先生續集〉）〔註134〕

懸知杜老是前身，待與香山作後塵。平淡盡從攻苦得，時賢未許鬪清新。

君詩字字到空靈，易解寧煩老嫗聽。自有太羹元酒味，何曾珍重五侯鯖。（蘭陵鄒祗謨：〈題嵞山先生續集〉）〔註135〕

壬子同年作者同，陶公杜公與白公。若修歲譜兼詩譜，又記嵞山江以東。

陶公沖澹杜公雄，白傳天然造化工。此筆千年誰伯仲，還將半格問方公。（白氏長慶集有格詩、半格詩，余曾問之，先宮保未詳其義）

讀君巳午兩年詩，澹直悲涼信有之。不是苦吟爭得到，晚年須借數莖髭。

民詩人——兼說地域文化世族〉（杭州：浙江古籍出版社，2002 年），頁 197～199。
〔註134〕《嵞山續集》，頁 843。
〔註135〕《嵞山續集》，頁 844。

意盡言窮是至言，誰于言外意猶存。知君妙解文章味，掩
卷如聞仔細論。

近來詩卷擅千秋，櫟下官高爾止遊。何事同生壬子歲，意
無一字學崔劉。（梁陸錢陵燦：〈題盒山先生續集〉）〔註136〕

上述諸位能夠深切體會方文個性稟賦的不同，亦能了解方文欲與陶
潛、杜甫、白居易並駕齊驅的企圖，無疑爲方文詩歌的知音。

（二）詩心深摯蒼涼

杜甫被喻爲「詩聖」，緣其將時代盛衰忠實的書寫出來，並體現
詩人關懷社會的使命，藉時事爲寫作背景，以此反映生活之眞、歷史
之跡。此舉與杜甫相仿，方文亦自認爲杜甫「詩史」的承繼者，將詩
歌作爲歷史的記錄方式，欲讓後人明瞭過去的歷史。以詩歌的形式記
錄時代英雄，以詩歌揭示社會現象，故而方文詩歌採用史筆手法，讀
來使人感到質實而情切。

如同杜甫一樣，方文之詩令人有「深摯蒼涼」之感。方文將己身
遭遇及國家之難聯繫起來，讀來沉鬱而雄渾，慷慨且激越，歷經生活
的錘鍊及歲月動盪，再加上憂國憂民，塑造出「沉鬱頓挫」的風格，
杜濬於〈魯游草序〉中做了絕佳的說明：

……而爾止獨不然，剛正之氣，百折不回，往往譙讓余之
委靡。雖中間亦搆奇禍，然蹶而復起。前年北走燕，今年
又東游齊魯，以爲詩人不登泰山、謁孔林，眼界終不寬，
題目終不大也。於是賦詩數百篇，滄海日出闕里，風規盡
收筆底，歸以示余。……（杜濬：〈魯游草序〉）〔註137〕

寓游四方，走遍歷史遺跡，因身體歷經奔走勞苦，方文才能夠將歷史
瞬間的感受呈現於詩歌中，其中的風景、人物才能盡收筆底。方文的
人生旅程崎嶇不平，卻能夠帶給他反觀自我及進行社會身份調適的作
用，於詩作中體現出歷史的眞實性與生活的現實面。而范驤看出生命

〔註136〕《盒山續集》，頁844～845。
〔註137〕收錄於《盒山續集》，頁691～692。

錘鍊對於方文詩作的影響：

> 爾止詩，天眞爛熳，觸手成妙，近代無此詩人觀者，但賞
> 其流利圓美，不知爾正錘鍊甚工，但不使人見鑪構之痕耳。
> （范驤：〈徐杭游草題詞〉）〔註138〕

方文以詩名世，其詩風被概括爲「樸、老、眞、至」，這「樸、老、眞、至」是詩人春華秋實的結晶，亦可涵括方文詩作之題材，更是浸透方文一生風塵、幾多辛酸，故而其詩直白中蘊蓄著悲壯，沖澹裡回蕩著淒涼，〔註139〕方文將人生際遇、國家之難、歷史軌跡、人生哲理全部融入詩篇當中，嚴胤肇對此下了很好的註解：

> 盦山先生少以詩名天下，篇什既眾，頹焉自放，若絕無意
> 爲詩者，及一再讀之，乃知其以眞至醇樸之氣，發之爲優
> 柔平中之聲，悠然與古太始之音無相遠，蓋先生之才自有
> 過人者，而其氣足以達之。且夫古之能詩者，其初皆非有
> 意於爲詩也，其氣積乎其中而溢乎其外，悲愉感憤，浩歌
> 淋漓，有不知其所以然而然者。辟之空山絕壑，本非有聲，
> 忽而大風鼓之，怒號洶隘，陵谷爲之動搖，草木爲之吟嘯，
> 豈非氣之所至，聲亦隨之……先生爲人拓落有大志，既與
> 世寡所合，遂耽其好於詩，詩日多而家日以落，意甚得也。
> 已而負笈行游，千里命駕，歷齊魯吳起燕趙中州之墟。其
> 所經，閱山川偉麗，雲樹蒼茫，風物之變遷，賢豪之時接，
> 羈人思婦之愁歡，酒徒劍客之慷慨，有概於中，一皆於詩
> 發之，故其爲詩疏疏莽莽，不拘一格，而氣象萬千。余固
> 知先生之詩不以才勝，而以氣勝也。（嚴胤肇：〈盦山續集
> 序〉）〔註140〕

二、今人評論

　　方文詩作雖被古人評爲「布衣語」、「俚俗」，且其詩筆鋒芒不蔽，

〔註138〕收錄於《盦山續集》，頁634。

〔註139〕詳見時志明：《山魂水魄——明末清初節烈詩人山水詩論》（南京：
　　　　鳳凰出版社，2006年），頁298。

〔註140〕收錄於《盦山續集》，頁839～840。

尖銳直入，〔註 141〕然此「布衣語」並非粗俗、難登大雅之意，而是意謂其不受羈絆，恣意山水之間，也代表其字裡行間乃是將其感情直訴於筆端，也將方文的快人快語、血性十足映現於詩作之中。〔註 142〕長於敘事，並且於詩作當中展現強烈個人性格是方文詩作的一個特色，因而今人給予方文詩作「眞氣淋漓」的評價。

（一）長於敘事

方文作品數量極多，作爲遺民，方文將一種歷史記憶融入個人成長故事中，在自傳性的詩體敘事裡，投射出易代之際數十年政治、經濟、社會、文化的變化過程，那些歷史影像將一個時代的血肉體驗留存下來。〔註 143〕因而方文作品當中屬於敘事體裁的作品不少，方文利用詩紀錄自己的生命歷程和其所歷經的人生困頓，因而朱麗霞如此評論方文：

> 發軔於唐代、成形於宋代的詩史觀，可以説是古代敘事詩現實精神的集中體現。詩史異質同構思維在中國敘事詩創作中成爲一種特有的認知、表現宇宙人事流化的方式。在歷代的敘事詩創作中，出現了如同杜甫、白居易、吳梅村、錢謙益、黃遵憲等大批有著「詩史」稱號的作家。他們的作品以抒情爲主的中國古典詩歌藝術增添了繁盛之景。嵞山體詩一方面繼承古典敘事詩以詩承史的敘寫傳統，一方面又努力引領讀者去探測其微言幽旨。（朱麗霞：〈方文謀生與文學創作〉）〔註 144〕

將個人情感透過敘事體裁融合歷史，這種以詩記史的方式，朱麗霞認

〔註 141〕 見嚴迪昌：《清詩史》第二章〈以方文、錢秉澄爲代表的皖江遺民詩人——兼説地域文化世族〉（杭州：浙江古籍出版社，2002 年），頁 192。

〔註 142〕 詳見方文撰，胡金望、張則桐點校《方嵞山詩集》（合肥：黃山書社，2009 年）之整理說明，頁 8。

〔註 143〕 詳見朱麗霞：《明清之交文人游幕與文學生態——以徐渭、方文、朱彝尊爲個案》，第二章〈方文謀生與文學創作〉（上海：上海古籍出版社，2008 年），頁 144。

〔註 144〕 同註 125，頁 222～223。

為突顯了歷史的深重感和滄桑感，也讓方文克服了歷史與詩歌兩類文體的侷限，反而蘊含歷史的實錄和詩人的深情，進而讓個人的記憶與大眾的的情懷能夠聯繫起來，針對此點，朱麗霞給予相當高的評價。

　　同樣地，嚴迪昌亦認為，方文詩作的特色即是以敘事法寫抒情詩，將經歷際遇、興衰廢起的具體過程如實表達。〔註145〕綜上所論，可見「長於敘事」是今人評論方文詩作的一個要點。

（二）真氣淋漓

　　方文為人率直，嚴迪昌認為這樣的性格反映於其詩作中，造就方文任真詩作特色，並以敏銳、辛辣的筆力，穿透現象切入本質。〔註146〕而時志明則認為方文以毫不掩飾的言語，表達對清朝的反抗與排斥：

> 方文一生沒有錢澄之似的跌宕起伏、風雲激變，但在諸遺民中他卻是一個極具骨鯁之氣與傳奇色彩的人物，如果說錢澄之是慷慨激昂、血淚迸濺的話，那麼方文則歌哭怒罵、直聲震野，他的詩毫不掩飾對新王朝的排斥與反擊，他借山水之形，發洩內心不平、直面黯淡人生否定新朝的勇氣，確實超出錢澄之。（時志明：〈況當凌絕頂，千峰恣遐眺——方文的山水詩〉）〔註147〕

時志明點出方文詩作「真」的特色，明確地點出方文真至渾融，以發自胸臆的真情至性，無斧鑿刻畫之跡的創作手法。以真情至性的筆

〔註145〕見嚴迪昌：《清詩史》第二章〈以方文、錢秉澄為代表的皖江遺民詩人——兼說地域文化世族〉（杭州：浙江古籍出版社，2002 年），頁 197。

〔註146〕見嚴迪昌：《清詩史》第二章〈以方文、錢秉澄為代表的皖江遺民詩人——兼說地域文化世族〉（杭州：浙江古籍出版社，2002 年），頁 193。

〔註147〕詳見時志明：《山魂水魄——明末清初節烈詩人山水詩論》，第八章〈身老田園，心繫人間〉第二節〈況當凌絕頂，千峰恣遐眺——方文的山水詩〉（南京：鳳凰出版社，2006 年），頁 309。

法，再透過詩歌去詮釋其閱歷一生的苦痛，及表達個人對故國的情操，並將其對人生的體悟與生命價值的思索寄於詩作之中，無須明言，即可在其詩作當中找到方文生命歷史的記錄，也看到方文將內心的苦痛與掙扎毫不掩飾地呈現於世人面前。

第三章　方文詩作之內容探究

　　方文詩作相當多，內容亦相當廣泛，題材種類多樣，談及個人生活境況，對人生哲理之反思，與友酬唱吟和，走訪歷史場域緬懷過往，負笈行游，閱山川之壯麗，覽風物之變遷……等，皆於《嵞山集》中一一呈現。歷經家國之難，方文將個人身份及故國回憶詳盡闡述於詩中，除此之外，方文詩作更有其豐沛情感與個人鮮明形象，透過對《嵞山集》內容探究，以求更進一步了解這位遺民詩人。

第一節　以簡樸之筆呈現自然生活主題

一、自然之樸

　　方文於入清後並未出仕，本是名門大族，明亡後行醫走卜，浪蕩江湖，其慘淡心境可見。雖歷經國破之痛，然方文徜徉於自然山水之間，對自然山水之美之讚頌極多，故而《嵞山集》中有許多清新且筆調輕快的自然詩篇：

　　　　茅堂隘且卑，喜在長松下。開戶納涼風，可以恣休夏。夏
　　　　熱猶可居，況乃清秋夜。夜半風雨作，松聲似泉瀉。彷彿
　　　　廬山時，開先共僧話。（《嵞山集》卷二〈秋夜聞松聲〉）〔註1〕

〔註 1〕方文：《嵞山集》卷二，頁 87。

此詩作於順治十年（1653），時方文家中缺食，故而移家入桐城，經
營荒廢已久之田地。「茅堂隘且卑」說明其居住環境欠佳，草屋雖陋
卻因松樹陪襯而顯得不俗。再者，夜半風雨聲，此時松聲卻似泉瀉，
對方文而言並不惱人，反而憶起順治九年（1652）登盧山，與方以智
聚首九日，訴盡滄桑之事，陣陣過往正如松聲，傾瀉直上心頭。

　　又或，方文見山中古梅，以輕盈自在筆調描繪古梅之姿：

　　路遠西峰石磴斜，竹籬深處有人家。門前一樹寒梅古，未
　　見東風已著花。（《嵞山集》卷十二〈山行〉）〔註2〕

方文對於自然景物描寫手法平淡之中帶有雅趣，未極力描述景物之
姿，但卻能體現自然之樸實，並體現詩人內心幽微的情思。

　　除描寫古梅之姿，方文更是將個人情感寄寓於自然景物，如：

　　菊花開罷花事窮，千林萬木搖悲風。臘月老梅底心性，繁
　　英爛熳霜雪中。可憐地僻罕人識，孤僧引客尋幽叢。手折
　　一枝歸旅舍，寒香冷豔將無同。（《嵞山集》卷三〈徐園看
　　臘梅花〉）〔註3〕

梅花本是象徵高潔之士，在秋菊落盡，萬物悲秋之際，臘梅便綻放於
霜雪當中，孤傲不群的景象躍然紙上，然而卻因地處偏僻而少人能識
見。詩中並無絢麗奪目的描述，亦無突出特異的內容，只呈現出平淡
自然的景色。方文詩作之樸在於：落筆不見波濤洶湧，而是平實舒緩
地將所見所聞經由平淡筆法描摹出詩人欲抒發的情志，如此淡然筆
觸，於〈送徐州來讀書焦山〉一詩中更是如此：

　　北固山前江雨微，輕鷗柔櫓一行飛。風雷未合魚龍臥，梧
　　竹雖存鳳鳥飢。古寺攤書看日出，夕陽沽酒聽僧歸。將秋
　　予亦浮東海，端在蘆中叩爾扉。（《嵞山集》卷六〈送徐州
　　來讀書焦山〉）〔註4〕

此詩作於崇禎十六年（1643），時值夏天，方文從西華門移居瓦官寺

〔註2〕方文：《嵞山集》卷十二，頁497。
〔註3〕方文：《嵞山集》卷三，頁159。
〔註4〕方文：《嵞山集》卷六，頁303。

側，〔註5〕送徐延吳讀書焦山寺，並訂秋晤之期。徐延吳，字州來，
居南京，與方文往來密切，明亡之後，隱居以致終老。詩歌乃是詩人
情感投致，詩人將景物選取，並賦予個人情感，王國維說：「一切景
語皆情語也。」，在〈送徐州來讀書焦山〉一詩中，細雨微微，點點
鷗鳥，寧靜之感忠實地揭示自然面貌，方文運用樸素的語言，體現客
觀境況，實乃其詩歌一大特點。

　　自然樸拙是方文詩作的一個特點，忠實地將自然景物以樸實筆法
呈現，在方文描寫自然景物的詩作當中更是常見，如順治九年
（1652），方文登廬山，遍覽名勝，作〈廬山詩〉三十六首〔註6〕，描
述了玉京山、白鹿洞、五老峰、白鶴觀、三疊泉、漢王峰、康王谷、
石門澗、紫雲峰、香爐峰……等景點，其中對於三疊泉的描寫，除了
〈廬山詩〉外，另又作了〈三疊泉歌〉：

> 玉川門內看三疊，飛泉噴薄由層巒。九雲屏前看三疊，急
> 流奔瀉在深湍。乃知世間本一物，隨人上下殊所觀。我今
> 更躡五峰頂，從此眼界何知寬。（《嵞山集》卷三〈三疊泉
> 歌〉）〔註7〕

三疊泉乃廬山之著名景點，其中泉水激石，急流奔瀉，蔚為奇觀。方
文將泉水飛瀉而下，目睹壯觀的雄闊場景，以「飛泉噴薄由層巒」、
「急流奔瀉在深湍」二句帶出詩人欲予以讀者的視覺享受。不以藻飾
堆疊詞句，而是以淡然筆法帶出，詩中未多明寫飛泉之詞，卻予人高
度的視覺感受，此為方文獨特之處。

　　方文對自然景物的描寫，在其〈北游草〉、〈徐杭游草〉、〈魯游草〉
和〈西江游草〉中屢屢可見。歷經家國之難，方文行醫問卜客居白下，
漂泊於江淮之間，下徐杭、游西江，將滿腹辛酸寄寓於山水之間。雖
說辛酸鬱悶積於心中，然方文字裡行間卻未給人沉悶厚重之氣，反而

〔註5〕見方文：《嵞山集》卷四〈馬倩若陽水書來卻寄〉其四：「瓦官新卜
　　築，茅宇坐蕭條。」
〔註6〕見方文：《嵞山集》卷二〈廬山詩〉，頁67～85。
〔註7〕方文：《嵞山集》卷三，頁153。

字字清新，句句質樸，意境深遠幽渺，對於自然山水嚮往之情，時時呈現於詩作當中。如：

> 殘月四更出，城中人未知。可憐江上客，正是渡江時。風小波初靜，天空露亦滋。娟娟一片影，幾日令人思。（《嵞山續集‧徐杭游草》〈曉度燕子磯〉）〔註8〕

> 島嶼若憑空，雲根到處通。何年來海上，獨戀此山中。黑白二猿在，陰青萬樹同。所嗟塵世客，遊覽太匆匆。（《嵞山續集‧徐杭游草》〈飛來峰〉）〔註9〕

> 山東諸郡濟南大，齊州自古稱都會，中有名泉七十二，尤以趵突泉爲最。趵突發源王屋山，伏流千里來河間。歷城西南始湧出，平地三穴如輪輻。雪濤噴薄高數尺，又如瀑布衝激石。散爲濼水入清河，委輸東海無朝夕。泉上嵯峨樓復亭，香龕繡幔供仙靈。道人煮茗待游客，自向波心汲一缾。（《嵞山續集‧魯游草》〈趵突泉歌〉）〔註10〕

> 朝雲飛出暮飛還，古洞藏雲官霯間。觸石便爲天下雨，流膏豈獨海邊山。往時祝史誠能格，今歲祈求澤尚慳。二麥焦枯麻豆死，東皇爭不念民艱。（《嵞山續集‧魯游草》〈登岱十首〉其六）〔註11〕

> 南天門外石嵯峨，俯瞰諸山培塿多。梁父纖微何足禪，徂徠蒼秀尚堪摩。盪胸眞有雲千疊，決眥全無鳥一過。可惜少陵平地望，若登絕頂更如何。（《嵞山續集‧魯游草》〈登岱十首〉其七）〔註12〕

> 輦道全憑嬴帝開，五松疑是後人栽。片雲輕灑微微雨，萬壑長聞隱隱雷。攬勝自宜隨路歇，思歸無奈樸夫催。殷勤寄語山靈道，今歲秋冬還復來。（《嵞山續集‧魯游草》〈登

〔註 8〕方文：《嵞山續集‧徐杭游草》，頁 657。
〔註 9〕方文：《嵞山續集‧徐杭游草》，頁 659。
〔註10〕方文：《嵞山續集‧魯游草》，頁 716～717。
〔註11〕方文：《嵞山續集‧魯游草》，頁 744。
〔註12〕方文：《嵞山續集‧魯游草》，頁 744～745。

岱十首〉其十）〔註13〕

輕盈自在的筆調，閒適自得的心境，方文以個人獨特筆法寫出自然山
水的千姿百態。

除山水的壯麗之姿，方文對於田園之景亦多所著墨，如：

> 粳稻離離香滿村，主人收穫到家園。霜田剩長茨菰葉，露
> 圃初肥薯蕷根。社日客來輕酒饌，水鄉兵過少雞豚。白魚
> 紫蟹紅蝦美，判醉何辭老瓦盆。（《嵞山集》卷六〈飲田家〉）
> 〔註14〕

方文不假雕琢，從詩作當中的遣字用語可以看出，平實的田園景物，
稻香、茱葉、蕷薯，熟悉親切的田園風光，淡而有味。

再看〈秋日漫興〉一詩：

> 四時平分秋最佳，孟秋景物尤堪誇。千樹欲落不落葉，數
> 枝將開未開花。秋山著雨淨如洗，秋水平湖浩無涯。菰蒲
> 茇茇聚淺渚，鳧鴨鷗鳥爭晴沙。山田到處收粳稻，村舍逢
> 人話桑麻。魚舟魚賤不須買，酒坊酒熟頻教賒。深山如此
> 足吳老，我獨何爲欲辭家。祗緣性情好江海，八月又泛銀
> 河查。（《嵞山集》卷三〈秋日漫興〉）〔註15〕

鷗鳥、粳稻、秋水、秋山，好一幅秋天田園生活的景致，洋溢著農村
樸質平淡生活，筆下展現田家純樸直淡的特色。

方文因爲實際參與農事，因此對於田園生活景致可謂是如實呈
現：

> 漳湖垂釣者誰子，磊落嶔崎天下士。不堪牛馬走風塵，且
> 伴鳧鷗美秋水。水邊築室曰緯蕭，朝爲漁人暮爲樵。煙簑
> 雨笠自千古，鞰韝褕襠何所驕。君不見，漳湖之西大雷岸，
> 荻花楓葉荒江畔。鮑昭於此寄妹書，遂令僻地聲光燦。回
> 望漳湖多白雲，向來泯沒今始聞。他年漢使求遺老，舟過

〔註13〕方文：《嵞山續集・魯游草》，頁745。
〔註14〕方文：《嵞山集》卷六，頁319～320。
〔註15〕方文：《嵞山集》卷三，頁156。

　　雷水先問君。(《鑫山集》卷三〈漳湖聽歌贈范小范〉) 〔註16〕

　　春池一夜雨潺潺，萬木重陰滿院斑。獨立小橋看水漲，白
　　鷗何事綠波間。(《鑫山集》卷十二〈水鏡園漫興〉) 〔註17〕

以農民身份來述說田園生活，可謂真實且自然，雖說難免有村家野老
口吻，但實是方文浸淫於田園活動的反映，以俚俗口語作最樸素的描
寫，以自己田園生活為題材，表現出幽靜的田園風光，實是方文自然
詩作的特色。

二、生活之樸

　　方文在詩作當中，曾清楚地表明自己對於田園生活的嚮往：

　　從今卜築深山裏，朝夕漁樵一任真。(《鑫山集》卷八〈客
　　有教予謹言者，口占謝之〉) 〔註18〕

　　漁海樵山過此生，向平兒女未忘行。(《鑫山集》卷六〈留
　　別馬倩若兼訂毗陵之游〉) 〔註19〕

　　我祖沈淵家訓在，徜徉林壑復何求。(《鑫山集》卷六〈與
　　從子子建感舊〉) 〔註20〕

　　瓦宮一別十三年，家計蕭條不以前。飲量尚能盈斗酒，生
　　涯只有賃房錢。却嫌冠帶為隣里，日與漁樵共醉眠。況是
　　故人情更篤，等閒相見即陶然。(《鑫山集》卷九〈過杜生
　　之小飲〉) 〔註21〕

　　浩氣為雲入太虛，傳家秖有數行書。竹籬茅舍堪棲隱，絕
　　勝蘭臺芸閣居。(《鑫山續集》卷五〈題五子班一草亭册〉)
　　〔註22〕

〔註16〕方文：《鑫山集》卷三，頁156～157。
〔註17〕方文：《鑫山集》卷十二，頁490。
〔註18〕方文：《鑫山集》卷八，頁379。
〔註19〕方文：《鑫山集》卷六，頁325。
〔註20〕方文：《鑫山集》卷六，頁325。
〔註21〕方文：《鑫山集》卷九，頁459。
〔註22〕方文：《鑫山續集》卷五，頁1150。

易代遺民，不論是雲游山林，或是入山隱居，似乎都以遠離塵囂居多，對於物欲名利、功名成就幾乎是拋至腦後，方文正是此類遺民。漁海、樵山、林壑，是方文安身立命之所，方文雖隱於醫卜，謀資為生，生活常陷於困頓，然方文卻常針對詩作中生活的小細節加以描述，讓讀者能夠貼近方文的日常生活：

> 夢在江湖身在家，醒來晴日射窗紗。病中忌飽惟餐粥，老至妨眠勿飲茶。炭以驟寒爭長價，酒大多債怯還賒。晴軒炙背融融暖，安得麻姑手一爬。（《嵞山集》卷七〈冬晴戲為俳體〉）〔註23〕

〈冬晴戲為俳體〉描述方文於病中的境況，連自己賒帳買酒的困頓亦寫下。〈休夏〉一詩當中，溽暑難熬，雖有閒書可供取閱，偶有涼風習習，而手邊茶水卻仍稍嫌溫熱，於是便將銅餅繫入井中，利用井水的冰涼來消除暑意：

> 家在青溪古寺東，閉門休夏與僧同。參差水竹不愁暑，爛熳園蔬未覺窮。況有閒書消永日，因之高枕御涼風。一盃冷飲猶嫌熱，繩繫銅餅墜井中。（《嵞山續集》卷四〈休夏〉）〔註24〕

康熙二年（1663），方文返家，休夏不出，時大旱，因此天氣燠熱難耐，方文〈艸堂〉一時可見當時情形：

> 艸堂何處避炎威，堂背新開兩扇扉。南北氣通風力大，東西樹接日光微。簟紋似水容高枕，鼻息如雷撼薄幃。夢裏忽驚山雨至，晚涼纏著一絺衣。（《嵞山續集》卷四〈艸堂〉）〔註25〕

其實在順治九年（1652）五月，方文居於飯籮山亦曾對夏季燠熱做了一番描寫：

> 一丘一壑能消暑，何必千峯與萬峰。吟坐最宜窗北嚮，醉眠嘗至日西舂。槐花打瓦聲疑雨，松樹參雲勢似龍。睡起

〔註23〕方文：《嵞山集》卷七，頁350。
〔註24〕方文：《嵞山續集》卷四，頁1056。
〔註25〕方文：《嵞山續集》卷四，頁1057。

獨行籬落外，徜徉吾自縱天慵。（《嵞山集》卷八〈飯籮山休夏〉）〔註26〕

正值盛夏時節，因爲天氣相當炎熱，飯籮山因地勢較高，因此成爲方文夏休的好去處，詩中更見方文悠閒心態，手捧書卷，聽雨觀雲，對於方文而言，是一種放鬆心情、暫時忘卻煩憂的好方法。除〈飯籮山休夏〉外，在〈張道人園居歌〉中，方文亦對該年酷夏做了描述：

今年暑熱何太酷，五月中旬似三伏。江邊垂柳葉欲焦，路上行人汗如浴。我自姑郡來蕪關，主人館舍惟一間。繩牀獨宿已偪側，況復枕畔添雙鬟。倉皇躡屩入山去，飯籮山下張道人，曾於僻地開荊榛，斬竹編蘆□茅屋。四山廻合皆松筠，我問道人借一席。道人欣然迎我入，東頭正空兩三楹。君來可以恣休息，明朝抱枕到中林。北窗高臥松陰森，但見涼飈透絺綌，豈有暑氣來相侵。道人性復知愛客，每日烹茶供肴核。此間安樂勿思歸，且待秋涼再區畫。（《嵞山集》卷三〈張道人園居歌〉）〔註27〕

方文在詩中將夏天豔陽高照，植物欲枯的模樣做了平實的述寫，路上行人汗如雨下，然方文卻用「汗如浴」來形容，可謂眞實且生動。除對豔夏的描寫，連秋風秋雨之姿亦可見：

秋雨打窗天未曙，狂風驀發吹庭樹。遙憐江上泊舩多，此際驚憂奈若何。小灣聯絡猶自可，極浦飄搖愁殺我。老夫年年好遠行，每聞風雨最關情。（《嵞山續集》卷二〈枕上聞風雨聲〉）〔註28〕

除對季節的描述外，連日常生活起居、日常生活作息情形，在《嵞山集》裡亦時時出現：

酒少愁多夢不成，起來閒步候雞鳴。蒲天星露涼如水，眾鳥無聲鶴一聲。（《嵞山集・魯游草》〈夜坐〉）〔註29〕

〔註26〕方文：《嵞山集》卷八，頁390。
〔註27〕方文：《嵞山集》卷三，頁150～151。
〔註28〕方文：《嵞山續集》卷二，頁939。
〔註29〕方文：《嵞山集・魯游草》，頁754。

畫長夜短睡不足，童子晨興爇黃熟，醒來如對香爐峰，一縷晴雲散空谷。(《嵞山集‧魯游草》〈焚香〉)〔註30〕

山郭傳經生事微，蕭齋長閉客來稀。雨中蘺倒羊群入，露下草深螢亂飛。野老不堪聞仕籍，學徒強半赴秋闈。晨昏獨向瓜棚立，一任涼風吹葛衣。(《嵞山集》卷八〈夏日即事〉)〔註31〕

新水户生江雨後，老夫徐步野橋邊。柳條無力東風起。閒看羣兒放紙鳶。(《嵞山集‧西江游草》〈春日漫興〉)〔註32〕

老人多好睡，夏日更相宜。飲飽脾應倦，神昏眼自垂。手中書墮地，窗外雨侵肌。信有羲皇樂，陶公不我欺。(《嵞山續集》卷三〈晝寢〉)〔註33〕

鏡裏容衰甚不平，酒邊牙落更堪驚。也知髮白難重黑，敢望他年兒生齒。山林逢秋葉自辭，篋中何用強收之。封題尚記今年月，兩午常州立夏時。(《嵞山續集》卷五〈牙落〉)〔註34〕

城居最喜是春陰，風雨全無俗事侵。把酒量從中歲減，著書識到老年深。貪看細字頻自傷，閒步荒園一散心。忽見柳塘新水漫，興來不覺又微吟。(《嵞山續集》卷四〈雨後閒步〉)〔註35〕

山家酒熟不須酤，況有瓜疇與芋區。爭道主人貧好客，誰知囊底無一錢。(《嵞山續集》卷五〈客至〉)〔註36〕

南方夏苦蚊，北方夏苦蠅。避蚊猶有帳，避蠅竟無憑。晨光甫熹微，百萬來飛騰。衣冠與書籍，遺穢臭不勝。最是

〔註30〕方文：《嵞山集‧魯游草》，頁754～755。
〔註31〕方文：《嵞山集》卷八，頁378。
〔註32〕方文：《嵞山集‧西江游草》，頁825。
〔註33〕方文：《嵞山續集》卷三，頁1019。
〔註34〕方文：《嵞山續集》卷五，頁1154。
〔註35〕方文：《嵞山續集》卷四，頁1078。
〔註36〕方文：《嵞山續集》卷五，頁1144。

飲食時，堆案尤可憎。撲之不易撲，仍之實難仍。何方避
蠅患，惟有一法能。向南覓土室，□牖紗層層。先期驅除
盡，俾無隙可乘。閉戶設枕簟，庶可安寢興。第愁風不入，
日中更炎蒸。披衣聊啓戶，又復來侵凌。古有□拂子，物
小而用弘。左右不停手，揮霍良足稱。始悟杜老詩，義在
誰肯徵。（杜詩咏□拂子有此句）（《嵞山集‧魯游草》〈苦蠅〉）
〔註37〕

不論是晨起散步，或是牙落，夜間不寐，或是對於蚊蠅之惱，方文俱
細細描繪，詩句淺顯易懂，難免令人有俚俗之感，然此乃方文詩作之
特色：以詩歌來對生活瑣事做記錄。方文所描繪的乃是個人日常生
活，因為所用語言較為淺白，如用過於雕琢之語來寫作，難能貼近其
生活。再者，樸而自然的語言藝術，以通俗平淡的文字來表現生活的
真實面，更能直抒胸臆，方文純是有感而發，言所欲言，就日常生活
瑣事，鮮明地呈現出自己的個性，甚至連自己「草舍淒然，目覽心傷」
作了〈窮冬六詠〉〔註38〕，以〈無酒〉、〈無米〉、〈無油〉、〈無鹽〉、〈無
炭〉、〈無薪〉來表達自己歲暮之慘狀，甚至於序中言：「安知後世無
終窶如方生者屬而和之乎？」，在一片愁雲慘霧之中，還不忘自我調
侃一番！

第二節　以老練之筆呈現生命歷史主題

　　方文詩作當中，除對自然山水及日常生活多作記錄外，其詩作當
中另有相當多篇幅是記錄個人生命歷程，回顧歷史場域。在自我命運
遭受衝擊的易代之際，方文詩作中，針對人生歷程所傳達的省思及所
經歷的磨難，為其創作的一重要軸線。朱麗霞說：

　　方文數十年所以恃為生計者，乃行醫、占卜、賣文和友人
　　資助。他的理想是希望積累一筆資金贖回失去的故里田產

〔註37〕方文：《嵞山集‧魯游草》，頁709～710。
〔註38〕方文：《嵞山集》卷五〈窮冬六詠〉，頁251～253。

和在金陵購置一幢可以安度晚年的別墅，所以他「南征歷
江楚，東泛窮吳越。北走燕齊間，頻登岱與碣。所以十年
內，竟未歸林樾。」方文的生命寫作由此延展下去，在對
生命、歷史和記憶寬廣溫厚的觀照中實踐並實現了作爲故
國遺民的那份沉重的榮譽感。作爲遺民，他將一種歷史記
憶融入個人成長的故事中，在自傳性的詩體敘事裡，輻射
出易代之際數十年政治、經濟、社會、文人的變人過程，
那些歷史影像將一個時代的血肉體驗留存下。〔註39〕

方文利用詩作將人生歷程作記錄，傳達自己的內心世界，也把歷史影
像留在詩作中。究竟方文詩作中做了哪些個人生命及歷史軌跡的記
錄，將是本節的討論重點。

一、生命錘鍊

在《嵞山集》中，方文無地不詩，無時不詩，對於個人生命經歷
亦化作筆下詩作篇篇，只要有所感懷，必定化爲詩篇，除夕、元旦、
生日大多有詩。我們可以說方文的人生是爲一首記錄苦難的詩，但反
觀其詩，亦可言其詩爲方文人生和時事的寫照。順治四年（1647），
方文三十五初度，寫下〈初度書懷〉一詩：

> 投子峰西野一人，蹉跎三十五年春。雲霄空負平生志，溝
> 壑還留未死身。彭澤有詩傳甲子，湘潭無考問庚寅。傷心
> 國破家何在，俛仰之間迹已陳。流落江湖歲晚回，卜居預
> 指射蛟臺。談天鄒衍口須閉，賣藥韓康肆欲開。但使兵戈
> 長遠絕，何妨商賈數追陪。獨憐江上鯨波惡，萬古還思蜀
> 漢才。（《嵞山集》卷七〈初度書懷〉）〔註40〕

方文自認蹉跎三十五年歲月，面對家破田產盡失，再加上痛哀國破，
目睹國家亡覆，山河破碎的情狀，個人親身經歷動亂、動盪的年代，

〔註39〕詳見朱麗霞：《明清之交文人游幕與文學生態——以徐渭、方文、朱
　　　　彝尊爲個案》，第二章〈方文謀生與文學創作〉（上海：上海古籍出
　　　　版社，2008 年），頁 144。
〔註40〕方文：《嵞山集》卷七，頁 332～333。

在戰亂生活中，再加上明清易代的震驚，對方文帶來不小的震撼與傷痛。

再觀方文於清順治八年（1651）所寫的〈初度書懷〉及〈四十初度〉二詩：

子輿悅聖道，四十不動心。不動與不惑，所得誰淺深。吾幼讀其書，即以道自任。進修不不力，仍與世浮湛。年齒日已邁，憂患日已侵。無聞先自愧，後輩寧見欽。往者不可諫，猶可及來今。

昔聞杜陵叟，降生乃任子。厥後香山翁，生年亦後爾。相去六十載，英名千古峙。我生幸同庚，性情復相似。酷嗜二公詩，詩成差可擬。杜猶拜拾遺，白直躋卿士。我老窮且賤，曷由繼芳趾。

日月一何速，四時更推遷。人情競趨時，嫵媚者為賢。我性本迂拙，世味復澹然。心傷舊人老，不愛新人妍。所以甘寂寞，深山鉏石田。奈何命淹蹇，力田不逢年。年年旱澇并，飢餓南山顛。

少小負奇氣，有力猛如虎。偪側不得施，中年盡消阻。入室嘗畏人，出門焉敢怒。眾口肆詆訶，吾噤不敢吐。天地既瘡痍，賢人合傴僂。遁去力難爭，銤身亦何取。鳳鳥復來儀，軒軒自霞舉。

精衛銜木石，將以填東海。力微願不薄，終見桑田改。愚公徙北山，子孫期有待。山靈畏其誠，一夜移千磊。匹夫有至性，可以貫真宰。況乃忠孝人，九死猶未悔。世眼多□□，此理誰復解。

平生好結交，獨與貧士宜。豈無富貴人，恐非夙所期。枳橘不同根，地氣浸漚之。習俗移本性，變化安可知。當時貧賤友，古道爭相持。及其行富貴，素質鮮不虧。始終不虧者，惟有松栢姿。

憶昔居白門，雅游不知數。朝登鳳皇臺，暮宿桃葉渡。是

時天下平，四方羣賢聚。文酒無虛日，青雲樂相附。一從黑風來，吹折鍾陵樹。髦士遯於荒，望斷江東路。回首問南京，傷心涕如雨。

人情望有子，莫不願其才。我既有才子，中路委塵埃。聞者猶痛惜，骨肉能不哀。因思古賢豪，功業何崔嵬。千秋萬世後，子孫安在哉。有子麾不去，無子招不來。有無任自然，肝腸勿崩摧。

我生何不幸，際茲喪亂辰。逢世既寡術。避世復無因。置身隱見間，所愧箕穎民。層霄容逸翮，積水藏脩鱗。明朝入山去，結廬在河濱。耳目絕塵垢，煙霞自冬春。飲酒還賦詩，可以全吾眞。（《嵞山集》卷一〈初度書懷〉）〔註41〕

聖代文章本自多，寒余名臣獨蹉跎。祇應丘壑老麋鹿，況復郊原遍駱駝。易世幾人留節概，危言到處有風波。怪來兒輩輕相謔，四十無聞可奈何。（《嵞山集》卷八〈四十初度〉）〔註42〕

辛卯年正月九日，方文正值四十初度，此時清朝入關已進入第八年，身爲明代遺民，方文見證易代動亂，其身份由明代臣民轉換成不出仕的明遺民，且易代之後，因戰爭及鄉紳竊佔園產，方文不得不移家太湖，借居章端甫處。值此四十不惑之齡，方文心中甚多感慨。早年負才使氣，直至中年因戰亂離家，家國動亂，不肯屈身異代，只能賣卜行醫，勉強度日，雖老窮且多病，然方文卻以杜陵、香山、靖節三人爲模範，期許自已能繼其志節。雖家境貧困，方文轉而飲酒、賦詩，並選擇歸隱生活，全然未悔。

再看〈丙午初度〉，作於康熙五年（1666），時方文五十五歲：

平居初度感千端，老大心情轉自寬。滿地兵戈誰得免，苟全性命即爲歡。餘生但使貧而壽，向學何論饑與寒。努力著書傳異代，一年一部是奇觀。（頻年以來，訂以歲成一書，時《六

〔註41〕方文：《嵞山集》卷一，頁57～60。
〔註42〕方文：《嵞山集》卷八，頁377。

書貫》脫稿）

紛紛朋輩委塵埃，我獨歸然亦壯哉。身似忍冬藤不死，詩
如曷旦鳥偏哀。集成已得三千首，興發猶能四十杯。但還
好花思痛飲，茲辰況值早梅開。（《嵞山續集》卷四〈丙午
初度〉）〔註43〕

和四十初度心境不同的是，方文心雖仍牽掛滿地兵戈，然卻慶幸能夠
苟全性命，心情亦轉為寬和，雖故舊多已凋零，但詩作已集三千卻是
值得慶賀之事。

除了初度寫詩記錄當下心情外，順治八年（1651）方文率諸生講
學，只要談到故國離亂，總是涕泗縱橫：

驅策來山邑，人師愧不能。推賢承茂宰，問字悉良朋。近
水借衡宇，遠村遺斗升。因緣隨處有，蹤跡類孤僧。

諸生富才藻，下問復謙沖。學道能經國，論文本在躬。嘗
田革除際，並話亂離中。往往皆流涕，猶歎河間翁。（宋臣
家鉉翁入元不仕，授經河間，與諸生言至革除之際，輒流涕蔽面）

寄跡無生產，詩書是力田。室雖花縣裏，人似杏壇邊。樹
影催春課，雷聲起晝眠。鄰翁強解事，又笑腹便便。

鑿壁開南牖，西齋避夕陽。更添檐數尺，欲取夏微涼。奧
濕菌生戶，椽低茅覆牀。自堪容偃仰，何用慕高堂。

窮巷罕人跡，柴扉晝不扃。微雲生遠岫，驟雨集空庭。山
色鏡中見，溪聲枕上聽。鬢毛黃且短，羞殺柳條青。（《嵞
山集》卷五〈春日齋居雜詠〉）〔註44〕

異代之後，方文只能寄跡於田園之中，歸隱於山林之間，縱情於天地
之間，然方文卻仍未忘懷故國，因此面對諸生仍不免談及故國，言此
再也按耐不住心中澎湃洶湧的感情，也因無力可加以挽回，只得將滿
腹辛酸化作涕淚。

〔註43〕方文：《嵞山續集》卷四，頁1086。
〔註44〕方文：《嵞山集》卷五，頁248～249。

　　方文對於個人生命經歷的重大事件，亦多有著墨，如順治十一年（1654），方文得到魏裔魯、徐士儀、姚文然等人的資助，於該年夏天移家入桐城，並贖回蕭家園田莊：

　　山人號明農，明農義有二，一爲我朝氓，一爲野老志。奈
　　何抱微尚，從未親厥事。祇因凶荒年，薄田都棄置。人家
　　重與鬩，欲贖莫由致。今春彭蠡歸，故交有所遺。內外咸
　　相勸，始定贖田議。合浦珠復還，泗水鼎不墜。盡室處其
　　中，平生願甫遂。以後曰明農，名實庶無愧。

　　嫡母蕭安人，故是名閥子。若翁諸伯叔，累世家於此。厥
　　名蕭家園，周環四五里。其田雖瘠薄，風土自淳美。先君
　　以館甥，善價易諸彼。身後遺藐孤，粗足供籩籃。豈知兵
　　寇亂，拋荒不復理。賤鬻良可悲，徬徨非得已。今年三倍
　　贖，雖貴亦可喜。瘠土何足珍，先業幸不毀。

　　昔有陳元龍，豪氣凌九州。求田問舍人，嫉之如寇讐。我
　　亦負奇氣，渺視鄉里儔。侈志營四海，豈肯潛一丘。不幸
　　逢世變，懷璧無所投。發憤去京邑，湖山恣遨遊。雖有詠
　　歌樂，未免饑寒憂。何如息塵鞅，還歸舊田疇。田家力作
　　苦，衣食得自由。天運苟不回，已矣吾將休。

　　南陽諸葛君，避世隆中山。當其躬耕時，樵牧同一班。幸
　　而遇明主，伊呂伯仲間，苟非風雲會。泯沒隨草菅。我鳳
　　慕斯人，蔓絕不可攀。惟有方寸心，竊比無厚顏。吁咩漢
　　祚衰，□沙蔽人寰。鋒鏑且不畏，犁鉏敢辭艱。靜觀日月
　　理，晝夜長循環。炎漢興有期，吾寧老柴關。

　　年年江海遊，未曾郊野居。豈不愛郊野，無田復無廬。今
　　茲田百畝，既失還歸余。茅屋八九間，老農所拮居。我來
　　借一枝，農云幸有餘。桃李陰前門，松竹環後墟。柯條雖
　　未繁，仲夏亦扶疏。再擬搆三楹，可以長讀書。池塘蓄鵝
　　鴨，籬落哺雞豬。此日尚不遑，須待收穫初。

　　顏子一瓢飲，原憲百結衣。所樂在聖道，都忘寒與饑。我

質本淺薄，安敢望前徽。兢兢持名節，於義不苟違。往歲
每艱食，出門千人非。今幸有菽粟，豈復求甘肥。試觀溧
陽生，爵祿非不巍。一朝黨禍作，千里輿尸歸。身死何足
惜，名敗良可歎。感彼田家叟，終身無禍機。（是年，陳名夏
遇害）（《嵞山集》卷二〈田居雜咏〉）〔註45〕

方文游江西時魏裔魯、徐儀分俸相贈，順治十年（1653）姚文然遷兵
科都給事中，乞養歸。順治十一年（1654）夏，姚文然見訪，方文有
詩謝其餽贈，此事可見〈姚若侯暑中見訪并有所餽賦此答之〉〔註46〕。
方文蕭家園贖田，乃此三人餽贈才得達成方文歸隱之望。

　　方文贖回田產後，躬耕田園，然耕隱生活卻未全如預料中恬淡、
閒適，反而有不得不應對之現實面：

卜居深巷似山村，偏有人來秋樹根。酒債詩逋全未了，如
何租吏又敲門。（《嵞山集》卷十二〈催租〉）〔註47〕

頻年苦旱今年稔，百事支分盡在田。豈料秋成農事苦，一
擔新穀糶三錢。（《嵞山集》卷十二〈穀賤〉）〔註48〕

順治十二年（1655），方文初嚐耕隱艱辛，作了〈催租〉、〈穀賤〉二
詩。詩中說出耕隱之事的無奈，讀者亦可從中看出：方文生活境況甚
不順遂。

　　雖生活貧困潦倒，但方文卻將生活之感、經歷之憂以詩作表達出
來，每當情緒需要抒發之際，透過詩歌的傳達，將個人心境以詩歌作
爲投射，內心鬱悶得以發洩，是故，在《嵞山集》裡，更能循著方文
的生命歷程，得見其生命情感：

昔有汪水雲，抱琴訪燕獄。文山序其詩，皋羽譜其曲。詩
存琴不傳，遺響諒難續。虞山者誰子，異代承芳躅。詩以
寫哀怨，琴以慰幽獨。端坐古石間，神情澹而穆。憂來時

〔註45〕方文：《嵞山集》卷二，頁91～93。
〔註46〕方文：《嵞山集》卷九，頁426～427。
〔註47〕方文：《嵞山集》卷十二，頁520。
〔註48〕方文：《嵞山集》卷十二，頁522。

一彈，悲風振陵谷。水雲不可見，見君吾亦足。(《嵞山集》卷二〈題張虞山理琴圖〉) 〔註49〕

去年一疽生右肩，皮膚赤腫厚且堅。……嗟乎！養天扼我何太酷，半世饑寒與憂辱。人間好事一星無，貧病二字更相屬。吾生貧病曷足悲。傷心四海大運移。牢騷憤懣結胸臆，兩年疽發身幾危。(《嵞山集》卷三〈疽嘆〉) 〔註50〕

三君旅合近吾廬，底事經旬闕起居。藥裹堆牀緣舐犢，酒瓶覆地不燔魚。自憐薄命同秋草，獨坐荒園誦道書。松下柴扉聞剝啄，幾番寬慰重欷歔。(《嵞山集》卷八〈兔兒天王言如王詒白夏廣生見過有作〉) 〔註51〕

春寒二月冰未泮，苦雨淒風徹宵旦。……屈指貧交三五人，經旬阻雨亦遼廓。君不見少陵老人萬古才，長安旅次生青苔。當時惆悵車馬客，今雨不來舊雨來。吁嗟此老尚如此，何足道哉吾與子。明朝雨霽天色開，共步水頭看新水。(《嵞山集》卷三〈樅川苦雨柬李仲山孫子穀〉) 〔註52〕

祝髮已爲僧，披緇愧未能。親恩那可斷，家累實堪憎。浪跡隨方住，虛名戒友稱。何時脫塵網，長伴佛前鐙。(《嵞山集》卷四〈重過潤州上方寺〉其二) 〔註53〕

卜居久已定于湖，只少城西宅一區。借廡不妨偕醜婦，應門猶幸有癡奴。窗間山色青兼赭，架上詩篇白與蘇。濁酒徐傾聊自慰，古來多少混屠沽。(《嵞山集》卷七〈卜居〉) 〔註54〕

「詩以寫哀怨，琴以慰幽獨」，方文認爲詩歌可以傳達其情感，透過詩歌中將個人情感、生命歷程轉化爲情、爲景，將人的情感和意志經

〔註49〕方文：《嵞山集》卷二，頁103～104。
〔註50〕方文：《嵞山集》卷三，頁134～135。
〔註51〕方文：《嵞山集》卷八，頁378。
〔註52〕方文：《嵞山集》卷三，頁135。
〔註53〕方文：《嵞山集》卷四，頁220～221。
〔註54〕方文：《嵞山集》卷七，頁371。

過選擇、內化再加以淬煉，以藝術形態把個人生命歷程經過不斷錘鍊
後，形化爲一部屬於方文的生命史，透過這部生命史，將更貼近方文
的生命情思。面對生命歷程的低潮，方文不免有「牢騷憤懣結胸臆」、
「自憐薄命同秋草」之句，但抱怨過後，方文仍選擇以正面態度面對
人生的挫折與考驗：「明朝雨霽天色開，共步水頭看新水」，雨霽天色
開，實爲方文內在需要的映射，方文一方面對自己的遭遇自憐自艾，
另一方面卻也冀望能夠有所作爲，能夠離開這種慘境。然而現實所遭
的阻難太多，也許短時間可以藉由歸隱山林，尋求身心的安頓，然而
大部分的時間還是得面對這些現實的挑戰，正因爲方文無法逃避這些
現實場景，因此有時難免心生逃禪之意，如「何時脫塵網，長伴佛前
鐙」，或是藉酒澆愁，如「濁酒徐傾聊自慰，古來多少混屠沽」。在這
些劇烈的變動之下，方文仍有其堅持：拒不仕清，正爲此故，方文人
生路亦更多坎坷，然而我們卻可以見到文方其意志在歷經命運的考驗
與淬煉之後，雖多了份純厚且深沈的生命內涵，但卻有更多對命運的
無奈：

> 雨後閑無事，溪橋試一憑。夕陽青始隱，秋水漲偏澄。東
> 圃行看菊，西園又訪僧。暮歸筋力倦，把酒對青燈。（《嵞
> 山續集》卷三〈雨後〉）〔註55〕

> 獨坐深秋夜，淒涼百感生。夢熊猶未卜，買犢尚無成。缺
> 陷人間事，蒼茫身後名。放懷惟有酒，高詠雜蟲聲。（《嵞
> 山續集》卷三〈獨坐〉）〔註56〕

> 喧喧桃葉渡，鐙舫聚其間。城闕分今古，笙歌尚往還。少
> 年誰解恨，故老獨悽顏。把酒不成醉，停杯望蔣山。（《嵞
> 山續集》卷三〈午日泛舟〉）〔註57〕

> 江東今歲苦蝗蝻，蘆葉禾苗總不堪。正畏催租如猛虎。更
> 愁遺種如春蠶。連朝大雪驅除盡，四野嚴寒凍餓甘。我有

〔註55〕方文：《嵞山續集》卷三，頁998。
〔註56〕方文：《嵞山續集》卷三，頁998～999。
〔註57〕方文：《嵞山續集》卷三，頁1012。

　　高樓供遠眺，典衣聊復取微酣。(《鈍山續集》卷四〈臘雪
　　吟〉) 〔註58〕

正因對世事的無奈，無奈家國變遷，無奈老而膝下猶虛，無奈故友多
凋謝，無奈年老力衰，諸多無奈之事襲上心頭，無法扭轉乾坤，方文
只能將這些無奈寄於濁酒一杯，藉此杯中物忘卻世間一切煩憂，讀來
讓人甚感哀傷！且透過方文對於生命歷程的記錄，可以看出其心思情
感的起伏與變化，也因方文對於生命歷程記錄句句皆平實，更能讓人
感覺蒼涼中帶有老練感，在方文詳盡的筆觸之下，看見一個痛苦且掙
扎於自我命運的靈魂。

二、歷史軌跡

　　王潢在〈北游草序〉中說：

　　吾友方爾止，以詩名家者三十年，大多獨寫性靈，直抒胸
　　臆。蓋鎔鑄經史，取其精液，即景以會情，因事以達意，
　　故不必艱深險澀，如江河之行，順流善下，及其觸山赴谷，
　　風搏物激，然後滂湃洶湧，以盡變出奇，要自成爾止一家
　　之詩。……而爾止顧獨鬱鬱不得志於時，又遭家難，漂泊
　　江淮間，渡河踰濟，直走幽薊，與燕市酒人悲歌飲泣。已
　　而短衫破帽，策寒驢出關塞，尋盧龍之故壘，弔首陽之荒
　　墟，發為詩歌，以洩其沈頓無聊、骯髒不平之氣，卒乃垂
　　翼而歸。吾未嘗不惜其才而悲其遇也。雖然，詩人多寒，
　　又云詩非窮不工，果如李杜文章，光焰萬丈，雖坎壈終身，
　　正復何恨？識者讀爾止詩，益信其人自此傳矣！〔註59〕

方文經歷多重磨難，面對劇烈的政治境況移轉，故國淪喪後的艱難歲
月，以自身的悲慨和激情遊走於歷史場域，尋找記憶中的故國印象和
歷史軌跡，試圖從這些歷史場景中緬懷過去和尋求心理上的安慰，透
過這些歷史事件更能觸發淪為遺民之流的方文產生共鳴，繼而提筆寫
下以慷慨悲涼、沉鬱渾厚為基調的作品，故而屬於走訪歷史場域的作

〔註58〕方文：《鈍山續集》卷四，頁1107。
〔註59〕王潢：〈北游草序〉，收入《鈍山續集》，頁539～541。

品亦爲方文詩作內容大宗。

　　方文記錄歷史事件、歷史場域之詩作眾多，如按其寫作時間和游歷次序，大約可分爲：描寫皖贛吳越等地，這些詩作大多散見於《嵞山集》、《嵞山續集》中；描寫燕薊等地，詩作見於〈北游草〉；描寫徐淮等地，詩作見於〈徐杭游草〉；描寫泰岱齊魯等地，詩作見於〈魯游草〉；描寫贛江時地，詩作見於〈西江游草〉。其中大部份詩作乃見物感懷，興起塵世凋零之思，如〈姑溪懷古十詠〉：

　　溫公本天人，無乃太好奇。幽明理自隔，何苦獨見窺。職此命不延，靈爽當在茲。我來燃犀亭，把酒一酹之。（溫嶠然犀浦）

　　孟嘉沈下僚，目中無宣武。吹帽事尋常，簡脫意千古。有丘在城隅，攜妓歌白紵。其山雖以名，其人不足數。（桓溫白紵山）

　　宋公移晉祚，雅欲崇節儉。何爲姑溪北，燁然起宮殿。避暑誠有之，未必恣荒宴。許渾詩近誣，今人著爲辨。（宋公淩歊臺）

　　玄暉有道人，不獨是詞伯。朝辭宣城郡，暮返青山宅。曷不歸故里，浮生總如客。嗟彼行路者，役役何所迫。（謝朓青山）

　　牛渚月明夜，忽聞詠史篇。呼之問姓名，執手情歡然。後代撫軍者，勿輕估客船。秋水兼葭中，往往有遺賢。（謝尚賞詠亭）

　　遼東有仙子，流寓黃山陽。舉身化白鶴，千載還故鄉。城郭少人民，冢墓多牛羊。獨立華表上，惻焉心暗傷。（丁令威靈墟）

　　世傳李供奉，捉月沈江波。胡爲復有墓，於彼青山阿。當是永王時，畏禍脫網羅。斯人竟流落，命也將如何。（李白捉月亭）

　　聖俞工詩賦，平生寡所親。一見郭功父，歎爲青蓮身。聞

　　有醉吟庵，乃在姑水濱。世遠人莫識，懷古空傷神。（郭祥
　　正隱居）

　　金兵四十萬，風雨來江北。虞公一書生，挫之有餘力。文
　　陸豈不忠，那能戰則克。垂淚拜荒祠，斯人今安得。（虞允
　　文祠）

　　太祖初渡江，直指姑孰城。元兵守江岸，險絕莫敢攖。一
　　躍上采石，勇哉常開平。開平久不作，豺虎縱復橫。（常遇
　　春戰處）（《嵞山集》卷二〈姑溪懷古十詠〉）〔註60〕

此詩作於順治十二年（1655），方文於姑溪十處歷史事件發生處心有
所感而寫下，溫嶠燃犀照明，桓溫領妓遊楚山奏〈白紵歌〉，李白捉
月亭，明代開國大將常遇春遇戰處……等，這些歷史場景領著方文再
一次走進時空光廊，然卻又帶給方文另一次神傷：在這些孤寂、幻化、
迷離的場域中，對明朝覆亡不得不興起慨嘆。

　　同樣的心情，〈都門懷古十六詠〉亦可見。黃金臺、易水、黍谷、
北平城、軍都山、樓桑村、徐無山、桑乾河、酈亭、賈谷、竇莊、柴
市、憫忠寺、天壽山、西山、報國寺，這十六個地方有燕太子丹送荊
軻刺秦之壯士斷腕的悲壯；有宋代文天祥遇害處；更有明十三陵所在
之地。其中〈柴市〉一詩，更是道盡方文內心所感：

　　大宋文相國，浩氣塞乾坤。一朝走柴市，日月爲之昏。秉
　　彝有同好，立廟太學門。崇祀四百年，凜然忠義存。此道
　　今寂寞，誰與薦蘋蘩。（《嵞山續集・北游草》〈都門懷古十
　　六詠〉其十二〈柴市〉）〔註61〕

文天祥的事蹟震懾無數人的心靈，當然對方文這類易代遺民，文天祥
更是一個崇拜的典型。歷史意識對一般人而言是基本構成，而歷史典
型卻是成就人格的重要因素，一個遺民的代表人物的形塑、鎔鑄成就
了屬於方文內心那股遺民情節，這種崇拜與感同身受，在詩中是顯而
易見。這樣的心情與意念，〈都昌懷古七詠〉也是可以看到的：

〔註60〕方文：《嵞山集》卷二，頁95～97。
〔註61〕方文：《嵞山續集・北游草》，頁549。

清談能誤國，砥柱在陶公。運覽匡王室，投樗奮武功。小人誣所夢，哲士其其忠。我里分遺愛，千秋廟祀同。（陶桓公侃）

蘇君曾奉母，修煉此中居。一日乘黃鶴，如雲翔紫虛。劍池今縈鴨，橘井亦生魚。多少都人士，仙蹤誰問諸。（蘇眞君躭）

康樂有游癖，湖山跡最多。扁舟來石壁，精舍立巖阿。昏旦詩尤妙，登臨興孰過。謫仙重到此，懷古亦高歌。（謝康樂靈運）

洛陽歸不得，彭蠡且游觀。園復標金谷，花皆種牡丹。荒城猶剩蹟，異代每興歎。若有終棲此，應無赤族患。（石季倫崇）

名將推劉岳，威神震四夷。殊方猶有廟，故里反無祠。夢想順昌捷，依稀元祐時。中華復左袵，感此淚雙垂。（劉武穆錡）

南渡關舟楫，芝山隱獨先。構亭名止水，矢志必沈淵。令弟忠尤烈，全家死並傳。湖干訪故里，延首意淒然。（江古心萬里）

宋室云亡日，西江多隱淪。春秋義已晦，禮樂註重新。祭享從先哲，衣冠啓後人。儒風誰繼者，惆悵蠡湖濱。（陳雲住澔）（《嵞山集》卷五〈都昌懷古七詠〉）〔註62〕

除了歷史人物的述寫外，對方文而言重大歷史事件發生地，同樣也有詩人不屈心志在其中：

古人無忌諱，同郡即爲官。江路繞百里，山城僅一丸。折腰非所願，解組亦何難。最是東籬菊，冰霜耐苦寒。（《嵞山集》卷五〈彭澤懷古〉）〔註63〕

鬱鬱葱葱數百年，千尋枯柏上參天。不知何事凋零盡，惟

〔註62〕方文：《嵞山集》卷五，頁261～263。
〔註63〕方文：《嵞山集》卷五，頁256～257。

有春風泣杜鵑。（蔣山）

我祖塡湖作禁城，九重宮闕儷咸京。黃扉碧瓦今何在，依
舊白波青草生。（燕雀湖）

官家築室後湖中，三百年來版籍充。故紙幾何渾賣盡，鯽
魚菱藕一時空。（玄武湖）

當年軍衛百千家，此日離披似落花。猶有兩般人未改，孝
陵棉與孝陵紗。（孝陵衛）

自古占星重此臺，璿璣一旦委蒿萊。古銅欲賣無人售，拋
卻城隅見者哀。（觀象臺）

太學師儒體統尊，往年多士擁橋門。如今祭酒爲司訓，官
舍不如原上封。（國子監）

開國分封異姓王，中山獨建大功坊。何年改作藩司署，公
子流離泣路旁。（大功坊）

正學先生十族墳，祠堂軒豁樹如雲。可憐樹伐祠因廢，每
夜啼鳥不忍聞。（正學祠）

表忠祠與治山鄰，崇祀方黃一輩人。多少閑房偏拆此，世
情元不愛忠臣。（表臣祠）

文德橋邊亭館幽，六朝風韻未全收。那堪蕩析爲平地，白
草黃花無限愁。（舊院）（《嵞山續集・徐杭游草》〈金陵感
懷十首〉）〔註64〕

以菊的耐苦寒來象徵自己心志，采菊東籬下是陶淵明的典型面貌，對
方文而言，這裡的「菊」除代表自己亦嚮往陶淵明的人格風範外，也
代表陶淵明「不爲五斗米折腰」的人生映射。因金陵乃是六朝故都，
有著興亡交替的歷史背景，更是明王朝開國之都，城東鍾山的朱元璋
陵寢——孝陵，其意義是象徵朱家王朝的符號；另外，甲申之變後，
福王於南京建立短暫的弘光朝，史稱南明，其政權的腐敗，處於危亡
的邊際，又是勾起方文對歷史的反思，進而對現實政治產生關照。因

〔註64〕方文：《嵞山續集・徐杭游草》，頁 681〜683。

此在方文的筆下，金陵的歷史場域多帶有蒼涼悽楚的主觀色彩，構成深沉的滄桑之感與國亡之恨，映現濃厚懷舊感傷的情境，金陵的繁華不再，有的只是徒留滿地愁的蕭條殘象，孤寂情境，金陵繁華之曲已戛然而止，但餘音裊裊，徒留無法抹滅的感慨與夢魘。

　　方文透過走訪歷史場域，累積一個個屬於他個人的「歷史記憶」，在這些「歷史記憶」當中，加入他個人的印證、闡發與擴展，塑造一段段看似已成過去，卻又如實呈現眼前的「歷史場域」，不斷地交互作用之下，構成以方文視野為鏡頭的「歷史軌跡」。並且賦予這些遺蹟象徵性，國雖覆亡，但故國景物依然存在，並未消逝於人世間，藉此走訪過程中，尋求一絲心靈愴傷的撫慰。

　　登臨泰岳，置於五岳之尊的峰頂，感受孔子「登泰山而小天下」之感，或是登日觀峰仰天長嘯，舒緩心胸，透過穿越雲層的彩霞，超越千年的歷史洪流，靜靜佇立，俯視人間，享受心領神會之感：

> 向平五嶽遊，是予夙所好。但恨貧賤身，獨力未能到。今年客齊魯，乃在東海徼。岱宗咫尺間，安忍不一造。仲夏發歷城，策蹇泰安道。先見徂徠山，羣松迎夕照。仰首登封臺，危巒插晴昊。青天既歷歷，白雲何浩浩。我甫及山麓，已覺開懷抱。況當凌絕頂，千峰恣遐眺。（《嵞山續集・魯游草》〈泰安道中望岱〉）〔註65〕

> 有客嶽頂宿，夜半聞鳴鐘。倉皇起披衣，言登日觀峰。是時五月交，薄寒似初冬。剛風吹屋瓦，僮僕莫敢從。我獨奮身往，扶危仗孤筇。猶喜殘月在，崎嶇辨微蹤。端坐雙石間，待旦且從容。東方色漸白，稍稍明巖松。滄海不可見，但見雲霞重。日車露一綫，烜赫如火龍。照人衣洞赤，萬壑光溶溶。仰天發長嘯，豁然開心胸，尋常望朝曦，那得比岱宗。始知秦漢王，歷險來登峰。（《嵞山續集・魯游草》〈日觀峰〉）〔註66〕

〔註65〕方文：《嵞山續集・魯游草》，頁 701～702。
〔註66〕方文：《嵞山續集・魯游草》，頁 702。

泰山一何高，登封爲之最。日月兩觀峰，左右手相對。秦觀以爲肩，丈人以爲背，天門以爲腹，石屋以爲膴。東望海如杯，西望河如帶。封中白雲起，百里亦靄□。吳閶二千里，目力豈能屆？孔顏窮練焉，後人所附會。始皇無字碑，蠢然一石塊。相去無幾何，李斯篆又在。或云中有物，此石冒其外。亦如漢石室，金泥藏其内。吾欲并發之，看取是何態。舉世多庸人，安能有此葦？（《嵞山續集・魯游草》〈登封臺〉）〔註67〕

泰山觀日從古以來即爲盛事，方文登岱觀日，大有不亦快哉之感，且方文藉由身體力行尋訪孔廟、夷齊廟：

兒時讀魯論，即知慕孔子。尼防與龜蒙，私心長仰止。所恨南北暌，無由一瞻視。今年來兗郡，本意實爲此。郡齋甫稅駕，汲汲問洙水。侵晨出東郭，周道平如砥。驅車曲阜城，乃是古闕里。宮牆儼王居，數仞曷足擬。我從扱門入，直至殿廷裏。怵惕拜階下，仰首見簴簴。杏壇猶有亭，兩觀亦有址。古檜乃手植，霜根歷千祀。因念古帝王，宗廟誰不侈。當時炫金碧，易代生荊杞。萬古巍然存，莫與尼父比。賢於堯舜遠，斯言非溢美。（《嵞山續集・魯游草》〈恭謁聖廟〉）〔註68〕

驅馬出城西，悠悠涉灤水。問客何所之，言尋孤竹里。孤竹已千年，高丘尚餘址。砌石以爲城，築臺以爲時。中有二聖人，儼然具冠履。我來謁祠下，徘徊復徙倚。因登祠後亭，蒼松四圍起。崖削臨深潭，沙明見游鯉。雖有重門在，年久勢將圮。敢告郡大，夫修葺胡不美。（其一）

仲尼生周末，尚曰予殷人。河況墨台氏，九世爲商臣。孤竹雖小國，安忍忘所親。寧餓首陽山，必不會孟津。或謂微箕比，孔子稱三仁。三仁本同氣，矢死良有因。君乃夏后裔，二子又逸民。不仕則已矣，何爲殞厥身？此語雖中

〔註67〕方文：《嵞山續集・魯游草》，頁702〜703。
〔註68〕方文：《嵞山續集・魯游草》，頁696〜697。

和，恐以僞亂眞。無寧守臣節，庶幾完天倫。（其二）（《盇
山續集・北游草》〈謁夷齊廟〉）〔註69〕

透過謁廟之舉，興起羈旅慨嘆，透過感懷賢聖之址，勉勵自己保存忠
節。再者，方文遊覽歷史古蹟當中，除藉此緬懷故國之外，更有藉由
古聖先賢的事蹟來消解自身苦痛，使這些苦痛能夠昇華爲另一種理想
抱負，這種超脫的思想脈絡，爲方文羈旅詩作的重心。

第三節　以眞切之筆呈現黍離思鄉主題

甲申之亂，乙酉之亡，家國的破滅的悲傷，離家遠遊的悽愴，對
詩人而言是一種人生的歷練，也是一種人生的磨難。「詩窮而後工」，
故國沉淪、異代驚變，眼前如詩如畫的景色，看在方文眼裡，只能化
作句句血淚。

一、黍離之感

「易代」二字對方文來說，是一種親臨歷史場域的身體經驗，明
清鼎革，許多「遺民」表現出悲憤與反抗，對於故國鄉土的憑弔，宗
廟社稷的哀痛是明遺民作品當中常見的典型，每個人以不同的筆調寫
共同的「黍離之感」，而方文也以屬於他個人的生命基調，以眞摯之
筆，落下對故國先王的緬懷。

崇禎十七年（1644）五月，方文寄寓西湖，始聞京師之變，是年
秋，方文滯留於杭州，心中憂鬱憤悶，因痛京師之變，故取程敏政《宋
遺民錄》所錄十一人詠之，並增加四人，作〈宋遺民詠〉，詩序言：

程篁墩先生作《宋遺民錄》於萬曆初人，是時海內全盛，
人爭趨朝。而先生即興懷遺民，亦奇矣。崇禎甲申之變，
從古所無。士生其時者悲痛欲絕，甘心隱遯，不復萌仕進
之念，因取宋遺民而詠之。第先生所錄僅十一人，以予所
聞則有趙子固、吳子昭、劉會孟、黃東發，其他當不止此。

〔註69〕方文：《盇山續集・北游草》，頁555～556。

姑就所知十五人各繫一章，亦可知予志所在矣。(《嵞山集》卷一〈宋遺民詠〉詩序)〔註70〕

方文於序中即言明「甘心隱遯，不復萌仕進之念」，甲申之變，第一時間方文即決定不願仕清，雖因有母親等待侍奉而未以身殉國，不過方文曾幾度決定以身殉國，最後仍因盡孝之故而未曾實現：

　　……甲申之變天地裂，遐荒聞之慟幾絕。新詩百首惟紀哀，奉表南歸淚流血。臣心本不愛微官，每念先皇心痛酸。況當戎馬交馳際，矢事吾新終考槃。一朝華夏皆□□，小臣氣憤激欲自盡。子舍先書絕命詞，毀髮偷生吾不忍。傷哉二老垂白年，乃祖八十尤皤然。抱持號泣互相守，解縛不得從所天。君親一理那可棄，且活餘生供粗糲。永棲隴畝爲頑民，偶對人言還自愧。予雖未仕金馬門，父祖十世承國恩。幾欲捐軀勵微節，亦以親故遂苟存。……(《嵞山集》卷三〈贈別周穎候〉)〔註71〕

忠孝既然難兩全，只得擇一，該盡忠或是盡孝乃明清之際士大夫須面對的問題。〔註72〕方文在〈贈別周穎候〉一詩當中說明自己未何不能以身殉國之因，盡忠或是盡孝係士大夫恪守本分的一種表現，已仕者盡忠，未仕者盡孝，彼此地位一致，並無高下之分。〔註73〕而選擇移孝作忠的方文在詩作裡常出現緬懷先朝的黍離之歌，這類作品亦相當多量。對明遺民而言，三月十九是個令人痛心疾首的日子，順治二年（1645），崇禎帝自盡，時方文得知消息，同潘陸、史玄、錢邦寅、范又蠡、邢昉白衣縞冠，於北固山哭崇禎帝：

　　烈風吹黃沙，白日黯無光。江水聲震蕩，草木零芬芳。莫春景物佳，何爲倏悲涼。痛哉今日月，我後罹厥殃。天人

〔註70〕方文：《嵞山集》卷一，頁34。

〔註71〕方文：《嵞山集》卷三，頁131～133。

〔註72〕關於明季士大夫在忠孝之間如何抉擇，詳見何冠彪：《生與死：明季士大夫的抉擇》第四章〈明季士大夫在忠孝之間的抉擇〉（台北市：聯經出版社，1997年），頁77～81。

〔註73〕詳見何冠彪：《生與死：明季士大夫的抉擇》第四章〈明季士大夫在忠孝之間的抉擇〉（台北市：聯經出版社，1997年），頁79。

有同心，終古猶盡傷。一從神京沒，河北非我疆。龍種陷荊棘，未審存與亡。羣盜匿函谷，頃復奔湖湘。王師豈不多，疇能奮戎行。小臣本微細，憤懣結中腸。陟彼西山巔，涕泗瞻北荒。奄忽歲已周，哀情若新喪。寄言百君子，舊恩安可忘。茲辰易文繡，縞素白衣裳。北向一稽首，臣庶義所當。曷忍處華屋，對酒鳴笙簧。（《嵞山集》卷一〈三月十九日作〉）〔註74〕

黃沙滾滾，籠罩白日，天地之間黯淡無光，似乎亦在爲崇禎帝表哀悼之意，方文等人對於此情此景亦表現無限哀傷，痛哭失聲，悲憤氛圍之中，亦展現出一種慷慨激昂的情緒。三月十九日，對明遺民來說，是易代的象徵，方文亦是如此，從順治二年（1645）後，方文每逢三月十九日便有詩哭奠前朝先帝，如順治四年（1647）三月十九日，方文有詩哭祭崇禎帝：

年年今日強登高，獨立南峰北嚮號。漫野玄雲天色晦，美人黃土我心勞。虛疑楊柳牽愁緒，不忍滄浪鑑鬢毛。前輩有誰同此恨，雪菴和尚讀離騷。（《嵞山集》卷七〈三月十九日作〉）〔註75〕

順治五年（1648）年的三月十九日：

鼎湖龍去再生天，荊棘銅駝已四年。太液有池誰飲馬，上陽無樹不啼鵑。眞人構造千秋業，宵小嬉游一擲錢。縱使海枯還石爛，不教此恨化寒煙。（《嵞山集》卷七〈三月十九日作〉）〔註76〕

順治十五年（1658）的三月十九日：

年年此日淚沾纓，況是今年寓北平。雙闕曉鐘還似舊，千官春仗不勝情。褚淵王溥蒙恩澤，袁粲韓通失姓名。猶有野夫肝膽在，空山相對暗吞聲。（《嵞山續集・北游草》〈三月十九日〉）〔註77〕

〔註74〕方文：《嵞山集》卷一，頁45。
〔註75〕方文：《嵞山集》卷七，頁333。
〔註76〕方文：《嵞山集》卷七，頁344。
〔註77〕方文：《嵞山續集・北游草》，頁599。

順治十七年（1660）的三月十九日：

> 啼鵑又過一年春，每到今朝倍愴神。南詔也歸新負版，西
> 山誰問舊遺民。龔開未免爲寒乞，唐珏亡何作館賓。鞭策
> 小□來鉅野，始知尼父泣麒麟。（《嵞山續集‧魯游草》〈三
> 月十九日鉅野道中〉）〔註78〕

康熙四年（1665）的三月十九日：

> 年年此日有詩篇，篇午雖多不敢傳。鵑亦知時宜閉口，鵙
> 因沈痛必呼天。銜哀祇似聲初斷，迸淚其如眼欲穿。江水
> 春陰更淒苦。蒼茫白水浩無邊。（《嵞山續集》卷四〈三月
> 十九日作〉）〔註79〕

從方文對於三月十九日這個特殊日期的作品當中，我們不難發現緬懷前朝先帝是爲詩作的基調，但這種悲憤基調中卻隨時間推移而心境亦有所變遷：明初覆亡時，方文對於這種亡國之恨的情感是激昂懇切，詩中常言及「恨」，筆調亦多憂慮及包含抗清意識，然至後期，眼見復明無望，只能將「恨」藏諸內心，亡國之恨猶在，只是化作無奈及無力，方文能做的只有把亡國之恨、緬懷之情寄託於詩作當中，面對遺民一一老去，復明大業難成，逝去的時間如滔滔江水，一去不返，對於前明的念念不忘，似江水滔滔，無邊無際。

除對於三月十九日的相關詩作可以讀出方文的黍離之感外，清明亦容易勾起方文對於故國的回想：

> 薊北春深雪未消，城南望遠思無聊。忽聽人說清明字，一
> 日何堪是兩朝。（《嵞山續集‧北游草》〈清明〉）〔註80〕

> 宋玉爲郎日，官齋任往還。別來頻節序，旅泊又江關。楊
> 柳弄春色，風塵損客顏。使君猶夙昔，高義許重攀。

> 久不見袍笏，優伶尚漢官。酒多情易感，曲罷漏將殘。令
> 節驚相問，中心黯自酸。一生開口笑，祇是傍人歡。（《嵞

〔註78〕方文：《嵞山續集‧魯游草》，頁740～741。
〔註79〕方文：《嵞山續集》卷四，頁1078～1079。
〔註80〕方文：《嵞山續集‧北游草》，頁618。

山集》卷五〈清明日飲竇計部署中觀劇有感〉）〔註81〕
清明時節，易讓人傷感，對於遺民身份的方文來說，「一日何堪是兩
朝」點明方文內心情的憂悶。而〈清明日飲竇計部署中觀劇有感〉中
「久不見袍笏，優伶尚漢官」更是讓方文滿腹心酸，優伶身穿前朝服
飾，對於薙髮留辮的遺民來說是何等熟悉，但又無法如同他們一樣再
身穿漢服。

　　除特殊節日易讓方文留下黍離之歌外，觸景生情亦讓方文留下黍
離之感的詩作：

> 客裏才除歲，愁邊又立春。人情誰念舊，時序屢從新。緩
> 步出山郭，微風動水濱。老農冠帶占，一一是遺民。（《嵞
> 山集》卷五〈立春日郊行〉）〔註82〕

順治十年（1653）立春日方文出郭郊行，在春景如畫中，方文又興起
遺民之嘆。又如順治三年（1646），方文聞吳易就義，前往杭州弔之，
道中有感而作此詩：

> 舊京宮闕已成塵，寶馬雕鞍日日新。萬劫不燒唯富貴，五
> 倫最假是君臣。詩書無恙種先絕，仁義何知利獨親。三百
> 年來空養士，野人痛哭大江濱。（《嵞山集》卷七〈舟中有
> 感〉）〔註83〕

除痛哭吳易就義外，對於舊城宮闕已成陳塵，卻有人為求富貴不惜屈
辱仕清，詩中悲憤之感不言而喻。再看順治十一年（1654）秋，重陽
日方文同左光先、左銳登北山，盼望故國失土能收復的心情：

> 自是老懷長澟落，不堪秋氣又蕭森。花晨亦逐登高伴，海
> 日偏傷望遠心。浪說漳河千馬渡，遙知粵嶠五雲深。舉杯
> 但祝明年健，天闕重瞻舊羽林。（《嵞山集》卷九〈九日偕
> 左三山先生又銳諸子登北山作〉）〔註84〕

「天闕重瞻舊羽林」，乃方文內心期盼，雖說實有難處，但對遺民方

〔註81〕方文：《嵞山集》卷五，頁254。
〔註82〕方文：《嵞山集》卷五，頁260。
〔註83〕方文：《嵞山集》卷七，頁328。
〔註84〕方文：《嵞山集》卷九，頁430。

文來說，仍有一絲絲的復國希望種子在其心中萌芽。

除此之外，方文連種竹之事亦可聯想到故國：

> 種竹元宜雨，茲辰晴不妨。醉中離故國，醒已在他鄉。竹
> 亦有時醉，霑濡何況人。只宜沆瀣露，不似火燒春。一年
> 剛一醉，諒不至沈冥。影立西窗外，爲君座右銘。南枝須
> 勿誤，故土必多留。只此數竿活，明年滿院秋。(《嵞山集》
> 卷十一〈竹醉日湯仍三種竹於庭戲贈四絕〉)〔註85〕

雖名「戲」，但卻在「戲謔」之中帶有故國傷懷，「醉中離故國，醒已
在他鄉」，「醉」字帶有迷糊昏亂之感，甚至有不願面對現實之感，故
國覆亡方文認爲如同酒醉，有不眞實之感，甚至希望這一切如同一場
夢般，無奈醒來卻已人在他鄉，且時已易代。甚至見到「孝陵」二字，
方文也興起無限哀傷之感：

> 眼中久不見此字，但見此山空歎嗟。舊日王侯多第宅，只
> 今誰似賣棉家。(《嵞山集》卷十二〈孝陵棉〉)〔註86〕

方文見清兵鐵騎踐躪，錦繡河山變色，國破家亡已成現實，心情之淒
楚可以想見：

> 一自兩京淪沒後，斯人漂泊在江湖。臨流高詠有時有，觸
> 景暗傷無處無。世難且從公望隱，運回應笑子陵愚。衣冠
> 倘見劉司隸。豈肯甘心老釣徒。(《嵞山集》卷八〈題烟波
> 獨釣圖〉)〔註87〕

故國沉淪，讓人不禁「觸景暗傷」，甚至只要看見關於故國一切事物，
很難不令人緬懷、慨嘆，這些憂憤抑鬱的黍離之感，是方文詩作內容
的一大特色。

二、思鄉懷親

方文因家國之難，時常行旅於外，漂泊江淮之間，對他而言，不
能親侍慈母，乃是一種虧欠。除對母親的思念外，對於家人的想念亦

〔註85〕方文：《嵞山集》卷十一，頁475～476。
〔註86〕方文：《嵞山集》卷十二，頁523。
〔註87〕方文：《嵞山集》卷八，頁381。

是方文詩作當中的另一種基調。

　　方文由母王氏從小撫育其長大，因此方文事母極其孝順：

> 高堂六十又三年，三十三年別所天。爭道有兒能富貴，豈
> 知垂老更顛連。家貧啜菽應難得，世亂浮萍不易還。痛負
> 吾親尤負母，何時歸種北田山。（《嵞山集》卷七〈二月廿
> 一日爲母氏壽懷歸有作〉）〔註88〕

順治六年（1649）方文母王氏六十三歲壽辰，方文詩中言明懷歸之情，
但世亂如浮萍不易復還，且方文認爲四處行旅醫卜，無法親侍母親，
有負母親之恩，因而感嘆「何時歸種北田山」。方文和其母王氏之間
的感情，除〈述哀〉一詩當中可見方文對於母亡的沉痛心情外，〈蓮
池種竹歌〉亦可見：

> 二月之晦前三日，奉吾母柩歸攢室。……我母有靈竹皆活，
> 其葉微乾根不撥，根邊帶筍未經鋤，今歲還期筍當發。明
> 年竹母生孫枝，我母之孫尚無期。兒今避讎出門去，分付
> 園丁好護持。既不許兒童折，又不許牛羊齧。竹身多少淚
> 痕斑，盡是孤兒眼中血。（《嵞山集》卷三〈蓮池種竹歌〉）
> 〔註89〕

順治十四年（1657）時方文正北游京師，正月得家信，聞母喪，方文
哀慟欲絕，二月寒食日抵家，隨後將方母葬於蓮花池旁，待隔年秋天
行厚葬禮。方文於詩中除了表達對亡母的哀悼之情外，並言其爲避家
讎無法守孝，只能吩咐園丁護持其母之墓，「竹身多少淚痕斑，盡是
孤兒眼中血」，寫來讓人動容，兒時喪父，此際喪母，父母先後身亡
的方文此時已成孤兒，且又得飄泊他鄉，對方文來說是情何以堪！

　　除懷親情眞外，方文思鄉之作情亦眞：

> 客裏春將暮，沙邊路獨尋。休看人上冢，空羨鳥歸林。木
> 葉隨愁長，江流與恨深。紛紛舟楫者，家書取數行。（《嵞
> 山集》卷五〈寒食江亭〉）〔註90〕

〔註88〕方文：《嵞山集》卷七，頁356。

〔註89〕方文：《嵞山集》卷三，頁175。

〔註90〕方文：《嵞山集》卷五，頁254。

方文長年飄泊在外，每逢佳節倍思親，歲時節日令人有感，除夾雜著方文對時局及個人生命的諸多感懷外，更能觸及內心深處對於家鄉的感念。寒食節於江亭上，方文見倦鳥歸來，心中亦產生思鄉之感，再看〈九日與錢馭少泛舟〉一詩：

> 客子每逢佳節恨，重陽寒食淚沾衣。今年寒食出門去，此日重陽猶未歸。往路青山烽火暗，故園黃鞠信音稀。江湖滿地網羅密，白鳥一雙何處飛。（《嵞山集》卷六〈九日與錢馭少泛舟〉）〔註91〕

順治二年（1645）重陽日，方文與錢邦寅泛舟汾湖，此際有詩，方文於該年寒食離家，然已至重陽仍未歸，思鄉之情可見。戰亂烽火造成家書難得，無法取得家中消息，亦因烽火之故無法立即還鄉，此刻方文內心是焦急卻又無奈。順治十一年（1654）六月，方文因歲旱，重往太湖訪李世洽乞粟有詩：

> 一麈曾借龍崖側，高樹重陰得所依。豈謂年荒居不久，可憐秋雨送將歸。吟身雖逐枯蓬轉，鄉夢時親明月輝。卻笑玉環無處覓，又同羣雀傍檐飛。（《嵞山集》卷九〈重訪李太湖〉）〔註92〕

「吟身雖逐枯蓬轉，鄉夢時親明月輝」，方文自言飄泊於江湖如同枯蓬身轉，明月皎皎，飛鳥歸巢，自然環境的變動，觸動身處異地的羈旅之人甚多感懷，喚起詩人心中對於故鄉思念。

再看〈寒食泊東流〉：

> 江水朔風急，孤舟不敢移。況逢寒食雨，更覺客心悲。鄉國經年別，家人待米炊。歸途偏阻滯，安得救朝飢。（《嵞山續集‧西江游草》〈寒食泊東流〉）〔註93〕

身雖飄泊，心繫故鄉，寒食節令更添遊子思歸之感，朔風急烈，江水湍流，方文內心的孤寂與外在環境蕭瑟之景自然融合，因而興起客心

〔註91〕　方文：《嵞山集》卷六，頁317。
〔註92〕　方文：《嵞山集》卷九，頁427。
〔註93〕　方文：《嵞山續集‧西江游草》，頁807～808。

之悲，此時方文內心的孤寂、挫折、感傷都暗蘊其中。〈虔州旅懷〉
一詩亦是如此：

> 鬱孤臺下雨霏霏，有客思歸尚未歸。兵過江湖舟楫少，秋
> 來京國信音稀。故人分祿情雖厚，（周計百司理）除夕還家願
> 已違。最是高樓相望久，幾迴霜雪淚沾衣。（《嵞山續集‧
> 西江游草》〈虔州旅懷〉）〔註94〕

方文以外在環境的蕭瑟融合內心思歸的情感，體現了內心衝突、掙扎
的情思，霪雨霏霏，蒼茫的天地暗喻羈旅之人心中的悲哀愁苦，歸家
之夢難成。

　　除以景色融於情感之中來表達思鄉情真外，一封家書也可帶給方
文無限快樂：

> 旅舍正愁人，忽報家書至。未省書中信，先看平安字。（《嵞
> 山續集‧魯游草》〈得家書〉）〔註95〕

雖是短短二十字，方文卻以質樸簡語來表達得家書的喜悅，然「平安」
二字亦是旅人對家中親中最深切的關懷。除得到家書外，透過鄉人傳
達鄉音亦是方文鄉愁獲得短暫抒解的一種方式：

> 君從石城來，曾過青溪否？我家傍青溪，門前數株柳。（《嵞
> 山續集‧魯游草》〈遇鄉人〉）〔註96〕

短短數句，無須多言，對於他鄉遇故知的驚喜，方文只淡淡問「曾過
青溪否？」對於行旅在外的遊子，有什麼可以比得上遇見故鄉人更令
人興奮的事呢？

第四節　以至情之筆呈現酬友弔亡主題

　　在詩人的生命歷程中，詩歌除是個人情感的抒發外，另有其社會
功能，而這種社會功能即是透過詩人與友的交遊唱和展現。在方文與
遺民之列、仕清貳臣等人的交遊唱和當中，除可以梳理方文交友狀態

〔註94〕方文：《嵞山續集‧西江游草》，頁 820。
〔註95〕方文：《嵞山續集‧魯游草》，頁 752。
〔註96〕方文：《嵞山續集‧魯游草》，頁 752。

外，更展現方文與友人之間的濃厚情誼。

一、酬友至情

在方文詩作中，大量酬贈之作往往形成一種「人／我」關係的表達模式，透過這種「人／我」模式，可以窺見詩人之間的交談。如方文於順治二年（1645）三月，寒食出門，清明後抵達鎮江，會晤楊文驄、邢昉、關鍵，結交潘陸、鄔繼思、徐旻若、秦汝霖、陳文荐、談允謙、錢邦寅、陳檀禧、張明煜、何金城、張孝思等人，方文與這些文人結交情形，可見《嵞山集》卷四〈寒食道中〉、〈贈鄔沂公〉，《嵞山集》卷六〈清明道中〉、〈丹陽訪關明府〉、〈贈楊總戎〉、〈寄懷史弱翁〉等詩。其中〈贈鄔沂公〉有對於鄔繼思好客之情有所描述：

> 一廛雖在市，采藥萬山行。道似韓康貴，詩如謝朓清。（沂公工詩而隱于醫）食貧常好客，沈醉亦尊生。莫怪鄰家女，無端說姓名。（《嵞山集》卷四〈贈鄔沂公〉）〔註97〕

〈丹陽訪關明府〉則是描寫和關鍵共賞海月之情：

> 太湖煙水老蒹葭，我欲逃名此卜家。不用臨邛張綠綺，且從勾漏乞丹砂。軍城駐馬江雲澹，鈴閣邀賓海月斜。他日漁舟何處覓，靈威洞口亦桃花。（《嵞山集》卷六〈丹陽訪關明府〉）〔註98〕

順治十五年（1658），方文於入京北上途中，拜訪宋琬，宋琬贈方文夏袍，令方文充滿感激之意：

> 杜公居夔州，客遺細織段。逡巡不敢受，惡其太美煥。白公居江州，客寄輕□布。愛其樸而文，受之製重袴。我今居營州，故人為監司。惠我山繭袍，古色如松脂。既非織段華，又比輕□貴。雅稱山人服，服之有道氣。憶昔潤州城，與君兄弟居。衣我以萊葛，一著六年餘。此繭亦萊產，視葛尤渾堅，願言服無斁，奚止十餘年。（《嵞山續集・北

〔註97〕方文：《嵞山集》卷四，頁212。
〔註98〕方文：《嵞山集》卷六，頁314。

游草》〈宋副憲玉叔見惠繭袍謝之〉〉〔註99〕

宋琬兄弟對於初次見面的方文即贈服，這除了是單純的友情外，亦包涵對方文的敬佩與憐惜。朱麗霞則認為，宋琬兄弟是出於對方文遺民之尊的敬佩，初次見面即贈以「萊葛」，「萊葛」對方文來說尚停留在「憫士」的經濟層面，而對宋琬兄弟而言，則是蘊含著宋家兄弟自身不為遺民的精神遺憾和對遺民由衷敬佩而表示的道德補償之文化意義。〔註100〕

宋琬和方文二人意氣相投，方文時有詩作寄之，如〈蕪湖訪宋玉叔計部感舊四首〉：

丁卯橋邊芳草平，櫻桃時節共君行。吟聲互答如黃鳥，別緒纏綿在紫荊。復有佳期來笠澤，不堪多難去蓬瀛。乾坤納納同心少，何日能忘此際情。

比年人自薊門還，皆道吾兄問弟顏。敢望功名附霄漢，獨憐窮餓老湖山。使星何意乘軺近，舊雨相過鎖印閒。卻笑成都賣卜者，也能詞賦動江關。

南方佳麗數于湖，使者臨關昔甚郡。一自狂瀾翻大陸，遂令郎署屬危途。江蘺欲采簪盈室，野雀羣飛鳳在笯。莫是才華天所忌，故教足不過門樞。

宋玉才為萬古師，風流儒雅爾兼之。高懷歷落人誰識，古道微茫我略知。預擬登臨同嘯詠，何期山水有監司。論心只好來僧舍，不似南徐痛飲時。（《嵞山集》卷七〈蕪湖訪宋玉叔計部感舊四首〉〉〔註101〕

詩中除描述方文對於宋琬的感謝之意外，更寫出方文與宋琬意氣相投，兩人時常相互酬贈應答，互動良好，從中可見方文對好友之情真意切。

〔註99〕方文：《嵞山續集‧北游草》，頁558。

〔註100〕見朱麗霞：《明清之交文人游幕與文學生態》第二章〈方文謀生與文學創作〉（上海：上海古籍出版社，2008年），頁183。

〔註101〕方文：《嵞山集》卷七，頁359～360。

　　方文以一介遺民身份接受清之官員的接濟救助，卻見容當時，實屬不易。除宋琬、周亮工、吳百朋、曹溶等人給予方文經濟上的協助外，李世洽因敬佩方文的文學聲名及遺民心志，亦和方文結為摯交，因為方文詩中出現了大量寄贈李世洽的作品：

> 一廛曾借龍崖側，高樹重陰得所依。豈謂荒年居不久，可憐秋雨送將歸。吟身雖逐枯蓬轉，鄉夢時親明月輝。卻笑玉環無處覓，又同羣雀傍檐飛。（《嵞山集》卷九〈重訪李太湖〉）〔註102〕

> 有客寄滋土，蒙恩與眾俱。膚言那敢獻，善禱合先驅。……普天霑化雨，庶類仰洪鑪。盛德高彌下，貧交久不渝。（《嵞山集》卷十〈太湖壽李漑林明府百韻〉）〔註103〕

以方文率真坦白的個性，若毫無任何交情關係，要其寫出肺腑之言是不可能，但因方文與李世洽有著純粹的仕隱友情，詩作並未讓人覺得矯情造作，反而可見方文感謝李世洽的心意「高樹重陰得所依」，將李世洽比喻成「高樹」，在方文經濟困頓時給予救濟，對於李世洽的無私相助，方文只能化作詩語表達謝意。

　　除與仕宦之間有著無私的交情之外，和遺民之間的相知相惜亦可表達出方文酬友至情的一面。如方文與顧夢游、邢昉等人時常會晤：

> 貧交將一紀，今始到君家。飯煮新春穀，泉烹自焙茶。卜鄰求板屋，安隱寄漁查。況有田堪典，雙驅黃犢車。（《嵞山集》卷四〈石臼湖訪邢孟貞〉）〔註104〕

> 孤生兄弟鮮，二年即天親。自首崇明德，青山偕隱淪。懷中三歲字，花下再生身。東海求知己，寥寥復幾年。

> 世事付流水，客蹤隨所浮。懷人還舊國，舉酒屬新秋。勳業凋明鏡，行藏愧白鷗。非吾念羈旅，誰與問窮愁。（《嵞

〔註102〕方文：《嵞山集》卷九，頁427。
〔註103〕方文：《嵞山集》卷十，頁466～469。
〔註104〕方文：《嵞山集》卷四，頁207。

山集》卷四〈白門晤邢孟貞顧與治〉〉〔註105〕

欲訪故人宅，知君猶未歸。秋原行處好，村火望中微。舞勺兒初長，登場穀正肥。設令予有此，必不轉蓬飛。（《嵞山集》卷五〈寄懷邢孟貞〉）〔註106〕

四年不到復舊京，舊京老友嘗寄聲。頗聞君受買田累，幾至破家殞其生。前歲寄書到京口，勸君盡拋此田否。君言急切拋與誰，譬如重病須緩醫。我切為君憂此事，病重醫微死難治。百里空勞牛馬塵，三載遂無鴻雁字。（《嵞山集》卷三〈顧與治白下書來卻寄〉〉〔註107〕

同是遺民之列交互唱和，以關心彼此生活情事，或是共同哀悼亡國之思，彼此互相勉勵、鼓舞，相似的人生經歷、審美情趣更能在彼此之間達到共鳴。方文在易代之際心理承受巨大壓力，這個壓力除了來自國家覆亡外，家難避讎亦是另一原因，這樣的心理壓力之下，找到支撐、安慰的力量為解決內心孤寂的一種方法，這個方法即是來自友人的慰藉。因此，方文酬友詩作常真切地表達出個人內心鬱悶，期望透過與友人詩作往來以稍加緩解這種鬱悶。

撇除方文詩作當中屬於結社應酬之作品，深入研讀方文與友人之間酬贈作品，可以發現方文的社會網絡，上至朝臣，下至布衣，都在其社會網絡之中。除上述與友人之間的酬贈作品，另外送別友人的詩作亦富涵方文重視友情的一面。如：

開秋三五日，日日到君家。雨氣迷山路，荷香接稻花。樓空驚去燕，林暝惜歸鴉。且盡杯中物，驪歌靜勿譁。（《嵞山集》卷四〈朱宗遠瑟園話別〉〉〔註108〕

舊京花月夜，錦瑟醉倡樓。彈指十年別，馳情萬樹秋。山中豺狼窟，天上鳳麟洲。相去何寥廓，淒然感昔遊。（《嵞

〔註105〕 方文：《嵞山集》卷四，頁221。
〔註106〕 方文：《嵞山集》卷五，頁231。
〔註107〕 方文：《嵞山集》卷三，頁151。
〔註108〕 方文：《嵞山集》卷四，頁183～184。

山集》卷四〈送田孫若憲副之浙東〉）〔註109〕

新亭小別已情傷，況復君行指夜郎。宇下秋聲聞蟋蟀，舟
前月色盼菰蔣。南雲忽斷七千里，北雁初飛三兩行。漸入
盤江風雨夜，青谿詩話莫相忘。（《嵞山集》卷六〈送沈石
友歸普安〉）〔註110〕

君歸故里尋常事，作底名人俱贈詩。祇爲交游遍南國，遂
將風雅當東齎。疏狂不識金銀氣，離亂猶存冰雪姿。我夢
黃山身未到，寒江送客寄相思。（《嵞山集》卷九〈送孫無
言歸新安〉）〔註111〕

秋來兵卒阻重城，孫負湖山一月晴。今日樓頭聊騁望，西
風又欲送人行。（《嵞山續集・徐杭游草》〈別龔二孝緒〉）

〔註112〕

昔游江楚經亭州，與君一見深相投。既維我馬授我館，復
釃我酒衣我裳。……分金雖少情則厚，臨別河橋淚欲揮。
別後相思不相見，逢人輒問及愚賤。也知解組歸湖山，訴
離情隔鄉縣。（《嵞山續集》卷二〈送徐子九歸雲間〉）〔註113〕

離情依依乃酬贈作品基本情感，方文時常透過景物的描繪帶出離情
依依之感，把屬於內心情感的離情，以具體事物表達出來，以特定
的時空背景予人鮮明的印象，激發的惆悵及不捨。方文不僅從不同
角度來寫出離情，更從對送別對象的情感當中，顯示出詩人內心的
矛盾。

二、悼亡至性

　　生老病死乃人生必經之過程，亦是日常生活當中無法避免的一
種情感活動，對於生者，儘管哀慟欲絕，透過悼亡詩作的沉澱思索，

〔註109〕方文：《嵞山集》卷四，頁199～200。
〔註110〕方文：《嵞山集》卷六，頁287。
〔註111〕方文：《嵞山集》卷九，頁449。
〔註112〕方文：《嵞山續集・徐杭游草》，頁686。
〔註113〕方文：《嵞山續集》卷二，頁959。

可以再次體現生命態度。方文的悼亡詩作包含了對失去親人的悲慟，感於陰陽兩隔而有所抒發；或是睹物思人，念及故友，撫今追昔。

　　面對失去至親，方文選擇寄情於詩作，從詩作當中可以看見方文內心的掙扎與苦痛：

> 雙溪一水櫂非難，底事暌違六載寬。舊友半凋渾涕淚，新詩相慰越悲酸。早知顏路兒終天，不及商瞿晚較歡。當日痛君今痛我，百端交集又千端。（《嵞山集》卷七〈蔡芹溪見訪有哭亡兒賦此答之〉）〔註114〕

> 幾年寒食不到舍，有兒上冢祭先人，今年兒亦歸黃土，此日憑誰薦白蘋。（《嵞山集》卷七〈寒食〉）〔註115〕

順治六年（1649）夏，方文於蕪陰訪故友，此時家人傳信，子御寇重病，方文急於整裝返歸，但抵家之前，其子早已身亡。在此之前，方文得知其子病重時，心急如焚：「忽聞兒病篤，頓使客心驚」〔註116〕，雖急忙返家，但仍未來得及醫治其子之病症，御寇早逝，對於子嗣不多的方文來說這是一大打擊。再就父子之情來說，白髮人送黑髮人又是另一種辛酸。同年，方其義亦病卒，這對方文來說，又是另一個打擊：

> 吾兒死不見其死，不見吾兒見猶子。猶子病時我在旁，其形枯瘠不忍視。聞說我兒病篤時，其形枯瘠亦如此。傷哉天乎何不仁，一門喪我兩才士。二子才調各不同，一者豪放一謙沖。所性雖殊雅相善，翹然鶴立雞羣中。奈何俱嬰不起疾，爾年三十兒十七。爾曾富貴兒長貧，爾既有子兒無室。吾兄昨日為我悲，我今為兄涕交頤。明朝江口又相送，死別離兼生別離。（《嵞山集》卷三〈哭從子直之〉）〔註117〕

〔註114〕方文：《嵞山集》卷七，頁365。
〔註115〕方文：《嵞山集》卷七，頁368。
〔註116〕方文：《嵞山集》卷五〈家人至蕪陰傳兒子嘔血之症催歸江上〉，頁240～241。
〔註117〕方文：《嵞山集》卷三，頁145。

方其義，字直之，爲方孔炤次子，順治六年（1649）病卒，與其兄方以智以詩名聞當世，並擅長書法。因爲方其義病逝，方文連帶又回憶起亡兒御寇，不禁有所感嘆，方其義病篤之際，方文仍有機會面見其容，然其子御寇卻連最後一面都未曾見到。「聞說我兒病篤時，其形枯瘠亦如此」，詩中傳達出方文喪子的心情，內斂感傷的話語有著壓抑不住的哀痛，想像御寇病危的樣子，和方其義相仿，再者，方其義亡故之時，年三十且已有家室，反觀御寇，亡故時年且十六，未有家室，子未成年即亡，對方文來說是何等不捨。「吾兄昨日爲我悲，我今爲兄涕交頤」，二位人父喪子之痛，只有親身經歷才能知曉。

除哀悼子姪輩外，方文哀悼從弟方孔炳之詩亦令人動容：

> 同當兄弟九，爾我最情親。野性不諧俗，詩才果絕塵。盛年名始大，逆旅死何因。痛殺黃河畔，同牀話到晨。（從弟退谷文學）（《嵞山續集》卷三〈歲暮哭友五首〉附哭弟一首）〔註118〕

方孔炳，字爾浮，號退谷，爲方大欽第四子，卒於康熙四年（1665）。一開始方文即言明二人感情深厚，且讚揚方孔炳才學出眾，但卻暴卒和州，對從弟之亡，方文以「痛殺」二字涵括其悲切愁緒。

除悼念親人之外，方文弔友之作亦是充滿其個人特色：情眞而不造作，至性而不虛僞。如方文哭弔錢謙益、康范生、胡介、范良、鄭星等人：

> 八十三齡叟，何勞淚滿襟。獨憐投分晚，頗覺受知深。筆札猶盈笥。聲詩最賞音。許爲吾集序，醞釀轉浮湛。（先生云：「應酬之文，俄傾可就。若序君集，必醞釀半年始成。」今已矣！）（錢牧齋宗伯）
>
> 金陵流寓好，一旦別予歸。博物能知命，還山且息機。（小范精于五星，自言今歲有災，急歸里。）凶星終不免，稚子欲何依。只有經生業，年年閱禮闈。（屢科會試卷俱擬元，以小疵輒罷）（康

小范孝廉）

詩文既蒼秀，書法更無倫。曾爲予題冊，藏之果異珍。素
械春尚寄，良友意偏親。物化同尸解，前知易賷晨。（彥遠
病中預知死期，是日邀山中舊衲及諸親友談笑而別。）（胡彥遠高士）

富而好禮者，宣聖以爲難。之子眞豪俠，揮金若羽翰。盛
年誰料死，逆旅更淒寒。執友踰千里，驚聞摧肺肝。（范麋
生太學）

若翁蒙難後，門戶費撐持。老不善生息，貧翻甚昔時。才
華雖有異，口過亦難辭。近日江南北，爭傳戲謔詩。（鄭掌
和太學）（《龕山續集》卷三〈歲暮哭友〉數年以來，亡友日多，
然未有若今歲之甚者。殘冬蕭瑟，感念殊深，人哭一首）〔註119〕

及哭弔林古度、梁以樟、陳弘緒、梅磊、陳默等人：

昔際休明代，今逢喪亂年。天生眞處士，人望若神仙。好
我情何篤，臨終語可憐。遺詩將萬首，精選自應得。（林茂
之國老）

射陽流寓久，家世本燕畿。感憤緣何事，蹉跎竟不歸。褊
心成痼疾，直道是危機。猶記淮南夜，相持淚滿衣。（梁公
狄兵部）

去冬君物故，今夏始聞知。相去路千里，無由寄一詞。高
樓長在念，上壽復何悲。獨惜古文手，西江繼者誰？（陳
士業徵君）

多病緣多慾，吾嘗爲爾箴。君言生此日，速死是初心。向
子識誠卓，陶公恨轉深。響山遺集在，終古有知音。（梅杓
司隱君）

相思踰廿載，濟上始相逢。負俗吾同調，工書人所宗。近
來多橫逆，老去不從容。撒手辭塵世，青天騎白龍。（陳簡
菴貢士）（《龕山續集》卷三〈歲暮哭友五首〉附哭弟一首）

〔註120〕

〔註119〕方文：《龕山續集》卷二〈歲暮哭友〉，頁1008～1010。
〔註120〕方文：《龕山續集》卷三，頁1014～1016。

還有哭弔潘陸、劉廷巒、崔掄奇、余維樞、盛胤昌等人：

> 君病臥荒村，三春瘩不信。我來難命駕，詩去已傷魂。霜月聞凶信，淒風哭寢門。平生師友義，痛絕向誰論。（潘江如處士）

> 新從燕代返，右臂患風淫。只道體猶壯，那知病已深。受官非得已，抒憤有孤吟。不讀梅根集，誰能諒爾心。（劉興父貢士）

> 昔汎淳湖櫂，逢君結古歡。分金渾不惜，知己最爲難。正擬山濤貴，能袪范叔寒。如何歸冥漠，延望獨悲酸。（崔正誼戶部）

> 大雪來洺水，欣然贈我袍。中宵共鐙燭，私語發牢騷。諧俗爲王猛，存心實謝翱。可憐松柏志，寂寞委蓬蒿。（余中台兵部）

> 八十五齡叟，闔棺何用悲。所嗟雙玉樹，未及早秋萎。老筆流傳在，高風繼起誰？他年修志者，名與仲交垂。（山人以畫名家，其子伯含、林玉尤妙而早逝。）（盛茂開山人）（《嵞山續集》卷三〈歲暮哭友五首〉）〔註121〕

歲暮時節，常使人憶起該年所發生的一切大事，其中亦包含亡故之友，對方文而言，好友逐漸凋零，感於孤寂，因此時有悲嘆。這些悼亡之作並非無病呻吟，從作品當中推敲方文心境，哀婉淒涼、孤寂失望交錯，譜成一首首對亡友無限回憶的詩篇，也詮釋方文內心的感傷情調，並不是傷春悲秋，而是將情感的失落衍生成對生命、自然的體悟。

面對「死亡」這個人生無法逃避的課題，方文以眞切的情感流露出對亡者的不捨，文字呈現出獨留人間的神傷：

> 老友十年別，去秋來白門。披帷先下淚，把酒各傷魂。頗訝見遺句，渾如永訣言。壁間詩果識，重讀暗吞聲。

〔註121〕方文：《嵞山續集》卷三，頁 1027〜1029。

仲夏響山至，傳君臥在牀。老猶貪麴糵，病不廢詞章。有室妬偏壽，無兒繼亦觴。祇餘三歲女，提抱哭身旁。

憶昔辛任歲，（辛巳、壬午），當同宛水舟。梅徐相唱和，（朗三、善生），麻沈亦淹留。（孟璿、景山）四子俱黃壤，唯君到白頭。那堪又凋謝，淒絕敬亭秋。

平生肝膽重，世態總浮雲。一死交情見，無如施使君。衣酬吳子劍，書報郢人斤。況是吟聲苦，悲涼不忍聞。（《嵞山續集‧西江游草》〈哭蔡芹溪〉四首）〔註122〕

蔡蓁春，字大美，又字象山，號芹溪，爲明末諸生，與方文、陳子龍、梅朗中、施閏章等人交厚，卒於順治十八年（1661）。在〈哭蔡芹溪四首〉中，方文對於蔡蓁春病中不廢詩酒，且嗣子亦殤爲之淒然，以一種「悲」、「愁」的情緒表達出方文對好友人生遺憾的無奈惆悵。

又或者，想藉由尋夢來寄託其悲傷情調，如〈哭靳茶坡先生〉：

八年之內過過淮，每一停舟訪君齋。君聞我到必狂喜，相攜縱飲中心諧。今年過淮君已死，寒風慘慄傷予懷。急尋其子問其墓，墓在城東石塘涯。明晨欲往呼小艇，恰有潘張二老偕。出城十里見高塚，知君於此藏形骸。去冬執紼阻江水，此日炙雞陳土階。仰天一慟不能止，潺潺雪涕沾芒鞋。憶君稱詩霸淮右，雅音疊奏無淫哇。晚耽麴糵故頹放，餘波亦足風吾儕。賢嗣收輯三十卷，其身雖死名不理。獨惜平生重意氣，舊交零落音塵乖。白楊從此聲蕭蕭，黃鳥無復鳴喈喈。暮歸僧舍擁衾臥，庶幾魂夢來相依。（《嵞山續集》卷二〈哭靳茶坡先生〉時與潘江如、張虞山同拜其墓）

〔註123〕

靳應升，字璧星，號茶城，爲明末貢生，卒於康熙元年（1662）。詩中方文祭拜靳應升墓時「仰天一慟不能止」，哀痛心情不可遏止，靳

〔註122〕方文：《嵞山續集‧西江游草》，頁803～804。
〔註123〕方文：《嵞山續集》卷二〈哭靳茶坡先生〉，頁940～941。

應升的離去，讓方文深覺「舊交零落」，心無所憑依，遺憾再也不能見故友之面，只得寄託於夢中相見，再話家常。又如方文悼程少月，亦是對故友的憐惜與不捨：

> 日月猶向草堂來，月下還同野衲杯。是夕三更忽奄逝，向曾一念稍徘徊。可憐知命能安命，（程精于五行家言）況負詩才與辯才。不肯死于妻子手，故將魂魄傍蓮臺。（先是程每家居，是日就宿報恩寺，遂卒。）

> 往歲江淮賣卜行，布衣端坐傲公卿。年來獨喜長干寺，都下爭推季主名。日有千錢惟縱酒，家無斗粟亦忘情。兒年正少書能讀，只恐孤寒難治生。

> 與子貧交十六年，白頭相對更歡然。談言微中眞奇術，義利分明亦大賢。方擬入山謀共隱，那知撒手遽游仙。達生順死應無恨，獨使良朋涕淚縣。（《嵞山續集》卷四〈哭程少月山人〉）〔註124〕

程少月，賣卜為生，寓蕪陰、當涂、眞州等地，與方文時有唱和，卒於康熙三年（1664）。方文與程少月兩人境遇相似，因此產生相知相惜的情感。方文悼亡之作常對亡者作生平回顧，再言及交情，往往可從詩作中窺見方文與亡友之間深摯的情誼。

　　方文悼亡詩作較與眾不同為：所悼亡之人多是其故交、親友，並無應酬之作，因此其悼亡詩中常寫出與亡者相處之景，透過回憶的場景，抒發至情至性的情感，言淺而情深，寫實地傳達出方文面對生死兩茫茫的悽然慘淡。

〔註124〕方文：《嵞山續集》卷四，頁 1070～1071。

第四章　方文之內心世界

　　在明清之際，方文以其遺民身份處於這場變動當中，在世變中，須面對個人身份的轉變，易代的無奈與掙扎，要如何處理自己的身份，及給予重新定位，並且如何在艱難時空下，建立其人生理想，找到自身存在意義，成為方文的人生課題。除身份危機須面對外，方文藉由行旅的飄泊過程解決其人生困境，並透過客觀環境的重新認識來尋求自我身份的定位，並且追憶逝去的家國。心靈上無所依歸的方文究竟如何調適自處？如何重新尋求生命意義及發現自我存在的價值？這些內心世界的掙扎與追溯，透過方文詩作的解讀，讓讀者對於遺民詩人方文之內心世界有更進一步的認識。

第一節　人格精神的宣示

　　就方文而言，易代之際的存在困境，人生的圓滿與否，均出現於其作品當中，無情不寫，無懷不抒，在情感書寫當中，方文揭示其人格精神，在交映迭起的吟誦中，銘印出明清之交的家國情懷，亦刻畫著方文的心路足跡。在國仇家恨中，方文有其思考出處的脈絡，不願為悲劇生命所征服，於自我鑄鍊中，彰顯其人格精神，在目睹時代之變化，其悲壯與尊嚴，在在顯示於其詩作當中，個人的出處進退，生

存課題，以方文詩作爲起點，探析其建構自我身份認同歷程，進而掌握其深層的意蘊，略可窺見方文個人的人格精神的展示，並梳理出其精神歸宿。

一、理想人格的追求

作爲明遺民，易代之交更能顯見其作爲知識份子所肩負的責任，雖與主流社會有所疏離，而壓抑、憤懣、孤獨無助亦是常有的心理狀態，因此需要一種精神力量來支撐，〔註1〕對於方文來說也是如此。明清易代的震盪，方文命運面臨著重重打擊，突如其來的殺戮，無法躲避的災禍，家族的衰敗，再加上居無定所，生活相當不安定。在這樣的背景之下，容易產生命運無常、人生苦短之感。個人無所依歸的痛苦，國破家敗的悲哀，彙集破碎人生的感慨，使得方文的詩作文字常帶有淒然黯淡的氣圍。如此落寞自傷的情感，在以「元日」或「初度」爲題的詩歌當中表現得極爲鮮明。

> 元日家家香在門，野於此暗傷魂。但聞鳥雀多新語，不見江流復舊痕。（《嵞山集》卷八〈元日星渚〉）〔註2〕

> 投子峰西野一人，蹉跎三十五年春。雲霄空負平生志，溝壑還留未死身。彭澤有詩傳甲子，湘潭無考問庚寅。傷心國破家何在，俛仰之間迹已陳。

> 流落江湖歲晚回，卜居預指射蛟臺。談天鄒衍口須閉，賣藥韓康肆欲開。但使兵戈長遠絕，何妨商賈數追陪。獨憐江上鯨波惡，萬古還思蜀漢才。（《嵞山集》卷七〈初度書

〔註1〕李瑄認爲，明遺民一方面放逐自己於現實政權之外，放棄了中國古代士人自我實現的最基本途徑；另一方面，遺民雖然很難公開進行政治干預活動，卻未取消政治立場，這樣複雜的關係，晚明以來士人所追慕的豪傑精神在明遺民群體中間分外地彰顯起來。再加上憤懣、壓抑、孤獨是他們當有的心理狀態，這些心理狀態很容易引人走向頹廢，豪傑情懷此時是幫助其振作的一份精神力量。詳見李瑄：《明遺民群體心態與文學研究》（成都市：巴蜀書社，2009 年），頁134～135。

〔註2〕方文：《嵞山集》卷八，頁402。

懷〉〕〔註3〕

子輿悅聖道，四十不動心。不動與不惑，所得誰淺深。吾幼讀其書，即以道自任。進修不不力，仍與世浮湛。年齒日已邁，憂患日已侵。無聞先自愧，後輩寧見欽。往者不可諫，猶可及來今。

昔聞杜陵叟，降生乃任子。厥後香山翁，生年亦後爾。相去六十載，英名千古峙。我生幸同庚，性情復相似。酷嗜二公詩，詩成差可擬。杜猶拜拾遺，白直躋卿士。我老窮且賤，曷由繼芳趾。

日月一何速，四時更推遷。人情競趨時，嫵媚者爲賢。我性本迂拙，世味復澹然。心傷舊人老，不愛新人妍。所以甘寂寞，深山鉏石田。奈何命淹蹇，力田不逢年。年年旱潦并，飢餓南山巔。

少小負奇氣，有力猛如虎。偪側不得施，中年盡消阻。入室嘗畏人，出門焉敢怒。眾口肆詆訶，吾噤不敢吐。天地既瘡痍，賢人合傴僂。遃去力難爭，銳身亦何取。鳳鳥復來儀，軒軒自霞舉。

精衛銜木石，將以填東海。力微願不薄，終見桑田改。愚公徙北山，子孫期有待。山靈畏其誠，一夜移千磊。匹夫有至性，可以貫眞宰。況乃忠孝人，九死猶未悔。世眼多□□，此理誰復解。

平生好結交，獨與貧士宜。豈無富貴人，恐非夙所期。枳橘不同根，地氣浸淫之。習俗移本性，變化安可知。當時貧賤友，古道爭相持。及其行富貴，素質鮮不虧。始終不虧者，惟有松柏姿。

憶昔居白門，雅游不知數。朝登鳳皇臺，暮宿桃葉渡。是時天下平，四方羣賢聚。文酒無虛日，青雲樂相附。一從黑風來，吹折鍾陵樹。髦士遯於荒，望斷江東路。回首問

〔註3〕方文：《嵞山集》卷七，頁332～333。

南京，傷心涕如雨。

人情望有子，莫不願其才。我既有才子，中路委塵埃。聞者猶痛惜，骨肉能不哀。因思古賢豪，功業何崔嵬。千秋萬世後，子孫安在哉。有子麾不去，無子招不來。有無任自然，肝腸勿崩摧。

我生何不幸，際茲喪亂辰。逢世既寡術。避世復無因。置身隱見間，所愧箕潁民。層霄容逸翮，積水藏脩鱗。明朝入山去，結廬在河濱。耳目絕塵垢，煙霞自冬春。飲酒還賦詩，可以全吾真。（《嵞山集》卷一〈初度書懷〉）〔註4〕

這幾首詩方文均從當下困境入題，「年齒日已邁，憂患日已侵」、「所以甘寂寞，深山鉏石田。奈何命淹蹇，力田不逢年」、「逢世既寡術。避世復無因」，這些因現實生活接踵而來的人生困境，亦導至詩人心靈上失所無依，在經過自我檢視之後，徒留下壯志未酬，人生境遇浮沉的悲哀。究竟要如何從這種載浮載沉的負面情緒中解脫，成為方文思考的一個人生課題。

為了替這個人生課題找尋解答，方文從歷史上的聖人賢者著手：

驅馬出城西，悠悠涉灤水。問客何所之，言尋孤竹里。孤竹已千年，高丘尚餘址。砌石以為城，築臺以為畤。中有二聖人，儼然具冠履。我來謁祠下，徘徊復徙倚。因登祠後亭，蒼松四圍起。崖削臨深潭，沙明見游鯉。雖有重門在，年久勢將圮。敢告郡大夫，修葺胡不美。（其一）

仲尼生周末，尚曰予殷人。河況墨台氏，九世為商臣。孤竹雖小國，安忍忘所親。寧餓首陽山，必不會孟津。或謂微箕比，孔子稱三仁。三仁本同氣，矢死良有因。君乃夏后裔，二子又逸民。不仕則已矣，何為殞厥身？此語雖中和，恐以偏亂真。無寧守臣節，庶幾完天倫。（其二）（《嵞山續集‧北游草》〈謁夷齊廟〉）〔註5〕

〔註4〕方文：《嵞山集》卷一，頁57～60。
〔註5〕方文：《嵞山續集‧北游草》，頁555～556。

方文針對歷史豪傑人物做反思觀照，伯夷叔齊餓死首陽山，是對周武王的不滿，是對無道亂世的反動，在人格上，他們是方文欲取法仿效的對象，這種道德激勵，幫助方文突破人生困境，雖然不能以一己之力救贖亡國之朝，但於內心中，鼎革的哀痛，藉由歷史人物來搜索屬於自身的永恆影像，以懷古為題材，表明自己的心志。

又如方文以張子房謀刺秦王之事，反抗暴秦事蹟，來表達自身不忘為前朝復仇之心：

> 子房韓公子，所痛在韓滅。助漢以誅秦，初非好功業。其志惟復讎，讎復志已悅。飄然從赤松，皎如松上雪。聞其少年時，吹簫此丘坯。因以公名山，廟祀永不絕。我來拜祠下，彷彿見風烈。亦有區區心，人前詎能說。（《嵞山集》卷二〈子房山〉）〔註6〕

又如〈宿遷晚泊〉：

> 有客南歸遇順風，黃河北岸駐征蓬。孤城隱隱寒原外，三戶蕭蕭秋水中。獨把開杯對舟子，憑將往事問漁翁。伍胥項羽今何在，落日長淮望不窮。（《嵞山續集》卷四〈宿遷晚泊〉）〔註7〕

詩中暗寓了「楚雖三戶，亡秦必楚」的典故，通過復仇英雄伍子胥和抗秦英雄項羽反映了推翻清朝統治的想望。除了抗爭的英雄豪傑典型，「陶潛」這古代隱士代表亦為方文所景仰：

> 古人無忌諱，同郡即為官。江路繞百里，山城僅一丸。折腰非所願，解組亦何難。最是東籬菊，冰霜耐苦寒。（《嵞山集》卷五〈彭澤懷古〉）〔註8〕

> 陶公籬下物，豈是有心栽。野菊天然秀，寒花秋自開。澹香全勝橘，幽韻欲爭梅。可歎無知者，霜根混草萊。（《嵞山集》卷五〈野菊花〉）〔註9〕

〔註6〕方文：《嵞山集》卷二，頁113～114。
〔註7〕方文：《嵞山續集》卷四，頁1049～1050。
〔註8〕方文：《嵞山集》卷五，頁256～257。
〔註9〕方文：《嵞山集》卷五，頁251。

誰畫淵明采菊圖，柴桑橋畔獨躊躇。廬山百藥般般有，只是傷心劉寄奴。（《嵞山集》卷十二〈題陶靖節先生小像〉）〔註10〕

栗里棲遲又一年，風光不似義熙前。東籬寒盡菊歸酒，南畝春回秫下田。榮木停雲舒嘯傲，門生兒子解憂悁。白頭猶爲飢驅出，乞食何傷采蕨賢。（《嵞山集》卷七〈元旦書淵明集後〉）〔註11〕

方文的遺民身份使其須面對來自生活現實的壓力，雖其交友之闊，有友朋的資助，但絕大部份的時間仍是無米可炊，無薪可用的貧困狀態。這些生活壓力迫使方文疲於應對，自然地，身爲隱逸詩人之宗的陶潛便成爲其內心取法的對象。面對貧窮，方文以前賢爲榜樣，藉以寬慰自身，身心受累，現實難安，嘗試在淵明身上找到寄託，此刻淵明已然化身爲方文人生磨難之際的一名精神導師。

方文詩中時常以伯夷、叔齊、屈原、項羽、荊軻、陶潛等前賢入詩，雖說是作者以史實的重量來加深個人詩作的深度，但亦可於詩中找到方文內心流露出的掙扎與矛盾。淒然的環境氛圍時常出現，其中不只是對貧窮的喟嘆而已，更有著難以承受的亡國之痛。方文明白「亦有區區心，人前詎能說」，這「區區心」代表著前朝的掛念與感懷，雖然方文選擇「苟活」，但仍掛懷著前朝復興，顯然這種掛懷亦讓方文少了陶淵明那種「悠閒自得」的心境，而多了一分「慷慨激昂」的壯志。

方文曾和陶潛一樣，參軍入幕，欲建功立業，期望在疆場提升其生命價值，然蔡如蘅兵臨城下之際臨陣脫逃，卻又擁兵自重，致使方文毅然決絕離開蔡如蘅幕下，空有殺敵之志，卻無請纓之門。方文只得自傷：

陽鳥孤飛寄遠音，雙魚報爾竟浮沉。故山不見春雲散，往路相思秋水深。四海文章空寂歷，十年懷抱莽蕭森。江頭

〔註10〕方文：《嵞山集》卷十二，頁506～507。
〔註11〕方文：《嵞山集》卷七，頁342～343。

> 野店重攜手，蔓草離離傷我心。(《嵞山集》卷六〈樅川遇
> 洪慧生〉)〔註12〕

後方文目睹金陵淪陷，已知國事不可爲，對面此劫難，方文選擇以遺民身份終老：

> 欲補青天無采石，欲繫白日無長繩。與其羈絆塵網中，腥
> 濁臭穢良可憎。何如理照向幽谷，身心皎潔冰壺冰。(《嵞
> 山集》卷三〈雲居訪晦山大師贈三十韻〉)〔註13〕

生活在異族統治之下，方文追念殉難亡友，更爲自己的「苟全」深感羞愧，因而方文透過詩歌去詮釋其一生閱歷的苦痛，及表達個人對故國的情操，並讓後人理解其筆耕不輟的原因：

> 不去垂竿不鼓刀，忍聞妻子有啼號。古方且喜君臣在，隱
> 士誰嫌醫卜勞。新倚長鑱同杜甫，熟看香草註離騷。籃中
> 是藥僮皆識，那識先生志節高。(《慨堂集》卷七〈題方爾
> 止處士採藥圖〉)〔註14〕

身爲方文好友的孫枝蔚明白，方文所經歷的苦痛與孤寂是如此的沉痛無比，也可理解方文選擇「苟活」的苦衷。

> 官輕如社燕，南北任孤飛。賤子復何似，窮途那得歸。稻
> 梁謀不免，鴻鵠志多違。只恐君行後，無人知我饑。(《嵞
> 山集》卷五〈雨夜宿宋玉叔署齋分韻明日將之宛陵〉)〔註15〕

面對著生活困境，和眾人的哀嘆，方文仍固守節操，醫卜爲生，正如「一簞食，一瓢飲，居陋巷」的顏回，能夠忍受窮困清苦，也意味著心靈深處對人生的醒悟，亦爲一種高尚人格，方文亦是如此。將其對人生的體悟與生命價值的思索寄於醫卜之中，無須明言，即可在其詩作當中找到他對故國的忠心赤忱。

　　方文雖無法在現實生活中直接爲復明效力，但字裡行間，可見

〔註12〕方文：《嵞山集》卷六，頁295。
〔註13〕方文：《嵞山集》卷三，頁159～161。
〔註14〕孫枝蔚：《慨堂集》卷七（上海：上海古籍出版社，影康熙刻本，1979
　　　年），頁317。
〔註15〕方文：《嵞山集》卷五，頁245。

其關心復明事業，以推崇古往今來的英雄人物這種高傲不屈的精神，完成其固窮的節操。在如此荒亂的秩序環境中，一種理想人格的達成，是需要精神崇高人物的支撐才有辦法達成目的。究竟方文內心所謂的理想人格究竟為何，從其筆下即可看出端倪：

> 季主楚大夫，義不臣漢皇。側身長安市，賣卜以自藏。宋賈同車來，列坐弟子榜。俛首聽其言，驚顧不及詳。翻為長者笑，忸怩面無光。務華而絕恨，他日終自傷。

> 炎漢運方隆，君平乃高蹈。榮祿非所求，卜筮從所好。興臣言依忠，與子依孝。百錢即有餘，千駟何足道。優游下簾時，觀易窮奧奧。嗟彼揚子雲，美新亦何眊。

> 吾愛管公明，弱齡蘊神智。學窺爻象先，占卜乃餘事。吉凶前民用，鮮不詫靈異。君言實無心，聊以示趨避。當時何鄧流，豈不盛權勢。高人目為鬼，今古同一唱。

> 史稱郭景純，嗜酒復多欲。匪不愛其生，求死恐不速。王敦謀逆初，焚香召君卜。正言摧折之，引頸受刑戮。雖云數當盡，堅韌不可曲。至今游仙詩，今人仰芳躅。

> 悲哉謝侍郎，生於宋元交。慷慨欲致命，有母難以拋。明夷垂其翼，乃在六二爻。何以畢餘生，賣卜建陽橋。惜不隱名姓，還為人所要。天運可轉移，我心終不搖。（《嵞山集》卷一〈咏史〉）〔註16〕

方文賣卜的決心及其守節的情操，表達在歌詠這些賣卜的遺民先臣的詩作當中，以其作為自身的精神支撐及仿效對象。漢統一天下，司馬季主不仕新朝，在長安東市開卜館，司馬季主讓方文找到安於醫卜的動力。嚴君平，活躍於西漢，然其卻淡於仕進，賣卦於成都。而管輅為三國時人，以卜筮聞名，方文自信有管輅之智，並藉此名傳後世。東晉郭璞，喜陰陽五行之術，即便引頸就戮亦不屈於困境。謝翱為宋末文學家，宋亡不仕，賣卜為生，漫游江海而自終。

〔註16〕方文：《嵞山集》卷一，頁55～56。

此五位前賢賣卜為生，而留名青史，賣卜除解經濟之困外，另一方面也可作為忠臣的一面保護傘，並直接從生活當中救濟蒼生，實現另一種「經世濟民」之道，諸位前賢，成為方文的精神導師，讀者亦透過這些方文心目中理想的豪傑英雄，看出方文濃郁的民族節操及其文化追憶。

二、自我價值的宣示

　　身為遺民的方文在國破家敗中浮沉，因而明確的自我價值定位是支持其振作的基本動力。當方文了解自己真實需求何在，才能夠面對種種困境與干擾，進而實現自我成就，再者，面對人生困境或挫折時的態度，更能顯示方文精神的強度。究竟方文認為其存在的意義為何，可從下列幾首詩作當中找到答案：

　　顏子一瓢飲，原憲百結衣。所樂在聖道，都忘寒與饑。我質本機薄，安敢望前徽。兢兢持名節，於義不苟違。(《嵞山集》卷二〈田居雜咏〉) 〔註17〕

　　子輿悅聖道，四十不動心。不動與不惑，所得誰淺深。吾幼讀其書，即以道自任。(《嵞山集》卷一〈初度書懷〉)
〔註18〕

　　吳江送客夜歸燕，霜滿離亭月滿船。碧甕且傾千日酒，雕弧曾控百蠻煙。枕戈亦負劉琨志，挾策空過賈誼年。北闕幾時蒙召對，看君劍履聖人前。(《嵞山集》卷六〈送蘇虞明金吾還朝〉) 〔註19〕

在明清易代的患難之際，人於困境當中不免會思及困苦，並對命運而嘆息，方文亦是如此。但方文卻不放棄從人生挫折和具體困境中再站起來，甚至自我期許。方文將自我價值定位與國家聯繫在一起，期望能夠在所處的特殊時代中，以一己之力，扶持亂世，導正綱常。李瑄

〔註17〕方文：《嵞山集》卷二，頁91～93。
〔註18〕方文：《嵞山集》卷一，頁57～60。
〔註19〕方文：《嵞山集》卷六，頁279。

在《明遺民群體心態與文學思想研究》一書中指出，明遺民雖選擇與
現實政權的疏離，在亡國的刺激之下，保留了救亡的使命感，並把自
我投射於有能力存亡絕續的豪傑人格。〔註20〕正因如此，方文不得不
思考其存在意義，並對此做反思，相對於殉國者，他有「苟且偷生」
的歉疚感：

> 子舍先書絕命詞，毀髮偷生吾不忍。傷哉二老垂白年，乃
> 祖八十尤皤然。抱持號立互相守，解縛不得從所天。君親
> 一理那可棄，且活餘生供粗糲。永棲隴畝爲頑民，偶對人
> 言還自愧。幾欲捐軀勵微節，亦以親故遂苟存。（《嵞山集》
> 卷三〈贈別周穎侯〉）〔註21〕

> 祝髮已爲僧，披緇愧未能。親恩那可斷，家累實堪憎。浪
> 跡隨方住，虛名戒友稱。何時脫塵網，長伴佛前鐙。（《嵞
> 山集》卷四〈重過潤州上方寺〉其二）〔註22〕

即已選擇「苟活」，如再自怨自艾並無法解除其心理壓力，須證明其
存在價值才能將自身的心理壓力予以解除。而方文自認少負才氣，然
未於明朝出仕，其心中有些許不甘：

> 屈首儒冠二十霜，少年才氣亦飛揚。明時不仕命眞薄，壯
> 節無成心轉傷。帝里棲遲文網密，故園歸去石田荒。制科
> 將罷人人賤，囊筆何須顏赴場。（《嵞山集》卷六〈除夕詠
> 懷〉）〔註23〕

再者，方文雖於易代之後未以身殉國，然他卻擔負了將英雄豪傑精神
傳之於世的責任：

> 忠節照日月，江淮傳盛美。胡爲修志者，隱諱不敢紀。世
> 人好婟阿，湮沒寧止此。吾憤題此詩，將以裨野史。（《嵞
> 山集》卷二〈友人吳燾之父諱汝琦死歸德之難徐州志不敢

〔註20〕詳見李瑄：《明遺民群體心態與文學研究》（成都市：巴蜀書社，2009
　　　　年），頁134～158。
〔註21〕方文：《嵞山集》卷三，頁131～133。
〔註22〕方文：《嵞山集》卷四，頁220～221。
〔註23〕方文：《嵞山集》卷六，頁213～213。

立傳予感而題此〉）〔註24〕

先王四履總沈淪，湘浦仍留社稷臣。力似魯陽戈轉日，精
如鄒衍笛生春。昔年江左河污濁，今日湖南獨苦辛。一覆
邦家一覆興，兩人俱是貴州人。宣城麻沈貴池吳，炳炳靈
靈烈丈夫。草莽自能標漢幟，衣冠不肯拜□□。臨刑灝氣
吞秋日，絕命英詞播海隅。多少崇蘭化蕭艾。幽香畢竟在
吾徒。雲間風義夙標稱，死難今唯夏李能。陳子見人嘗愧
怍，彭城遺則果師承。雄文自此垂終古，駿節將來表中興。
卻笑同袍二三子，靦然無恥負良朋。(《嵞山集》卷七〈即
事〉）〔註25〕

面對清兵，方文推崇儒家「舍生取義」的道德理想，士大夫應該以國
家興亡為己任作為價值追求，雖然方文因家有老母之故，無法跟隨諸
位烈士之腳步，以身相殉，然「苟活」下來的方文，卻有必要為其留
下記錄以供後景仰。在明清之交這個特殊的歷史時空下，方文未忘記
透過其筆墨來教育後人，以詩作的方式來完成「傳道」的責任，這亦
是方文苦苦追尋的個人存在價值，亦是其人生價值的選擇結果。

在亡國反思當中，政治上已無法有所作為，方文只能選擇著書立
說來證明個人存在價值，正因如此，造就方文在描寫個人失落及亡國
之痛的筆鋒下，潛藏著歷史的深重感及滄桑感，以詩的表現手法記錄
歷史，在悲劇意識下，將個人的歷史記憶推及大眾的情懷，使人能領
略到一種亡國之痛的憂憤，及一位詩人對故國的深情詠嘆。這樣記錄
歷史英雄豪傑的事蹟，一方面亦對自身心靈的苦難做一番抒解，也記
錄個人生命態度，以「忠」及「貞」來回報故國，以著書來發舒心中
的苦悶，更以詩作來建立一種屬於方文的「功勛偉業」，通過艱苦卓
絕的不斷吟詠將，一己之經歷銘刻成集體的記憶，把歷史的見證和見
解，呈現於筆端，以之成為後人仿效及尊敬的道德典範，以便和殉國
者的人生價值等量齊觀。

〔註24〕方文：《嵞山集》卷二，頁112～113。
〔註25〕方文：《嵞山集》卷七，頁333～334。

　　在面對現實考驗時，方文不斷地自我體驗，自我反省，把這種內心的存在經驗公諸於世，這個寫作過程，即是方文自己胸懷釋然的過程，這種審視自我、梳理自我存在意義的抒情體驗，無論是在當時，還是在後世，都具有審美價值和意義。〔註26〕身爲遺民的方文，已預知自已的歷史定位，也順應著此一規則塑造自己的生命價值：

　　幼小悔能文，精華眾體分。行年將不惑，學道尚無聞。況遠變龍治，終歸鹿豕羣。餘生甘守拙，筆研總堪焚。（《鈍山集》卷五〈初度〉）〔註27〕

　　君既負耆舊，祇合山中居。富貴是何物，肯以易樵漁。所願攻文詞，異代垂令譽。（《鈍山續集・北游草》〈贈華州東雲雛〉）〔註28〕

方文試圖以「立言」的方式來成就其生命厚度，在國破家敗的刺激之下，方文將所有精神投注於文藝當中，作《字學蒙求》：

　　別來十載夢魂勞，老去重逢鬚鬢白。閒時緩步過吾廬，相對惟應話六書。秦漢晉唐體多變，那能貫穿爲發擿。當時戴蕭所未悉，今日詢君得其實。我亦著書曰蒙求，乞君釐正方成袟。（《鈍山續集》卷二〈贈湯嚴夫〉）〔註29〕

更搜考六書，欲著一書：

　　列朝詩覆閱，（在署三十日，重閱列朝詩選一遍）六法字冥搜。（予著字學蒙求一書，卒業於此）只是訟庭簡，將何具麥舟。（《鈍山續集》卷三〈癸卯除夕定陶署中寫懷六首並呈正誼明府〉）〔註30〕

　　努力惟著書，篆隸尋古蹟。其中頡籀文，搜考窮日夕。向

〔註26〕詳見朱麗霞：《明清之交文人游幕與文學生態——以徐渭、方文、朱彝尊爲個案》，第二章〈方文謀生與文學創作〉（上海市：上海古籍出版社，2008 年），頁 233。

〔註27〕方文：《鈍山集》卷五，頁 232。

〔註28〕方文：《鈍山續集・北游草》，頁 556～557。

〔註29〕方文：《鈍山續集》卷二，頁 948～949。

〔註30〕方文：《鈍山續集》卷三，頁 1001～1003。

晦復焚膏，膏盡卷不盡。(《嵞山續集》卷一〈惜陰篇〉)
〔註31〕

> 春色三分減二分，無端風雨歎離羣。忽聞好友來晴圃，且坐荒齋看水雲。研究六書良足樂，縱橫眾說未前聞。蘭亭修禊尋常事，莫羨當年王右軍。(《嵞山續集》卷四〈上巳日湯巖夫王左軍黃俞邰程子介馬永公王安節次第見過因留小飲賦此〉)〔註32〕

《字學蒙求》一書已佚，現無從可考。但針對方文努力著書一事來看，可以看見方文欲以著述來消解異代後的亡國之憂：

> 谿邊小圃竹間樓，且喜今春未出游。七字苦吟宜暫輟，六書精義恣冥搜。飢寒何足關人慮，著述眞能解我憂。卻憶去年正月裏，定陶騎馬到曹州。(《嵞山續集》卷四〈哺雛軒獨坐〉)〔註33〕

> 夙昔章鄙句，將詩寫性情。三唐無定格，五字果長城。看我吟髭白，逢君老眼明。但閑來共語，知不吝瓷罌。(《嵞山續集》卷三〈贈劉爾符明府〉)〔註34〕

易代給方文帶來偌大的衝擊，而著述的功能則在於將這種衝擊做情感式的宣洩，正如李瑄所言，在心靈的激盪下，情志的舒展才是最重要的，聲律、辭藻已無暇細求，詩歌的記錄意義，能夠將遺民以犧牲現實生活為代價所得來的信念留存不朽，〔註35〕方文認為這種詩歌發抒情性的作用，才能使其生命價值得以展現：

> 平居初度感千端，老大心情轉自寬。滿地兵戈誰得免，苟全性命即為歡。餘生但使貧而壽，向學何論饑與寒。努力著書傳異代，一年一部是奇觀。(頻年以來，訂以歲成一書，

〔註31〕方文：《嵞山續集》卷一，頁 883～884。
〔註32〕方文：《嵞山續集》卷四，頁 1078。
〔註33〕方文：《嵞山續集》卷四，頁 1075～1076。
〔註34〕方文：《嵞山續集》卷三，頁 1003～1004。
〔註35〕詳見李瑄：《明遺民群體心態與文學研究》第五章〈明遺民的文學思想〉(成都市：巴蜀書社，2009 年)，頁 482～483。

時《六書貫》脫稿）

紛紛朋輩委塵埃，我獨巋然亦壯哉。身似忍冬藤不死，詩如曷旦鳥偏哀。集成已得三千首，興發猶能四十杯。但還好花思痛飲，茲辰況值早梅開。（《嵞山續集》卷四〈丙午初度〉）〔註36〕

世間熱鬧事，百損無一益。靜坐觀羣籍，亦可垂金石。此時雖冷淡，異代當赫奕。曷敢懷晏安，蹉跎似疇昔。（《嵞山續集》卷一〈惜陰篇〉）〔註37〕

正因詩傳性情，方文更是身在立言著述的行列中，他將自身情感投入其中，因而對於詩歌形式並未多做要求，只重個人情感的傳達與道德規範的重塑，讓方文能夠在孤絕的環境下自我砥礪，追求一種道德完成的境界，也在創作的過程中，痛情且真切地表達情性，一吐胸臆為快。縱使在方文詩中找不到高超的藝術手法，但詩中卻存有高尚的道德成就，這種隱含個性氣質、處世態度的內容，能提升詩歌作品的質感，也能從中尋找到其個人存在的價值。

第二節　行旅的身體經驗

「行旅」是一種自我消解的方法，面對易代痛苦情緒，現實的沈重壓力，方文選擇以「行旅」來面對人生的諸多困境，企圖找尋一處心理停泊的港灣，以求暫時忘卻心靈的創痛，獲得短暫的滿足與寧靜。

根據柏格森在《創造進化論》當中所說：

記憶是一種機制，它或是將回憶放進一個抽屜裡，或是為它們登記註冊，沒有任何註冊表、任何抽屜，甚至可以確切地說，沒有任何一種機能，能夠服務於一種斷續運作的機制，即使這種機制能夠或願意這樣作，也是如此。而將

〔註36〕方文：《嵞山續集》卷四，頁1086。
〔註37〕方文：《嵞山續集》卷一，頁883～884。

> 一個個過去迭置起來，這是個毫不停歇的過程。在現實中，
> 過去被其自身自動地保存下來。過去作為一個整體，在每
> 個瞬間都跟隨著我們。〔註38〕

依照柏格森的說法，將多個回憶累積堆疊即成為記憶，而過去的記憶
不斷地被自身保留下來。而方文將家國離亂、有志難伸、失意落拓這
些生命歷程一個個被堆疊而成的記憶，以身體作為移動的基礎，透過
感知與體會形成一種屬於方文自身獨特的行旅書寫，這些感官移動所
形成的影像，讓方文對自身的知覺作一整理，從而在記憶與回憶當中
進行自我創作。

一、行旅的感官反應

　　行旅是一種身體移動的感知過程，透過這種移動的知覺過程進
行創作，而這種創作往往需透過感官的相應知覺來傳達，感官間互不
相同，也有別於智力活動，因為每一種感官本身都帶有一種不能完全
轉換的存在結構。〔註39〕亦即透過不同的感官接觸，就算是相同的物
體，亦有不同的感受。以此為立論基礎來審視方文行旅途中的創作，
將有不同空間感與時間性。

　　身體的移動，感官所接受的影像亦將獨立不同，一個個片段將重
新組合，身體不僅僅記憶行動，亦對所遭遇的事物作不同反應：

> 客行如水鳥，飲啄趁晴沙。望斷月中桂，愁生鏡裏華。(《嵞
> 山集》卷四〈中秋日抵武陵〉)〔註40〕

> 獨憐羈旅人，孤懷太蒼茫。朝看河水奔，暮聽河水響。枕
> 上愁心緒，鏡中白髮長。我命合迍邅，萬事成虛罔。行當
> 掛席去，機會不可強。(《嵞山集》卷二〈將去彭城留別魏

〔註38〕〔法〕昂利・柏格森著，肖聿譯：《創造進化論》第一章〈生命的進
　　　　化——機械論與目的論〉(北京：華夏出版社，1999年)，頁11。

〔註39〕參見〔法〕莫里斯・梅洛——龐蒂著，姜志輝譯：《知覺現象學》第
　　　　二部份〈被感知的世界〉第一章〈感知〉(北京：商務印書館，2001
　　　　年)，頁288。

〔註40〕方文：《嵞山集》卷四，頁223。

少尹竟甫〉〕〔註41〕

一年一度過吳閶，腰下百金千金裝。今年行李獨蕭索，布衣白袷秋風涼。鄰舟新到惠泉酒，青錢一緡沽一斗。顧我囊空無百錢，仰視秋天悶搔首。可憐書劍老風塵，客路棲棲多苦辛。明朝況是重陽節，風雨飄搖愁殺人。（《兗山集》卷三〈吳門行〉）〔註42〕

停舟皖口七日多，淒淒無奈雨雪何。行人躁急耐不得，揚帆破雪凌風波。雪花飄空朔風吼，江邊行者一無有。獨我孤舟冒險艱，須臾已到雷江口。雷江津吏把手搖，長年三老慎勿驕。此番安穩乃徼幸，世間幸不可屢徼。（《兗山集》卷三〈雷江口〉）〔註43〕

江澗雨冥冥，孤查傍驛亭。旅愁難自遣，檐響且同聽。樹老先秋白，燈寒入夜青。非君念疇昔，誰與慰飄零。（《兗山集》卷五〈雨夜宿宋玉叔署齋分韻明日將之宛陵〉）〔註44〕

夜半聞哭聲，其聲亦何苦。嗚咽澗下泉，慘悽江上雨。聽者不能寐，觸引愁千縷。借問誰家婦，鄉關在何所，良人幾時亡，何事來羈旅？（《兗山續集・北游草》〈夜泊張秋〉）〔註45〕

在漫長的旅途中，方文從不同角度，以多層面的表現手法，描繪旅途的所見所感，但似乎只見「悲」、「愁」景物，其紛呈的眾多意象中，滿腔的「淒怨」似乎成為筆下的基調，這種流落異鄉的漂流之感，發抒了方文內心的哀憤，雖然筆鋒帶有淒清冷絕的色彩，然其深層的感慨沉吟才是方文與眾不同之處。

除多層面的表現手法外，其中有些意象的表達更能捕捉方文獨特的詩心，如詩中黃昏日暮意象即是如此。方文詩作中的黃昏日暮透

〔註41〕方文：《兗山集》卷二，頁111～112。
〔註42〕方文：《兗山集》卷三，頁134。
〔註43〕方文：《兗山集》卷三，頁140。
〔註44〕方文：《兗山集》卷五，頁245。
〔註45〕方文：《兗山續集・北游草》，頁559。

露著蒼涼的時間意識，黃昏日暮將人類生離死別、傷逝懷遠的情感匯聚在這一特定時刻，顯現出日暮時間意識的悲劇式主題，時間的悲劇意義源於日暮的生命象徵，源於迫近死亡的深切感受。〔註46〕時間是有限性的，而人類生命旅途亦同，在原始神話中，太陽東升日落象徵生命的運動過程，日出象徵著出生，而日落象徵著死亡，而日暮更是代表著生命頹喪與衰亡，〔註47〕在這種日暮景象裡，人類情感顯得悲傷、羈戀、壯烈、沉鬱。

　　一路上走走停停，感官的敏銳知覺，造成詩作中令人身歷其境之感：

　　我來富池拜祠下，仰視羣鴉鳴古瓦。斷碑零落荒草間，欲考其詳罕知者。祠旁有樹曰棕櫚，根幹輪囷枝扶疏。（《嵞山集》卷三〈富池晚泊〉）〔註48〕

　　莫愁湖上蔣山青，向夕移舟傍葦汀。（《嵞山集》卷六〈偕吳次尾陳定生梅朗三泛舟秦淮因過侯朝宗〉）〔註49〕

　　倚檻橋門問古川，雙飛白鷺晚沙前。密林橫閣有人語，清簟焚香足晝眠。渡口斜陽芳草色，枝頭啼鳥暮雲天。中宵頗悟無生理，一枕何論大小年。（《嵞山集》卷六〈白鷺洲訪蔡魯子〉）〔註50〕

　　欲罷登樓望，春城煙樹重。西山當落日，萬朵青芙蓉。（《嵞山集·北游草》〈題酒家壁四首〉）〔註51〕

由「見」與「聞」之間的轉化過程，方文將可見、可聞之景象，轉化

〔註46〕參見傅導彬：《晚唐鐘聲——中國文化的精神原型》（北京：東方出版社，1996 年），頁 70。

〔註47〕參見〔加〕諾思普洛·弗萊著，陳慧、袁憲軍、吳偉仁譯：《批評的剖析》第一篇〈歷史批評：模式理論〉之〈悲劇虛構型模式〉（天津：百花文藝出版社，2002 年），頁 8～10。

〔註48〕方文：《嵞山集》卷三，頁 139～140。

〔註49〕方文：《嵞山集》卷六，頁 285。

〔註50〕方文：《嵞山集》卷六，頁 287。

〔註51〕方文：《嵞山集·北游草》，頁 611。

成不可見的意義內涵，使得詩人在行旅的行動下，身體產生感情上的變化，或是感懷落日餘照下的歷史韻味，又或是由歸鳥衍生的世事變幻，方文透過感官變化，似乎成了歷史的見證人。

在時空的移動之下，因為隨時必須面對不可預測的未來，因此更有一種身心俱疲、飄泊無依的悲涼氛圍，黃昏落日的景象，伴隨而來的是對人生變遷的感嘆：

> 落日秋江靜，何山不可憐。青冥度歸鳥，平楚起寒煙。客路荒城外，僧居古驛邊。勞人尋舊館，回首十餘年。（《嵞山集》卷四〈池口晚眺〉）〔註52〕

夕陽西下的疲憊感，展現著方文踽踽獨行的心靈疲憊，亦顯示出詩人內心中所融匯的人生失落及落拓感懷。根據傅道彬的整理，日暮意象顯示出傳統文人心靈疲憊，尋求失落，生命匆迫的心理，使黃昏成為難以承受的時刻，這種黃昏意象積澱了太多悲涼，〔註53〕這點亦體現在方文身上，傷感的日暮，在身體的移動中，感官所捕捉到的影像，讓他回想前塵往事，對人生歷程作了回首，內心和景物作了交錯的映現，帶給人傷感的感受，也顯示了滄桑悲涼的生命體現。

方文透過行旅路上所經過的景物，交錯成自身獨一無二的感懷，由當前的景象進入記憶中，再由記憶又構造另一種意識流動，在這種意識流動中，發展生命的變化，並對創作產生衝擊，進而達成旅行中的創作。行旅當中的空間是身體內部知覺與外在空間的相對應，身體具有一種擴延性，這種擴延性使得知覺情感增加，亦造就方文詩作的獨特性。

而當日暮景象中又伴隨著流水出現，多重感官的交互作用之下，旅行者的情感轉變又更加多元：

> 溪淺難容一櫂行，沙間徙走覺沙平。魚隨水落梁空在，雁逐人飛字不成。遠樹斑爛秋色迥，燈潭皎潔夕陽明。今宵

〔註52〕方文：《嵞山集》卷四，頁192～193。

〔註53〕參見傅導彬：《晚唐鐘聲——中國文化的精神原型》（北京：東方出版社，1996年），頁81。

只得舟中睡，愁聽西風鶩篥聲。(《嵞山集》卷八〈松山湖中〉)〔註54〕

汨汨河流聲向東，聞君此地化長虹。山僧指點行刑處，落日寒原望不窮。(《嵞山集》卷十二〈過水草庵〉)〔註55〕

白洋河北一孤城，聞說重瞳此地生。我欲停舟詢往事，斜陽衰草不勝情。(《嵞山集》卷十二〈宿遷〉)〔註56〕

在日暮景象的空間構造中，伴隨著茫茫流水，所呈現不是旭日東升的壯闊鮮明，而是流水中殘留著一線明亮，這種明亮卻是淒迷之感，讓人有恍惚之感，思緒亦更顯得蒼茫。當下的知覺影象是日暮及流水，這種感官知覺形成一個迴圈，透過這個迴圈的擴展效應，將過去回憶的影象引入當下的景物中，進而成為一個回顧性的知覺，這種回憶與當下的增補作用下，形成詩人一首又一首的感時傷世之作，藉由觀看、感觸、停留的動作，方文以一種漫游的姿態在其中探索，雖然環境不熟悉，但方文卻企圖以摸索與認識的方式，順著記憶的迴圈搜尋出知覺，並將過往的記憶活化。

以夕陽為中心，伴隨著枯樹、倦鳥、江流，雖是無限遼闊的景象，卻顯得孤寂，更帶有厚重的幽思。茫茫日暮中，究竟何處是歸程？「我欲停舟詢往事，斜陽衰草不勝情」，家國已毀，在滾滾時間洪流當中，究竟應如何自處？方文感到迷惘及困惑，對於人生存在、自我身份深感虛無及蒼茫，益發顯得百感交集、心力交瘁。時代的磨難，政權的變遷，個人的命運，種種問題交織在一起，使得方文身陷其中而無法自拔，因此更是嚮往原始的寧靜，尋求精神的依歸。這樣的感覺使得日暮成為精神的寄托，「歸」不僅是家園的回歸，更是精神的回歸。

除日暮意象外，月亮意象在方文行旅過程中亦時常出現。中國

〔註54〕方文：《嵞山集》卷八，頁395。

〔註55〕方文：《嵞山集》卷十二，頁495。

〔註56〕方文：《嵞山集》卷十二，頁529。

文學作品當中出現，月亮既是象徵美，一種詩化的女性，具有婉約朦朧、通脫淡白的女性美學，〔註57〕亦象徵孤獨與失意，反映著悲傷憂鬱之情，故成為失意者的象徵，因此中國士大夫失意徬徨，無可奈何之際，總是引月為知己，引以為安慰，因此月亮也成為士人孤獨失志的意象。〔註58〕

在方文詩作當中，月亮意象出現的地方相當多：

林端片月出，空際微雲浮。延頸受涼風，行見暑氣收。自言三五後，澄江掉扁舟。嘉會不可長，離別令人愁。惟應及茲月，夜夜共綢繆。（《嵞山集》卷二〈七夕立秋今杜杜若寓中限秋字〉）〔註59〕

對酒當歌且勿歌，酒闌歌罷復如何？不須中夜睡全覺，將到五更愁轉多。林月乍昏風慘慄，鄉心寸折淚滂沱。曉來延首望宗國，目斷龜山無斧柯。（《嵞山集》卷六〈秋夜〉）〔註60〕

士不得不志，依人成遠遊。江煙春漠漠，溪月晚悠悠。（《嵞山集》卷四〈舟次裕溪〉）〔註61〕

況有榆柳月，照見禾黍業。願言事躬耕，所恨年不豐。良夜無酒飲，坐情清景空。還歸土室臥，竟夕蟲聲同。（《嵞山集》卷二〈秋夜吟〉）〔註62〕

牛渚月明夜，忽聞詠史篇。呼之問姓名，執手情歡然。（謝尚賞詠亭）（《嵞山集》卷二〈姑溪懷古十詠〉）〔註63〕

〔註57〕參見〔德〕埃利希・諾伊曼著，李以洪譯：《大母神——原型分析》之第五章〈變形祕密儀典〉（北京：東方出版社，1998年），頁54～57。
〔註58〕見傅導彬：《晚唐鐘聲——中國文化的精神原型》第二章〈中國的月亮及其藝術的象徵〉（北京：東方出版社，1996年），頁48。
〔註59〕方文：《嵞山集》卷二，頁100。
〔註60〕方文：《嵞山集》卷六，頁318。
〔註61〕方文：《嵞山集》卷四，頁191。
〔註62〕方文：《嵞山集》卷二，頁94～95。
〔註63〕方文：《嵞山集》卷二，頁96。

柴門秋水次，兀坐學垂綸。皎皎見明月，娟娟思美人。(《嵞山集》卷四〈月下訪何大心小飲期白孟新仲調不至〉)〔註64〕

尋山不及望舒時，蟾兔何妨四五遲。窗外千峰如水墨，佛前一點是琉璃。微茫漸見東林白，皎潔先從上界窺。此際下方人睡熟，霜華月色有誰知。(《嵞山集·徐杭游草》〈祖堂待月〉)〔註65〕

月皎夜如晝，庭陰夏亦秋。旅懷多不懌，權作醉鄉遊。(《嵞山集》卷五〈月下同張兆蘇王崑生飲希文園〉)〔註66〕

歸時皓月隨蓮舫，臥處涼風滿竹樓。隔歲相思不相見，吳江煙水夢悠悠。(《嵞山集·魯游草》〈六月十五夜見月有懷〉)

〔註67〕

皓月懸中天，流光勿虛度。(《嵞山集·徐杭游草》〈蔡子虛員外月下招飲賦此謝之〉)〔註68〕

在方文詩作當中，可以看見月亮的神韻、月亮的風采，但在這些月亮意象的獨特意蘊中卻隱含心靈的寂寞、虛靜。如「林月乍昏風慘慄，鄉心寸折淚滂沱。曉來延首望宗國，目斷龜山無斧柯。」月亮升起的視覺感受激起詩人想望家國的心緒，靜寂的月光伴隨著冷風的吹拂，兩種感官的交錯作用，讓方文由心中升起慨嘆；又如「士不得不志，依人成遠遊。江煙春漠漠，溪月晚悠悠。」煙波浩渺伴隨著悠悠溪月，方文自憐神傷之情，如煙籠江月瀰漫在這一輪淒然之月當中，久久不能自己。在方文詩作的月亮意象中，月亮不只是一種入詩的普通意象，而詩作也不單單在描繪月色，而是包含著無以言喻的人世滄桑之感，正因如此，方文無意識地選擇月亮意象來呈現這些強烈的生命之感、情緒之嘆。

〔註64〕方文：《嵞山集》卷四，頁194。
〔註65〕方文：《嵞山集·徐杭游草》，頁676。
〔註66〕方文：《嵞山集》卷五，頁255～256。
〔註67〕方文：《嵞山集·魯游草》，頁746～747。
〔註68〕方文：《嵞山集·徐杭游草》，頁642～643。

在中國人的心靈世界中，月亮意象中反映著古代文化尋找母親世界、尋找精神家園、恢復世界的和諧統一的心理，反映古典詩詞裡常常表現望月思鄉的主題，舊夢重溫的情思，月亮是昭然於天際凝然不動的鄉愁，〔註69〕這一點表現於方文身上亦是如此：

> 漁舟停葦岸，蟾影透蓬窗。歸客不能寐，愁城詎肯降。開襟臨曠野，鼓枻詠澄江。四睇俱煙靄，宵鐘何處撞。（《嵞山集》卷五〈江月〉）〔註70〕

> 聞君秋水櫂歌還，月白霜寒叩寒關。酒是鄰家賒取易，器從京國買來艱。宣宗御鼎金猶燦，高廟宮壺錦尚斑。對此令人腸欲絕，那堪重問舊河山。（《嵞山集》卷九〈月夜過從兄臣梅小飲因出宣爐宮壺諸器感而有作〉）〔註71〕

> 青溪夜半涼風發，獨步溪橋看明月，月下何人吹玉簫，含悽吐怨聲初歇。憶昔年來來金陵，兩岸樓臺千百層，瑤笙錦瑟家家曲，畫舫珠簾夜夜燈。如今未及三十載，城中蕭條風俗改。居人對岸悄無譁，月色波光似煙海。（《嵞山集・西江游草》〈文德橋步月〉）〔註72〕

> 年年勞思想，今始上君堂。獨立三峰秀，羣言九畹香。室雲通海氣，沼月動江光。況有杯中物，誰能廢古狂。（《嵞山集》卷四〈錢亢子招同徐蘭生關六鈴陸麗京吳錦雯汪魏美丁飛濤夜集〉）〔註73〕

在一片月光當中，心靈深處不願面對故國家園被撩起波瀾，一切鬱悶煩惱亦隨淡淡月光灑落詩人身上，「月下何人吹玉簫，含悽吐怨聲初歇」，含悽吐怨者並非吹簫者，而是聽聞簫聲的詩人本身。何處是歸程？何以解憂？無法解答，只能將這種種情思寄託於明月的傳遞，

〔註69〕見傅導彬：《晚唐鐘聲——中國文化的精神原型》第二章〈中國的月亮及其藝術的象徵〉（北京：東方出版社，1996年），頁62～63。
〔註70〕方文：《嵞山集》卷五，頁256。
〔註71〕方文：《嵞山集》卷九，頁430～431。
〔註72〕方文：《嵞山集・西江游草》，頁787。
〔註73〕方文：《嵞山集》卷四，頁202～203。

當孤臣游子雲游於天際，總是將明月與故鄉聯繫在一起，明月成爲
啓動鄉愁，寄託相思，歸返家園的神祕象徵物。這正標志著在人們意
識的深層，月亮總是以母親、溫馨、和諧的象徵存在於心靈深處，因
此每當人們失意落拓，或是浪跡天涯時，月亮便成爲家園的精神寄
托。〔註74〕

　　月亮代表著孤獨失意者的精神寄託，因此失意者往往在月亮裡找
尋慰藉與寄託：

> 從來看月喜霜天，碧漢無雲更可憐。破寺祇宜孤客寓，高
> 岡惟見一城煙。奈何深夜猶貪立，如此清光不忍眠。忽見
> 茶爐餘活火，老僧重與汲山泉。(《嵞山集》卷九〈錦山嶺
> 月夜〉)〔註75〕

正因月亮的清光讓方文不忍眠，藉由這種感官作用喚起內心記憶的
搜尋，在此作用之下，失意、孤獨意象聯繫在一起，因此詩人嗟嘆命
運、感時傷懷、浪跡遠遊之際，時常會藉由月亮直抒胸臆，獨立月下，
凄苦月光照映著詩人，月下起彷徨，對於方文而言，月亮映照著的是
內心的孤寂凄楚，此刻的月亮不是客觀的事物，而是詩人內在人格的
化身。

　　旅行者的情感決定其記憶，而情感則是針對影象的記憶與行動
所產生，以身體作爲行旅的工具，透過感官的記憶，使得旅行者將自
身投入於外在環境中，以認知、觀賞爲媒介，不斷地將過往記憶與當
下記憶的迴圈擴大，形成獨一無二，屬於方文的記憶運作。

二、回憶與記憶的激發

　　在一次次的旅程中，追尋記憶中的人事物，企圖在重地重遊或是
巧遇故交中，找尋那美好的感覺，藉由回憶過往，抓取時空的流變，
使其影象在不斷的變化中，產生創作的活力。這種超越時空，在時光

〔註74〕見傅導彬：《晚唐鐘聲——中國文化的精神原型》第二章〈中國的月
　　　　亮及其藝術的象徵〉(北京：東方出版社，1996年)，頁64。
〔註75〕方文：《嵞山集》卷九，頁420。

隧道中遊走的記憶是屬於潛伏的記憶，而這種記憶衝擊，常帶給方文感時傷懷的情緒：

> 六日殘年即早春，江風猶阻未歸人。瓣香無處迎先祖，寸草何時報老親。舉國已非前代曆，同舟俱是再生身。遙憐今夕茅簷下，屈指天涯各愴神。(《嵞山集》卷六〈祀竈夜泊魯港〉)〔註76〕

在〈祀竈夜泊魯港〉中，舊地重遊，並未給方文愉悅的感受，取而代之的是易代的傷感，方文在不斷的移動空間中，試圖去追求記憶中的影像，但卻只得到更大的失落感，重返歷史現場，卻未必有預期中的激情，反而在一連串的流動空間裡，因痛苦而產生創作。又如〈晚泊浮橋贈曹梁父〉和〈登岱不得觀日悵然有作〉，以一種回顧性的知覺，尋找過去性的記憶：

> 十八年前過此橋，我方勝冠爾垂髫。朱顏倏共河山改。白髮先隨草木凋。(《嵞山集》卷七〈晚泊浮橋贈曹梁父〉)
>
> 〔註77〕
>
> 曾年曾上日觀峰，夜半披衣見赤龍。隔歲重來梁父道，罡風先折大夫松。補尋石屋雲偏晦，再躡天門雪已封。可見勝游元不易，必須旬月始從容。(《嵞山續集》卷四〈登岱不得觀日悵然有作〉)〔註78〕

在「現在－過去－現在」的時空變化中，方文憑藉著回憶過往，透過文字招喚的牽引，掌握過去曾有的記憶。這種回憶與記憶激盪下的火花，在其訪舊作品中亦可見：

> 垂念至遠人，言簡意有餘，憶昔鄉舉日，招我載後車。自愧羽看短，不足當吹噓。雖未入網羅，懷恩敢忘諸。山川日以遠，音問日以疏。感君情纏縣，芳訊頻及予。何以報相思，駕言歸故廬。(《嵞山集》卷一〈重至太湖訪李明府

〔註76〕方文：《嵞山集》卷六，頁322。
〔註77〕方文：《嵞山集》卷七，頁363。
〔註78〕方文：《嵞山續集》卷四，頁1047。

溉林先生〉〕〔註79〕

一麈曾借龍崖側，高樹重陰得所依。豈謂年荒居不久，可
憐秋雨送將歸。吟身雖逐枯蓬轉，鄉夢時親明月輝。卻笑
玉環無處覓，又同羣雀傍檐飛。(《斵山集》卷九〈重訪李
太湖〉)〕〔註80〕

吾友樓居接，春來幾夜眠。共傾盈甕酒，復贈買舟錢。歸
櫂重過此，離情倍黯然。秋鴻飛不定，翹首暮雲天。(《斵
山集》卷五〈重過東壩訪湯仲昭兄弟時仍三白下未歸〉)
〔註81〕

不覺幾年別，蒹葭遞八霜。別時吾有詠，今日爾猶藏。亦
作佳山水，長懸舊草堂。音容俱在眼，相思豈能忘。驅車
入楚界，高士訪梅劉。破衲惟行腳，空山仍避讎。間關求
一見，俛仰共生愁。心事渾難語，西風淚暗流。(《斵山集》
卷五〈喜晤劉藏夫〉)〕〔註82〕

客路相逢正夕陽，到來同寓復同牀。論詩夜坐孤燈下，攜
手朝行泗水旁。杜老城樓猶有慨，魯王宮殿更堪傷。君家
淮右多娛樂，何苦披裘犯雪霜。(《斵山續集‧魯游草》〈重
至兗州贈季顯公〉)〕〔註83〕

殘冬歸自北，盛夏復南征。飲啄依朋友，湖山本性情。風
江船偶值，村店酒徐傾。明發又千里，煙波浩以盈。(《斵
山集》卷五〈路灌溝喜遇談長益話舊〉)〕〔註84〕

行旅之中，除景物激發個人的回憶外，「人物」是不可或缺的一種媒
介。從字裡行間，不難看見方文與故友相逢其中的欣喜，但欣喜中卻
亦隱含世事遷變的感慨。在與好友李概林重逢時，憶起當年贈糧之

〔註79〕方文：《斵山集》卷一，頁 57。
〔註80〕方文：《斵山集》卷七，頁 427。
〔註81〕方文：《斵山集》卷五，頁 230。
〔註82〕方文：《斵山集》卷五，頁 235。
〔註83〕方文：《斵山續集‧魯游草》，頁 748～749。
〔註84〕方文：《斵山集》卷五，頁 264。

恩；訪湯仲昭兄弟時，憶起濟助之情。只有與友相聚時，方文才能真正感受到自己的存在，也因而有「飲啄依朋友，湖山本性情」、「心事渾難語，西風淚先流」的感受出現，這些詩句也深切的表達了他和好友之間唇齒相依的情感，而在聚散當中，更能彰顯方文的生命圖像，及對友人的重視。

這些人際互動中，在方文的行旅過程中扮演著創作的推手，一首首憶舊作品，圍繞過去的記憶，也銘印了悠悠歲月當中以性命相交的記憶，並抒發了方文念舊的感懷。好有多年未見，方文心中的悲喜交集在詩中發揮得淋漓盡致：

> 海內如君交不多，一年能得幾相過。過從便欲淹旬日，懷抱惟應託詠歌。況有藏書供老眼，也將快論起沈痾。雖然禁酒休辭醉，別後相思悔若何。（《嵞山集》卷九〈重訪陳襄雲山居〉）〔註85〕

> 君去汾陽十五年，一官三黜命顛連。素交俱老恐難見，白首仍歸信有緣。家轉貧於未選日，兒猶酷似乃公賢。濁醪且醉休多感，腸斷鍾陵古澗邊。（《嵞山集》卷九〈重晤張恢生少府〉）〔註86〕

喜的是老友相逢，可以共話家常；悲的則是再次相見，人事盡已非。在這些憶及過往的詞句當中，突顯了方文內心的失落與苦痛，這種情感的抒發、交流與記錄當中，埋下日後回憶的種子。現實生活中與友相聚的機會少之又少，方文更加珍惜每一次相聚的機會，這種情感是痛苦，卻也值得紀念與記憶，因此不得不加以記錄，以供來日回憶。

朋友之間共同的回憶與懷思，是活生生的個體感知經驗，美好的事物總是在困頓之際給予心靈最大的療慰，方文以記憶召喚情感，與朋友一起陷回憶的漩渦中，再加上舊地重遊，加之個人生活經歷的變

〔註85〕方文：《嵞山集》卷九，頁433。
〔註86〕方文：《嵞山集》卷九，頁443～444。

化，而產生複雜的感觸：

> 數年前有願，釣浦結茆庵。得與同心友，長爲竟夜談。機
> 緣終不偶，離別意何堪。稍喜經過此，停舟一再探。(《盒
> 山集‧徐杭游草》〈丘季貞社集西軒分韻〉)〔註87〕

> 丁卯橋邊芳草平，櫻桃時節共君行。吟聲互答如黃鳥，別
> 緒纏縣在紫荊。復有佳期來笠澤，不堪多難去蓬瀛。乾坤
> 納納同心少，何日能忘此際情。

> 比年人自薊門還，皆道吾兄問弟顏。敢望功名附霄漢，獨
> 憐窮餓老湖山。使星何意乘輈近，舊雨相過鎖印閑。卻笑
> 成都賣卜者，也能詞賦動江關。

> 南方佳麗數于湖，使者臨關昔甚郡。一自狂瀾翻大陸，遂
> 令郎署屬危途。江蘺欲采蒉盈室，野雀羣飛鳳在笯。莫是
> 才華天所忌，故教足不過門樞。

> 宋玉才爲萬古師，風流儒雅爾兼之。高懷歷落人誰識，古
> 道微茫我略知。預擬登臨同嘯詠，何期山水有監司。論心
> 只好來僧舍，不似南徐痛飲時。(《盒山集》卷七〈蕪湖訪
> 宋玉叔計部感舊四首〉)〔註88〕

> 二十三年別，重逢似隔生。積懷言不盡，客路又將行。離
> 黍片時事，河山萬古情。君顏猶未老，或可見昇平。(《盒
> 山續集》卷三〈喜晤錢馭少高士〉)〔註89〕

在共遊的記憶衝擊下，重構出一種強烈的情緒變化，或是感懷，或是
悲痛，將詩人的身體經驗與時代變遷做交流，一連串片段式的記憶連
結在一起，糾集成屬於方文對朋友的追溯與回想，也替行旅之後，透
過回憶與想像，重構出專屬方文自身的知覺與記憶。

　　而在行旅過程中，方文亦有強烈的今昔之感，勾起對故國的回
憶：

〔註87〕方文：《盒山集‧徐杭游草》，頁655。
〔註88〕方文：《盒山集》卷七，頁359～360。
〔註89〕方文：《盒山續集》卷三，頁1040。

世事付流水，客蹤隨所浮。懷人還舊國，舉酒屬新秋。（其二）（《嵞山集》卷四〈白門晤邢孟貞顧與治〉）〔註90〕

早春江上別，猶是舊皇都。彈指市朝變，歸人淚眼枯。側身望天地，流血滿江湖。何意荒臺畔，還存竹與梧。（其一）（《嵞山集》卷四〈訪林青仲兄弟暨從子子唯〉）〔註91〕

舊京宮闕已成塵，寶馬雕鞍日日新。萬劫不燒唯富貴，五倫最假是君臣。詩書無恙種先絕，仁義何知利獨親。三百年來空養士，野人痛哭大江濱。（《嵞山集》卷七〈舟中有感〉）〔註92〕

隋堤楊柳幾千條，劫火曾經十五燒。故國樓臺俱泯滅，美人香粉未全銷。欲求梅閣疑何遜，不賦蕪城怯鮑照。卻訝羣兒屠戮後，風流猶自說前朝。（《嵞山集》卷七〈廣陵懷古〉）〔註93〕

借問京華冠蓋者，幾年追念舊朝恩？（《嵞山集》卷八〈寶將軍祠和江向若韻〉）〔註94〕

帝子風流何處尋，章江門外閣森森。朱簾畫棟有興廢，南浦西山無古今。是客欲登樓縱飲，唯予獨掩袂傷心。當年芳草如雲錦，此日神州共陸沈。（《嵞山集》卷九〈滕王閣詩〉）〔註95〕

昔日的輝煌歷史，透過詩方文「記憶」的搜索與重組，得以再現，然而卻也呈現方文對前朝的哀悼與感念。在方文個人的身世之感上再加上歷史世變的滄桑，兩者交織成莫可奈何的惆悵，今昔對比之下，方文從這些有形的景物當中，拾掇自己對故國的記憶，這樣記憶的萃取方式，跨越了時空，超越了藩籬，使人陷入方文構築的思緒浪潮裡。

〔註90〕方文：《嵞山集》卷四，頁221。
〔註91〕方文：《嵞山集》卷四，頁221。
〔註92〕方文：《嵞山集》卷七，頁328。
〔註93〕方文：《嵞山集》卷七，頁350。
〔註94〕方文：《嵞山集》卷八，頁415。
〔註95〕方文：《嵞山集》卷九，頁437。

在撫今追昔中，方文以自己的感官體驗，對眼前的歷史陳跡作反觀，也替自己將心中的不平與憤慨投入歷史長流中。

第三節　個人歸處的追尋

對於遭遇滄桑變動的方文來說，明代是一個令人惆悵的記憶，昔日光采不再，只能透過書寫來緬懷過往，不論是好壞與否，這些事物，透過方文的「記憶」補捉，再次被重組、呈現。在苦悶與無奈中，詩人如何找尋自己的歸處，在無數個質疑、掙扎當中，為其漂泊的靈魂尋覓歸所，是方文倦游趨安的表現。

一、鄉關何處

在易代鼎革的動盪世變中，方文面對的是故國殘敗的失落與異族統治的窘迫，在這種交互作用下，方文時常出現浮生如夢之感，興起漂泊孤苦的情緒：

> 落日秋江靜，何山不可憐。青冥度歸鳥，平楚起寒煙。客路荒城外，僧居古驛邊。勞人尋舊館，回首十餘年。(《嵞山集》卷四〈池口晚眺〉) 〔註96〕
>
> 自笑客身如轉蓬，東西南北任飄風。(《嵞山集》卷七〈午睡〉) 〔註97〕
>
> 四海無家何處歸，輕裝亦逐片帆飛。月明江上空懷古，雪滿人間未授衣。戎馬再來芳草歇，河橋一別素心違。蔣山西望夕陽沒，松柏凋零麋鹿稀。(《嵞山集》卷七〈偕姚仙期王尊素紀作紫趙友沂鄧孝威吳園次劉玉少龔半千李秀升集龔孝升寓齋為別限韻〉) 〔註98〕
>
> 因亂廢農業，年年事遠征。長江無陸路，孤客任舟行。老欲歸何處，游難畢此生。山田春有屋，勉強學躬耕。(《嵞

〔註96〕方文：《嵞山集》卷四，頁192～193。
〔註97〕方文：《嵞山集》卷七，頁347。
〔註98〕方文：《嵞山集》卷七，頁353。

山集》卷五〈舟中書懷〉）〔註99〕

歲暮江湖有客星，故園蒲柳各飄零。人從白雁歸南國，月
照青霜過北庭。城上鳴鐃傳朔氣，尊前鼓瑟怨湘靈。知君
招隱龍眼曲，借問谿頭幾樹青。（《嵞山集》卷六〈還山飲
左子厚宅〉）〔註100〕

二月來京口，行舟擬未停。逢君高興發，踏遍眾山青。忽
忽春將暮，蕭蕭鬢已星。無何又分手，身世總浮萍。（《嵞
山續集》卷三〈將去潤州別孫豹人〉）〔註101〕

面對明王朝衰敗，方文無力可挽回，只能徒留慨嘆產生無所依歸的情
感，在詩作當中，方文時常以船、舟、轉蓬來暗喻己身，並感嘆鄉關
何處：

世外浮蹤水上槎，隨方著處便爲家。年來不幸遭離亂，老
去何心戀歲華。（《嵞山集》卷七〈除夕〉）〔註102〕

愁懷最是天中節，浪跡渾如陌上塵。（《嵞山集》卷七〈午
日書懷示湯仍三〉）〔註103〕

宦游終不如歸隱，世運方今似奕棋。（《嵞山集》卷八〈五
兄爾唯自粵東歸寄此〉）〔註104〕

老懷逢夏減，詩思入秋多。況是飄零者，其如搖落何。關
心增感慨，風月助悲歌。向夕船頭立，茫茫空逝波。（《嵞
山集・北游草》〈臨清道中立秋〉）〔註105〕

詩人的生命就在失落與憧憬中擺盪，積極尋找一處可避世的處所，找
尋棲身的家園，但無數次的航行、停泊代表心靈的飄泊與塵世的放
逐。茫茫水域正如其人生，必須依靠舟船才能抵達彼岸，因爲水具

〔註99〕方文：《嵞山集》卷五，頁267。
〔註100〕方文：《嵞山集》卷六，頁280。
〔註101〕方文：《嵞山續集》卷三，頁1018。
〔註102〕方文：《嵞山集》卷七，頁342。
〔註103〕方文：《嵞山集》卷七，頁357～358。
〔註104〕方文：《嵞山集》卷八，頁410。
〔註105〕方文：《嵞山集・北游草》，頁587～588。

有阻隔的作用，而要突破這層阻隔便得依靠「舟」與「船」，就某種
層面來看，舟與船是一種超越，能夠連接此岸與彼岸，能夠接連起
陸地與水域，更能連接起文明與荒蠻，因此舟船是對水這種自然世
界強力的挑戰與突破，舟船使荒涼的水面灑滿人類的足跡與聲音。
〔註106〕

　　舟船載著詩人抵達目的地，同樣亦載詩人對行旅過程中的感
悟：

> 停舟皖口七日多，淒淒無奈雨雪何。行人躁急耐不得，揚
> 帆破雪凌風波。雪花飄空朔風吼，江邊行者一無有。獨我
> 孤舟冒險艱，須臾已到雷江口。雷江津吏把手搖，長年三
> 老慎勿驕。此番安穩乃徼幸，世間幸不可屢徼。(《嵞山集》
> 卷三〈雷江口〉)〔註107〕

> 邗關風雨晝蕭蕭，獨坐蓬窗悶寂寥。(《嵞山集》卷十二〈維
> 揚舟中喜遇姜玈穎李萊馭汪霏玉飲〉)〔註108〕

> 去年今日客蘇州，記與良朋醉虎丘。萬木叢中無暑氣，千
> 人石上有名謳。歸時皓月隨蓮舫，臥處涼風滿竹樓。隔歲
> 相思不相見，吳江煙水夢悠悠。(《嵞山集·魯游草》〈六月
> 十五日夜見月有懷〉)〔註109〕

前途吉凶未卜，正似方文對未來深感茫然，面對江湖風浪及世道的艱
辛，也代表方文命運的顛躓與悲涼。在方文詩作當中，其行旅過程中
最常出現的交通工具便是舟船，一艘舟船航行於江上，那種與世隔絕
的孤獨感便油然而生。乘一葉扁舟，穿過曠野，在碧沉江水中航行，
四周俱是煙靄茫茫：

> 漁舟停葦岸，蟾影透蓬窗。歸客不能寐，愁城詎肯降。開

〔註106〕見傅導彬：《晚唐鐘聲──中國文化的精神原型》第九章〈船與詩：
　　　　一種文明的藝術考察〉(北京：東方出版社，1996年)，頁314～
　　　　316。
〔註107〕方文：《嵞山集》卷三，頁140。
〔註108〕方文：《嵞山集》卷十二，頁492～493。
〔註109〕方文：《嵞山集·魯游草》，頁746～747。

襟臨曠野，鼓枻詠澄江。四睇俱煙靄，宵鐘何處撞。（《嵞
山集》卷五〈江月〉）〔註110〕

彈棋觀聖手，默坐亦清嘉。弱柳煙中樹，殘梅雨後花。渚
鴻春有序，簷鵲曙將譁。歸客多惆悵，揚舲問水涯。（《嵞
山集》卷四〈錢亢子招同徐蘭生關六鈴陸麗京吳錦雯汪魏
美丁飛濤夜集〉）〔註111〕

此時帶給人的並非是輕鬆、閒適、逍遙自在的心境，而是一種放逐於
塵世的孑然之感。又或者歸心似箭，尋求著對家園的回歸：

歸心亦已久，苦熱入舟難。直待秋颸起，應知暑氣殘。輕
裝辭旅舍，小艇遡水灘。豈謂南薰阻，檣烏又屈盤。（《嵞
山集》卷五〈蕪江曉發〉）〔註112〕

泊泊歲將暮，言歸尚未能。鄉園翻是客，興味果如僧。峰
霽晚天雪，沙明夜舫燈。好風求半日，便許到金陵。（《嵞
山集》卷四〈舟次三山〉）〔註113〕

久客渾無類，言歸及早春。那知入正月，又復過三旬。沙
棧膠舟易，風狂鼓浪頻。年來多失意，處處有邅屯。（《嵞
山集·西江游草》〈正月晦日守風生米潭〉）〔註114〕

江上朔風急，孤舟不敢移。況逢寒食雨，更覺客心悲。鄉
國經年別，家人待米炊。歸途偏阻滯，安得救朝飢。（《嵞
山集·西江游草》〈寒食泊東流〉）〔註115〕

對家園的繫念，是在外遊子的共同心聲，在險惡的江湖行走，在孤苦
的飄泊旅程中，回首來時路，更意識到自身的微不足道，詩人將自身
對家園的魂牽夢縈繫於一葉扁舟之上，藉由舟船的航行帶領詩人回顧
故園，縱使旅途有所險阻，仍無法中止詩人對於回歸家園的想望，甚

〔註110〕方文：《嵞山集》卷五，頁256。
〔註111〕方文：《嵞山集》卷四，頁202～203。
〔註112〕方文：《嵞山集》卷五，頁256。
〔註113〕方文：《嵞山集》卷四，頁206。
〔註114〕方文：《嵞山集·西江游草》，頁807。
〔註115〕方文：《嵞山集·西江游草》，頁807～808。

至藉由舟船的帶領，找到精神世界的依托：

> 吳江送客夜歸燕，霜滿離亭月滿船。碧甖且傾千日酒，雕
> 弧曾控百蠻煙。枕戈亦負劉琨志，挾策空過賈誼年。北闕
> 幾時蒙召對，看君劍履聖人前。(《嵞山集》卷六〈送蘇虞
> 明金吾還朝〉)〔註116〕

方文將舟船當作使向人生驛站的寄託，在驚濤駭浪中駛向理想世界。
但孤舟漂盪於煙波浩渺的江水當中，卻又顯示出與自然及命運抗爭的
意味：

> 生計祝添三十畝，客心嘗繫一孤舟。(《嵞山集》卷七〈人
> 日同陳汝颺吳弗如訪邢孟貞村居〉)〔註117〕

> 霜艇初維寒氣肅，冰輪湧出更高寒。一天雲散了不翳，千
> 里江流靜不瀾。(《嵞山集》卷八〈江月〉)〔註118〕

> 期君定著惠文冠，此日南邊非所歡。但念趨朝多履險，不
> 如佐郡且偷安。三江舟檝隨潮上，一路雲山撫枕看。想到
> 署齋無長物，蠻花千本繞朱蘭。(《嵞山集·魯游草》〈送趙
> 五絃之任南安〉)〔註119〕

> 孟秋江右去，仲春江右還。客行四千里，始見樅陽山。樅
> 陽無我居，居在秦淮間。過此復五百，方能抵柴關。年齒
> 日已邁，鬢鬢日已斑。何爲貪遠遊，所歷多險艱。今歸衡
> 茅下，身倦且休閒。蒔蔬與種藥，聊以駐衰顏。(《嵞山集·
> 西江遊草》〈將近樅陽舟中遣興〉)〔註120〕

> 正愁舟楫險，又復上危灘。霜月水初落，炎方冬不寒。家
> 貧惟仗友，世亂敢求安。況有同心客，村醪夜夜歡。(《嵞
> 山集·西江游草》〈過十八灘〉)〔註121〕

〔註116〕方文：《嵞山集》卷六，頁279。
〔註117〕方文：《嵞山集》卷七，頁355～356。
〔註118〕方文：《嵞山集》卷八，頁397。
〔註119〕方文：《嵞山集·魯游草》，頁749。
〔註120〕方文：《嵞山集·西江游草》，頁785～786。
〔註121〕方文：《嵞山集·西江游草》，頁804。

客路偏逢雨，維舟夜已殘。江城千戶閉，野店一燈寒。酒
薄沽猶易，愁多掃卻難。昔年偕隱處，重話鼻辛酸。(《畲
山續集》卷三〈夜泊毗陵〉)〔註122〕

前日湖上雨，雨氣何濛濛。天水勢相合，孤帆但隨風。今
日湖上月，月色何朣朣。煙波淼無際，雙槳若乘空。此景
誰領略，詩人在舟中。有酒斟酌之，歌嘯驚秋鴻。夜半猶
不寐，直抵居巢東。嗟彼往來者，逸興焉能同。(《畲山續
集》卷一〈月夜過巢湖同張公上〉)〔註123〕

以蒼茫江水、霜月為背景，伴隨著一艘孤舟，使之反映出詩人孤獨對
抗命運、險阻的生命體驗。人生的孤獨感來自於其憂患意識，另一方
面亦來自於對人生的不安定與不確定性。在茫茫江水中，只有水天交
界處的一艘小船在其間漂流，縹緲迷濛的江煙，連綿不絕的遠山，再
伴隨著夕陽西下，又或著是一輪淒冷的霜月，這艘孤帆愈顯微渺，人
生的不安定與不安穩益發顯現出來。

二、以隱為歸

在一連串的尋找落腳處的行動中，方文發現「隱」才是真正的「鄉
關」：

傑閣雖凌夷，香林未凋殘。我性本孤僻，憩此中心歡。……
鄰人售餘屋，移家偷此安，風雲苟未會，且作龍蛇蟠。(其
一)

人生同逆旅，天地亦蘧廬。室家何足道，且還玩詩書。今
夕為我室，明旦他人居。曷不歸湖山，徜徉任樵漁。(其三)
(《畲山集》卷一〈白下移居〉)〔註124〕

我祖沈淵家訓在，徜徉林壑復何求。(《畲山集》卷六〈與
從子子建感舊〉)〔註125〕

〔註122〕方文：《畲山續集》卷三，頁1003。
〔註123〕方文：《畲山續集》卷一，頁901～902。
〔註124〕方文：《畲山集》卷一，頁47～48。
〔註125〕方文：《畲山集》卷六，頁325。

在世道紛亂的外在環境中，方文選擇「苟活」來面對易代之變，其避世思想亦顯露其中，為了因應時局變化，他欲選擇遠離紛擾的塵囂，遁入湖山，徜徉於漁樵之中：

> 一自兩京淪沒後，斯人漂泊在江湖。臨流高詠有時有，觸景暗傷無處無。世難且從公望隱，運回應笑子陵愚。衣冠倘見劉司隸。豈肯甘心老釣徒。（《嵞山集》卷八〈題烟波獨釣圖〉）〔註126〕

〈題烟波獨釣圖〉中描寫了一位隱士的生活，遠離塵世的喧鬧，遁入山林，獨自垂釣。但此詩值得討論之處在於「一自兩京淪沒後」，由此句看出，方文將自己的心情投射在圖中的釣翁身上，因為面對湖光山色，自然美景的圖畫，方文不知不覺便把自身融入畫作當中，但理智又告訴他：山河已易色，因而激起感傷之情，不自覺地反省：能決定歸隱的有幾人？能夠固守志節的又有幾人呢？面對一個艱難的政治環境，正如同一個深淵陷阱，在主觀意識與客觀環境的條件下，方文內心想選擇從容自適，儉僕淡泊的生活，並借以表明自己的心志：

> 欲補青天無采石，欲繫白日無長繩。與其羈絆塵網中，腥濁臭穢良可憎。何如理照向幽谷，身心皎潔玉壺冰。（《嵞山集》卷三〈雲居訪晦山大師贈三十韻〉）〔註127〕

方文對晦山大師的玉壺冰心深表讚賞，同樣地，也認為要舊朝衰敗已無力回天，惟有歸隱才能保有貞節，「欲補青天無采石，欲繫白日無長繩」亦點出本有以匡世的雄心壯志，然卻因時局變亂掃落其胸中志業，有志不得伸的痛苦寫來愷切激昂。正因如此，當方文賣卜經漳湖拜訪范又蠡時，對於范又蠡歷經國亡，選擇不仕新朝，歸隱山林之事給予讚賞：

> 漳湖垂釣者誰子，磊落嶔崎天下士。不堪牛馬走風塵，且伴鳬鷗美秋水。水邊築室曰緯蕭，朝為漁人暮為樵。煙簑

〔註126〕方文：《嵞山集》卷八，頁381。
〔註127〕方文：《嵞山集》卷三，頁156～157。

雨笠自千古，鞿羈禍襠何所驕。君不見，漳湖之西大雷岸，
荻花楓葉荒江畔。鮑昭於此寄妹書，遂令僻地聲光燦。回
望漳湖多白雲，向來泯沒今始聞。他年漢使求遺老，舟過
雷水先問君。(《嵞山集》卷三〈漳湖歌贈范小范〉)〔註128〕

范又蠡，原名景仁，字小范，號五湖，懷寧人，為崇禎間諸生，明
亡後，隱於漳湖，著有《釣吟》、《釣吟續稿》。〔註129〕范又蠡本為天
下嶔崎磊落之士，後選擇漁樵為生，對於方文選擇歸隱有鼓勵的之
效。

　　然方文是否真的全然歸隱田園，從此與世隔絕呢？答案是否定
的：

瓦宮一別十三年，家計蕭條不以前。飲量尚能盈斗酒，生
涯只有賃房錢。却嫌冠帶為隣里，日與漁樵共醉眠。況是
故人情更篤，等閒相見即陶然。(《嵞山集》卷九〈過杜生
之小飲〉)〔註130〕

卜居予最僻，君亦到荒村。左右有茅屋，往來同竹門。秋
花延廢圃，波月引清尊。賴此破愁寂，都忘非故園。薄宦
一朝去，俸錢能幾何。身微家累重，病起旅愁多。遠望驚
烽火，高飛謝網羅。采薇知有詠，莫負首陽阿。(《嵞山集》
卷四〈贈施玉謀博士〉)〔註131〕

方文以遺民之態隱遁城郊，又交游官貴新仕，其間的原因如前先述，
乃是為謀生計，並為奉養其母，隱居固然是方文心中所嚮往的世界，
但現實生活却考驗著他，在隱居與養家之間，方文不能拋棄老母親，
也不能不盡養家之責，因此只行醫賣卜，雖未完全與世隔絕，藉由行
醫采藥，方文亦可享受遁入山林的樂趣，不論是現實上養家糊口，或
是心靈上追求閒靜自適，兩者並不相違背，反而從中找到平衡點。

〔註128〕方文：《嵞山集》卷三，頁156～157。
〔註129〕詳見潘江：《龍眠風雅續集》卷二十七，收錄於《四庫禁燬叢刊》
　　　　集部第100冊（北京：北京出版社，1999年），頁139。
〔註130〕方文：《嵞山集》卷九，頁459。
〔註131〕方文：《嵞山集》卷四，頁218。

　　鍾情山水，醉心於林泉之中，雖然眞正隱遁於深山過著與世隔絕的生活，然方文卻於行醫賣卜於湖山之中找到精神的歸宿，

> 浩氣爲雲入太虛，傳家秖有數行書。竹籬茅舍堪棲隱，絕勝蘭臺芸閣居。（《嵞山續集》卷五〈題五子班一草亭冊〉）〔註132〕

> 四時平分秋最佳，孟秋景物尤堪誇。千樹欲落不落葉，數枝將開未開花。秋山著雨淨如洗，秋水平湖浩無涯。菰蒲茨茨聚淺渚，鳧鴨鷗鳥爭晴沙。山田到處收粳稻，村舍逢人話桑麻。魚舟魚賤不須買，酒坊酒熟頻教賒。深山如此足吳老，我獨何爲欲辭家。秖緣性情好江海，八月又泛銀河查。（《嵞山集》卷三〈秋日漫興〉）〔註133〕

從方文著力描寫鄉居生活，田園之樂來看，忘卻機心，在大自然呈現的天眞和生機當中，看見鳥獸自適其性，芳草恣意生長，處於毫不矯飾的自然裡，望見花草蟲鳥與人類和諧相處，一片溫馨，「竹籬茅舍堪棲隱」說明方文樂得其所，「秋山著雨淨如洗，秋水平湖浩無涯」點出一片平靜悠遠的意境，這豈不是方文心靈所追求的「歸園田居」嗎？

　　林園湖山是人類最初的原始家園，從原始時代，人類構木爲居，采擷而食，在山林間找到了棲息地，而草木蔥蘢則帶給人們生命新契機。細看方文詩作，在描寫山林田野生活時，其植物世界反映出人情的樸實，雖有時田園農事並不如預期順利，然方文卻於其中得到悠然退處回園的樂趣：

> 青松密處山樓隱，紅蓼開時石徑斜。暮雨霏微須止宿，秋田荒落各興嗟。殘禾雖刈不成穫，澹澹風吹蕎麥花。（《嵞山集》卷八〈訪任克家中〉）〔註134〕

> 柳堤才見麴塵新，又見秧田似麴塵。枝上黃鸝並求友，梁

〔註132〕方文：《嵞山續集》卷五，頁1149〜1150。
〔註133〕方文：《嵞山集》卷三，頁156。
〔註134〕方文：《嵞山集》卷八，頁394。

間紫燕亦窺人。渚花汀草香偏艷，園筍山珍味各珍。（《嵞
山集》卷九〈暮春感懷〉）〔註135〕

白屋三楹覆白茅，青溪一帶似青郊。門前種圃多蔬甲。牆
外編籬長竹梢。守拙自無塵事擾，遺榮猶有俗人嘲。（《嵞
山續集》卷四〈白屋〉）〔註136〕

竹裏高樓遠見江，山僧白日臥西窗。惟愁松鼠偷新筍，時
向東籬自擊梆。（《嵞山續集》卷五〈竹林寺〉）〔註137〕

或寫稻浪之姿，或述青蔬之態，又或著描摹鸝鳥之狀，其間流露著對
家園的溫馨的嚮往，也隱含著方文所追求的精神回歸正是：自然的原
始情懷。惟有在田園茂盛，秧麷欣欣向榮的田園生活當中，找到一絲
新契機，也帶給方文心靈一線新希望，枝繁葉茂當中，歡愉的喜悅能
夠淡化人生的悲涼，將易代的憂傷在澹澹微風中滌去，消解方文對於
現實生活的厭惡。

田園山林是方文心靈的故鄉，雖然耕作生活辛勤勞苦，雖然行醫
賣卜之路途崎嶇難行，然而，置於田園山林之間卻無人事紛擾及傷
害，順應自己的本性而生活，其心理是十分舒泰而輕鬆，從平凡的田
園山林生活當中，堅守自己的理想，求得心靈上的自由與慰籍，是支
持方文易代之後能夠生存下來的另一動力。

在復國之望無成後，方文便下了決定，歸向田園山林之間：

漁海樵山過此生，向平兒女未忘行。（《嵞山集》卷六〈留
別馬倩若兼訂毗陵之游〉）〔註138〕

明年卜居山谷裡，茂林修竹恣盤桓。（《嵞山集》卷八〈熱〉）
〔註139〕

從今卜築深山裏，朝夕漁樵一任真。（《嵞山集》卷八〈客

〔註135〕方文：《嵞山集》卷九，頁437。
〔註136〕方文：《嵞山續集》卷四，頁1057。
〔註137〕方文：《嵞山續集》卷五，頁1137。
〔註138〕方文：《嵞山集》卷六，頁325。
〔註139〕方文：《嵞山集》卷八，頁379。

　有教予謹言者，口占謝之〉〉〔註140〕

　　一丘一壑能消暑，何必千峯與萬峰。吟坐最宜窗北嚮，醉
　　眠嘗至日西春。槐花打瓦聲疑雨，松樹參雲勢似龍。睡起
　　獨行籬落外，徜徉吾自縱天慵。（《嵞山集》卷八〈飯籮山
　　休夏〉〉〔註141〕

方文選擇山野林壑做為終老之所，以此徜徉逍遙，獲得精神與心靈上
的完滿，也代表著詩人的一種生活選擇與人生體驗。現實生活裡，方
文漂泊無處可歸，在彷徨失落的情緒裡，因明朝覆亡而深覺茫然無所
依歸。然而，方文卻在選擇行醫賣卜之中找到人生的新出處，也在行
醫卜之路上獲得心靈上的「家園」，田園山林代表著樸拙溫馨與恬靜
自適，也讓方文找到其精神層面所追尋的「鄉關」。

〔註140〕方文：《嵞山集》卷八，頁379。
〔註141〕方文：《嵞山集》卷八，頁390。

第五章　結　論

　　本論文透過方文詩作的研究，以見其生平際遇及其交友狀況，並針對其詩作內容加以分類，且論及方文人格特質，並映現身爲遺民身份的方文，其入清前後，藉由行旅的方式，尋找其內心世界所屬之「依歸」，究其心理漸進的歷程，藉此對「方氏三詩人」之首的方文產生更進一步的認識。

　　在研究過程中，筆者發現方文與友人的交際酬對作品相當多，由此可以檢視方文的交遊狀況，從明之遺民到仕清貳臣，甚至是清代才出仕者，均有所交往。方文從青年時期即好遊歷四方，旅居各地時常借宿佛寺，亦結交不少僧侶。這麼龐大的交友範疇，日後方文在面對生活困境時，有諸多朋友提供食宿以解其困窘，但更多時候，而是給予方文心靈上的撫慰。

　　除酬對作品外，方文之山水田園書寫、易代故國悲歌、生活憂喜之感等作品亦不在少數，可謂多產詩人。在近三千首詩作當中，筆者略分爲自然、生活、生命歷程、歷史興懷之嘆、黍離之感、思鄉懷親、酬友、弔亡等八類，每類作品均有方文獨特的風格：以簡樸之筆描寫自然與生活；以老練之筆描寫生命歷程與歷史軌跡；以眞切之筆描寫黍離之思與懷親思鄉；以至性之筆酬友弔亡，篇篇是方的血淚，字字是其內心的詠嘆。

　　方文自己認爲其一生「沉酣杜白」〔註1〕，杜甫的沉鬱頓挫，影響方文於歷史軌跡及生命錘鍊的表現，使其詩心更感蒼涼；白居易的淺白易懂，造就方文敘事的情眞意切，使其敘事表物更能立於客觀立場，使詩作的敘事性增強，而社會評斷的角度益加內化。方文並將自己定位於承接陶潛、杜甫、白居易其後，並期盼自己的詩作能如同三者，對後世詩壇產生影響。

　　陶詩淡然詩風及其樸素辭藻爲方文所學，再加上杜詩「感於哀樂，緣事而發」的歷史厚度，繼而「長慶體」的詩歌體式，造就出方文「樸老眞至」的「嵞山體」，透過遺民觀點，以記事手法，採用長篇詩歌，樸素的語言，深切的情感穿越其中，一幕幕歷史場景躍然紙上，也使得「嵞山體」更是獨具一格。

　　方文對於自己的詩作是相當滿意，他曾說：

> 江市聊爲賣卜行，敢言蹤跡類君平，所求升斗供饘粥，不向侏儒說姓名。四海同人惟道合，一生得意是詩成，何當日暮垂簾後，共奏商歌金石聲。（《嵞山集》卷七〈賣卜潤鄔沂公談長益潘江如錢馭少玉汝秦溥李木仙各有詩見贈賦此答之〉）〔註2〕

方文自知「立言」是能在歷史中立足的一個方式，他執著於創作，也在此走出一片屬於自己的天地，藉由他的詩作，後世能夠看見一位明清易代之際的遺民，透過其筆端爲故國留下見證，也替自己的生命歷程下了註解，眞實地書寫時代的變化及個人際遇，以自己眞切的情感在寫「歷史」。

　　因異質的滿漢文化相互衝擊，造成明遺民生存與身份認同的焦慮，故對方文而言，家族榮衰與國族興亡所交織而成的複雜情感，造就質樸卻悲壯的詩風；甲申之變，乙酉之亡，山河激變，人事滄桑，《嵞山集》裡斑斑可考。方文以其遺民身份處於這場變動當中，於世

〔註1〕方文：《嵞山集》卷九〈王望如招飲談詩，即席如此〉：「字句鍾鐔今不少，沉酣杜白古來難。」，頁444～445。

〔註2〕方文：《嵞山集》卷七，頁333。

變中，面對個人身份的轉變，易代的無奈與掙扎，他從歷史豪傑人物中找到安慰，並期許自己能夠有所仿效，在艱難時空下，建立其人生理想，找到自身存在意義。

易代之際的存在困境，對於人生的圓滿與否，從交映迭起的詩作中，方文銘印出明清之交的家國情懷，亦刻畫著其心路足跡。在國仇家恨中，方文有其思考出處的脈絡，不願為悲劇生命所征服，透過自我鑄鍊中，彰顯其人格精神，在目睹時代之變化，其悲壯與尊嚴，在在透過其詩作呈現於讀者眼前。

身為遺民的方文在國破家敗中浮沉，因而明確的自我價值定位是支持其生存下去的基本動力。當方文了解自己真實需求何在，才能夠而對種種困境與干擾，進而實現自我。再者，面對人生困境或挫折時的態度，方文更是從立言著述的行列中，方文將自身情感投入，重視個人情感的傳達與道德規範的重塑，以求在孤絕的環境下自我砥礪，追求一種道德完成的境界，也在創作的過程中，痛快且真切地表達情性，一吐胸臆為快。縱使沒有高超的藝術手法，但卻存有高尚的道德成就，這種隱含個性氣質、處世態度的內容，能提升詩歌作品的質感，也使得從中尋找到個人存在的價值。

從行旅過程中，方文重構出一種強烈的情緒變化，或是感懷，或是悲痛，將其身體經驗與時代變遷做交流，一連串片段式的記憶連結在一起，糾集成屬於方文自身的知覺與記憶，家國離亂、有志難伸、失意落拓這些生命歷程一個個被堆疊而成的記憶，以身體作為移動的基礎，透過感知與體會形成一種屬於方文自身獨特的行旅書寫，方文對自身的知覺作一整理，從而在記憶與回憶當中進行自我創作。記憶中的人事物，舊地重遊或是巧遇故交，方文藉由回憶過往，抓取時空的流變，使其影象在不斷的變化中，產生創作的活力。這種超越時空，在時光隧道中遊走的記憶是屬於潛伏的記憶，而這種記憶衝擊，使得作品當中感時傷懷的情緒不斷地出現。

以書寫來緬懷過往，透過方文的「記憶」補捉，再次被重組、呈

現。在苦悶與無奈中，詩人如何找尋自己的歸處，在無數個質疑、掙扎當中，爲其飄泊的靈魂尋覓歸所，是方文倦游趨安的表現。且在一連串的尋找落腳處的行動中，方文發現「隱」才是眞正的「鄉關」。隱居固然是方文心中所嚮往的世界，然現實生活卻考驗著他，在隱居與養家之間，只能藉由行醫賣卜，雖享受遁入山林的樂趣。因此，不論是現實上養家糊口，或是心靈上追求閒靜自適，方文從中找到平衡點。

雖然眞正隱遁於深山過著與世隔絕的生活，這種精神與心靈上的完滿，也代表著詩人的一種生活選擇與人生體驗。雖然現實生活裡，方文飄泊無處可歸，亦因彷徨失落的情緒及明朝覆亡而深覺茫然無所依歸。然從本研究當中，筆者發現方文選擇從行醫賣卜之中，找到人生的新出處，也在行醫卜之路上獲得心靈上的「家園」，田園山林代表著樸拙溫馨與恬靜自適，也讓方文找到其精神層面所追尋的「鄉關」。

參考文獻

一、古籍

1. （清）方文：《嵞山集》，上海：上海古籍出版社，1979 年。
2. （清）方文撰，胡金望、張則桐校點：《方嵞山詩集》，合肥：黃山書社，2009 年。
3. （清）方以智：《流寓草》，《四庫禁燬叢刊》集部第 50 冊，北京：北京出版社，1999 年。
4. （清）王士禎：《古夫于亭雜錄》，《清代史料筆記叢刊》，北京市：中華書局，1988 年。
5. （清）王士禎：《感舊集》，台北：明文出版社，1985 年。
6. （清）王夫之等撰，民國丁福保編：《清詩話》，上海：上海古籍出版社，1999 年。
7. （清）全祖望撰，朱鑄禹集注：《全祖望集彙校集注》，上海：上海古籍出版社，2000 年。
8. （清）吳山嘉錄，周俊富輯：《復社姓氏傳略》，台北：明文書局，1991 年。
9. （清）李桓：《國朝耆獻類徵初編》，台北：明文出版社，1985 年。
10. （清）谷應泰：《明史紀事本末》，北京：中華書局，1977 年。
11. （清）邢昉：《石臼前集》，《四庫禁燬叢刊》集部第 121 冊，北京：北京出版社，1999 年。
12. （清）卓爾堪：《明遺民詩》，北京：中華書局，1961 年。
13. （清）紀昀等撰：《四庫全書總目提要》，台北：台灣商務印書館，

1983 年。

14. （清）范景文：《文忠集》，《四庫全書》集部第 1295 冊，台北：台灣商務印書館，1983 年。

15. （清）計六奇輯：《明季北略》，北京：中華書局，1984 年。

16. （清）孫枝蔚：《溉堂集》，上海：上海古籍出版社，1979 年。

17. （清）徐鼒：《小腆紀傳》，台北：明文書局，1986 年。

18. （清）馬其昶：《桐城耆舊傳》，台北：廣文出版社，1978 年。

19. （清）張廷玉等撰：《明史》，台北：鼎文書局，1975 年。

20. （清）陳田：《明詩紀事》，台北：明文書局，1992 年。

21. （清）陳衍：《感舊集小傳拾遺》，台北：廣文出版社，1968 年。

22. （清）劉城：《嶧桐文集》，《四庫禁燬叢刊》集部第 121 冊，北京：北京出版社，1999 年。

23. （清）潘江：《龍眠風雅續集》，《四庫禁燬叢刊》集部第 100 冊，北京：北京出版社，1999 年。

24. （清）潘江《龍眠風雅》，《四庫禁燬叢刊》集部第 98～99 冊，北京：北京出版社，1999 年。

25. （清）錢儀吉：《碑集傳》，北京：中華書局，1993 年。

26. （清）錢澄之：《田間文集》，《續修四庫全書》集部第 1401 冊，上海：上海古籍出版社，2002 年。

27. （清）錢謙益：《列朝詩集小傳》，台北：明文書局，1992 年。

28. （清）錢謙益：《牧齋有學集》，《續修四庫全書》集部第 1391 冊，上海：上海古籍出版社，2002 年。

29. （清）顧夢游：《顧與治詩集》，《四庫禁燬叢刊》集部第 51 冊，北京：北京出版社，1999 年）。

30. 《康熙安慶府志》，《中國地方志集成·安徽府縣志輯》，南京：江蘇古籍出版社，1998 年。

31. 闕名：《皇明遺民傳》，北京：北京大學，1936 年。

二、近人論著

1. 方珊：《形式主義文論》，北京：三聯書店，1989 年。

2. 王先霈主編：《文學批評原理》，武昌：華中師大出版社，2002 年。

3. 王岳川：《後殖民主義與新歷史主義文論》，山東：山東教育出版社，1999 年。

4. 王岳川：《現象學與解釋學文論》，濟南：山東教育出版社，1999年。

5. 司徒琳著，李榮慶等譯：《1644～1662 南明史》，上海：上海書店出版社，2007年。

6. 弗萊著，吳持哲編：《弗萊文論選集》，北京：中國社會科學出版社，1997年。

7. 田兆元主編：《文化人類學教程》，上海：華東師範大學出版社，2006年。

8. 申丹：《敘述學與小說文體學研究》，北京：北京大學出版社，2004年。

9. 任道斌：《方以智年譜》，合肥：安徽教育出版社，1983年。

10. 安東尼·紀登斯著，趙旭東、方文譯：《現代性與自我認同》，台北：貓頭鷹出版社，2002年。

11. 朱立元主編：《二十世紀西方美學經典文本》，上海：復旦大學出版社，2000年。

12. 朱玲：《文學符號的審美文化闡釋》，合肥：安徽大學出版社，2002年。

13. 朱剛：《20世紀西方文藝文化批評理論》，台北市：揚智文化，2002年。

14. 朱麗霞：《明清之文文人游幕與文學生態——以徐渭、方文、朱彝尊爲個案》，上海：上海古籍出版社，2008年。

15. 何宗美：《明末清初文人結社研究》，天津：南開大學出版社，2003年。

16. 何冠彪：《生與死——明季士大夫的抉擇》，台北：聯經出版社，1997年。

17. 何冠彪：《明末清初學術思想研究》，台北：學生書局，1991年。

18. 李紀祥：《時間·歷史·敘事——史學傳統與歷史理論再思》，台北：麥田出版社，2001年。

19. 李聖華：《方文年譜》，北京：人民大學出版社，2007年。

20. 汪民安：《尼采與身體》，北京：北京大學，2008年。

21. 汪民安：《身體、空間與後現代性》，南京：江蘇人民出版社，2006年。

22. 周發祥：《西方文論與中國文學》，南京市：江蘇教育出版社，2000年。

23. 孟森：《明代史講義》，台北：華世出版社，1975年。

24. 昂利‧柏格森著，肖聿譯：《創造進化論》，北京：華夏出版社，1999年。

25. 林鐵鈞、史松：《清史編年》，北京：北京中國人民大學出版社，1988年。

26. 金天翮：《皖志列傳稿》，台北：成文出版社，1936年。

27. 施春華《心靈本體的探索——神秘的原型》，哈爾濱市：黑龍江教育出版社，2002年。

28. 埃利希‧諾伊曼著，李以洪譯：《大母神——原型分析》北京：東方出版社，1998年。

29. 夏咸淳：《情與理的碰撞——明代士林心史》，河北：河北大學出版社，2001年。

30. 孫立：《明末清初詩論研究》，廣東：廣東教育出版社，1999年。

31. 孫靜菴：《明遺民錄》，台北：明文出版社，1985年。

32. 時志明：《山魂水魄——明末清初節烈詩人山水詩論》，南京：鳳凰出版社，2006年。

33. 袁行雲：《清人詩集敘錄》，北京：文化藝術出版社，1994年。

34. 常若松：《人類心靈的神話——榮格的分析心理學》，台北：貓頭鷹出版社，2000年。

35. 張玉能：《西方文論思潮》，武漢市：武漢出版社，1999年。

36. 莫里斯‧梅洛——龐蒂著，姜志輝譯：《知覺現象學》，北京：商務印書館，2001年。

37. 許守泯：《明代遺民的悲情與救亡——傅青主生平與思想研究》，台北：新文豐出版社，1995年。

38. 許德楠：《論詩史的定位及其它》，北京：學苑出版社，2004年。

39. 陶清：《明遺民九大家哲學思想研究》，台北：洪葉文化公司，1997年。

40. 傅導彬：《晚唐鐘聲——中國文化的精神原型》，北京：東方出版社，1996年。

41. 程金程：《原型批判與重釋》，北京：東方出版社，1998年。

42. 費振鐘：《墮落時代——明代文人的集體墮落》，台北：立緒出版社，2001年。

43. 黃金麟：《歷史、身體、國家——近代中國身體的形成1985～1937》，台北：聯經出版事業公司，2001年。

44. 葉舒憲：《探索非理性的世界》，四川：四川人民出版社，1988 年。

45. 葉舒憲選編：《神話——原型批評》，陝西：陝西師範大學出版社，1987 年。

46. 趙園：《制度・言論・心態》(《明清之際士大夫研究》續編)，北京：北京大學出版社，2006 年

47. 趙園：《明清之際士大夫研究》，北京：北京大學出版社，1999 年。

48. 趙爾巽等撰：《清史稿》，台北：明文書局，1985 年。

49. 趙毅衡編：《新批評文集》，天津：百花文藝出版社，2001 年

50. 劉世南：《清詩流派史》，北京：人民文學出版社，2004 年。

51. 劉安海、孫文實主編：《文學理論》，武昌：華中師範大學出版社，1999 年。

52. 劉苑如：《身體・性別・階級——六朝志怪的常異論述與小說美學》，台北：中央研究院中國文哲研究所，2002 年。

53. 潘承玉：《清初詩壇：卓爾堪與《遺民詩》研究》，北京：中華書局，2004 年。

54. 鄧之誠：《清詩紀事初編》，台北：中華書局，1970 年。

55. 諾思普洛・弗萊著，陳慧、袁憲軍、吳偉仁譯：《批評的剖析》，天津：百花文藝出版社，2002 年。

56. 錢仲聯主編：《清詩紀事》，杭州，江蘇古籍出版社，1987 年。

57. 錢海岳：《南明史》，北京：中華書局，2006 年。

58. 錢穆：《中國近三百年學術史》，台北：聯經出版社，1995 年。

59. 錢穆：《國史大綱》，台北：台灣商務印書館，1980 年。

60. 霍有明：《清代詩歌發展史》，台北：文津出版社，1994 年。

61. 戴武軍：《中國古代文人人生方式與詩學特色》，廣東：廣東人民出版社，2006 年。

62. 謝正光、佘汝豐：《清初人選清初詩彙考》，南京：南京大學出版社，1998 年。

63. 謝正光、范金民編：《明遺民錄彙輯》，南京：南京大學出版社，1995 年。

64. 謝正光：《明代遺民傳記索引》，上海：上海古籍出版社，1992 年。

65. 謝正光：《清初詩文與士人交遊考》，南京：南京大學出版社，2001 年。

66. 謝明陽：《明遺民的「怨」「群」詩學精神——從覺浪道盛到方以

智、錢澄之》，台北：大安出版社，2004年。

67. 謝國楨：《明清之際黨社運動考》，上海：上海書店出版社，2004年。

68. 羅熾：《方以智評傳》，南京：南京大學出版社，1999年。

69. 嚴迪昌：《清詩史》，浙江：浙江古籍出版社，2002年。

70. 龔卓軍：《身體部署：梅洛龐蒂與現象學之後》，台北：心靈工坊，2006年。

三、期刊論文

1. 孔定芳：〈明遺民的身份認同及其符號世界〉，《中國社會科學院研究生院學報》，2005年，第37卷第2期。

2. 王汎森：〈歷史記憶與歷史——中國近代史事為例〉，《當代》第91期，1991年11月。

3. 王明珂：〈集體歷史記憶與族群認同〉，《當代》第91期，1993年11月。

4. 朱則杰：〈清代竹枝詞叢考——以《中華竹枝詞》為中心〉，《杭州師範學院學報》社會科學版，2006年第3期。

5. 李聖華：〈王士禎與明遺民交游事迹考論〉，《瀋陽師範大學學報》社會科學版，2004年第1期。

6. 姜勝利：〈明遺民與清初史學〉，《安徽大學學報》哲學社會科學版，2003年1月第27期。

7. 郝學華：〈清初遺民的文化意蘊淺學〉，《聊城大學學報》哲學社會科學版，2002年第4期。

8. 張兵：〈清初遺民創作的社會文化環境與遺民詩群的地域分布〉，《西北師大學報》社會科學版，1999年7月，第36卷第4期。

9. 張兵：〈論清初遺民詩群創作的主題取向〉，《西北師大學報》社會科學版，2000年，第6期第28卷。

10. 黃河：〈明清易代後詩歌思想的繼續發展〉，《華僑大學學報》哲社版，2000年第3期。

11. 潘承玉：〈「更考遺民刪作伴，不須牛僧辱牆東」——清初「遺民錄」編選與遺民價值觀傳播新考〉，《成大中文學報》第11期，2003年11月。

12. 潘承玉：〈清初詩壇中堅：遺民——性情詩派〉，《復旦學報》社會科學版，2004年第5期。

四、學位論文

1. 王學玲：《明清之際辭賦書寫中的身份認同》，輔仁大學中國文學系博士論文，2002 年。

2. 朱小利：《方文及其嵞山集研究》，南京師範大學文學研究所碩士論文，2007 年。

3. 宋景愛：《明末清初遺民詩研究》，政治大學中國文學研究碩士論文，2002 年。

4. 林保淳：《明清之際經世文論研究》，台灣大學中國文學研究所碩士論文，1988 年。

5. 林聖德：《歸莊詩文研究》，東海大學中國文學系碩士論文，1998 年。

6. 許淑敏：《南明遺民詩集敘錄》，國立成功大學歷史語言研究所碩士論文，1988 年。

7. 陳宇舟：《清初詩人宋琬研究》，蘇州大學文學研究所碩士論文，2004 年。

8. 黃明理：《晚明文人型態研究》，台灣師範大學國文研究所碩士論文，1980 年。

9. 廖肇亨：《明末清初遺民逃禪之風研究》，台灣大學中國文學研究所碩士論文，1994 年。

10. 謝明陽：《明遺民的莊子定位論題》，台灣大學中國文學研究所博士論文，1998 年。

附錄：方文詩作簡表

時　　間	年齡	生平大事	詩　　作
明萬曆四十年， 壬子（1612）	1	1.正月九日，生於安 　慶府桐城縣。	
明萬曆四十一年， 癸丑（1613）	2	1.父方大鉉中進士， 　授刑部主事。	
明萬曆四十二年， 甲寅（1614）	3		
明萬曆四十三年， 乙卯（1615）	4	1.梃擊案發。 2.祖父方學漸卒。	
明萬曆四十四年， 丙辰（1616）	5	1.努爾哈赤建元天 　命。	
明萬曆四十五年， 丁巳（1617）	6	1.左光斗以女許之。	
明萬曆四十六年， 戊午（1618）	7	1.父方文鉉卒。	
明萬曆四十七年， 己未（1619）	8		
明萬曆四十八年， 庚申（1620）	9	1.明神宗駕崩。	
明天啓一年， 辛酉（1621）	10	1.初學賦詩。	
明天啓二年， 壬戌（1622）	11		

明天啓三年，癸亥（1623）	12		
明天啓四年，甲子（1624）	13	1.從左光斗學。 2.已補諸生。	
明天啓五年，乙丑（1625）	14	1.左光斗死難。 2.從王宣學，潛心研《易》。	
明天啓六年，丙寅（1626）	15	1.從白瑜習舉子業。	
明天啓七年，丁卯（1627）	16	1.明熹宗駕崩，信王朱由檢及位。 2.左光斗冤獄平反。	1.〈聞范質公大司馬免官感賦〉（《嵞山集》卷四） 2.〈題鄒滿字節霞閣〉（《嵞山集》卷四） 3.〈歸里偕鄒簡之吳子遠山行得巢字〉（《嵞山集》卷四） 4.〈答汪大年京師見懷〉（《嵞山集》卷四） 5.〈泊紫沙洲〉（《嵞山集》卷四） 6.〈夜泊牛渚〉（《嵞山集》卷四）
明崇禎元年，戊辰（1628）	17		
明崇禎二年，己巳（1629）	18	1.祖母趙氏卒。 2.復社創立。	
明崇禎三年，庚午（1630）	19	1.與左氏婚。	
明崇禎四年，辛未（1631）	20	1.游學吳越。 2.長女生。	
明崇禎五年，壬申（1632）	21	1.於澤園結永社。	
明崇禎六年，癸酉（1633）	22	1.南京應鄉試。 2.長子御寇生。	
明崇禎七年，甲戌（1634）	23	1.徙家南京。	
明崇禎八年，乙亥（1635）	24	1.寓南京。	
明崇禎九年，丙子（1636）	25	1.秋試下第。 2.滿州建國，改元建德，七月清兵入塞。	1.〈秋夜飲顧與治齋中〉（《嵞山集》卷一） 2.〈送蘇虞明金吾還朝〉（《嵞山集》卷六） 3.〈遲魯孺發和州不至〉（《嵞山集》卷六） 4.〈還山飲左子厚宅〉（《嵞山集》卷六） 5.〈喜張材官山中襲賊〉（《嵞山集》卷六）

明崇禎十年， 丁丑（1637）	26	1. 授《易》冶山園。	1. 〈李臨淮玄素招集松筠閣〉（《嵞山集》卷一） 2. 〈石橋懷與治〉（《嵞山集》卷一） 3. 〈白下重訪李臨淮玄素〉（《嵞山集》卷四） 4. 〈送萬道吉歸涇〉（《嵞山集》卷四） 5. 〈送潘麟長還吳門〉（《嵞山集》卷四） 6. 〈贈孟元白兼懷戴敬夫〉（《嵞山集》卷四） 7. 〈劉伯宗應徵北上賦此送之〉（《嵞山集》卷四） 8. 〈雲間訪邢孟貞〉（《嵞山集》卷四） 9. 〈陳臥子招同周勒□ 闇公李存我單質生飲集水閣〉（《嵞山集》卷四） 10. 〈朱宗遠瑟園話別〉（《嵞山集》卷四） 11. 〈七夕舟中夢劉同人蘇武子〉（《嵞山集》卷四） 12. 〈月下訪何大心小飲期白孟新仲調不至〉（《嵞山集》卷四） 13. 〈喜錢季水余澹心夜過小飲〉（《嵞山集》卷四） 14. 〈秋雨束齊介人〉（《嵞山集》卷四） 15. 〈荅張恢生見懷〉（《嵞山集》卷六） 16. 〈范太濛先生招集鳴鳩亭〉（《嵞山集》卷六） 17. 〈送王化卿先生歸金谿〉（《嵞山集》卷六） 18. 〈喜范子明至〉（《嵞山集》卷六） 19. 〈白門買宅梅惠連書來□ 寄〉（《嵞山集》卷六） 20. 〈送吳次尾授徒梁谿〉（《嵞山集》卷六） 21. 〈酬吳尚乾惠茶葛〉（《嵞山集》卷六） 22. 〈旅懷〉（《嵞山集》卷六） 23. 〈移尊過萬茂先兼悼蘇武子〉（《嵞山集》卷六） 24. 〈王升如過飲小齋有懷孟元白嶺南〉（《嵞山集》卷六） 25. 〈送三兄仁植先生開武昌〉（《嵞山集》卷六）
崇禎十一年， 戊寅（1638）	27	1. 擬返桐城。	1. 〈雲間五子詩〉（《嵞山集》卷一） 2. 〈單質生見訪僧舍幷惠三忠集答此〉（《嵞山集》卷一） 3. 〈留別楊愛生兄弟〉（《嵞山集》卷一） 4. 〈送萬茂先應徵北上〉（《嵞山集》卷一） 5. 〈啓一子建作連理圖贈予賦此答之〉（《嵞山集》卷三）

			6. 〈寄懷齊方壺〉（《嵞山集》卷三）
			7. 〈雲間別邢孟貞〉（《嵞山集》卷十二）
			8. 〈楊龍友廣文齋中留別朱宗遠〉（《嵞山集》卷十二）
			9. 〈七夕爲朱觀以悼亡〉（《嵞山集》卷十二）
崇禎十二年，己卯（1639）	28	1. 池州應歲試下第。	1. 〈病中柬錢吉士〉（《嵞山集》卷一） 2. 〈送王幼公之毗陵〉（《嵞山集》卷一） 3. 〈獨酌柬戴敬夫〉（《嵞山集》卷一） 4. 〈寄懷湯季雲〉（《嵞山集》卷三） 5. 〈題張方伯忠節卷〉（《嵞山集》卷三） 6. 〈送金天樞侍卿還朝〉（《嵞山集》卷六） 7. 〈從子密之移居〉（《嵞山集》卷六） 8. 〈偕吳次尾陳定生梅朗三泛舟秦淮因過侯朝宗〉（《嵞山集》卷六） 9. 〈病中寄鄧柬之〉（《嵞山集》卷六） 10. 〈送從子密之計偕〉（《嵞山集》卷六） 11. 〈送謝孺玉計偕〉（《嵞山集》卷六） 12. 〈甘泉山展墓〉（《嵞山集》卷六）
崇禎十三年，庚辰（1640）	29	1. 與邢昉等人結求社。	1. 〈容城答鄭魯若兼寄沈眉生〉（《嵞山集》卷一） 2. 〈送姜如農明府擢儀部〉（《嵞山集》卷一） 3. 〈送蕭虞九北歸〉（《嵞山集》卷三） 4. 〈寄懷魯孺發天門〉（《嵞山集》卷三） 5. 〈喜吳駿公司成南雍〉（《嵞山集》卷四） 6. 〈送魯孺發移家天門〉（《嵞山集》卷四） 7. 〈爲孫克咸三十初度兼送其移居〉（《嵞山集》卷四） 8. 〈送徐闇公歸雲間兼寄李舒章〉（《嵞山集》卷四） 9. 〈得邢孟貞書却寄〉（《嵞山集》卷四） 10. 〈中秋〉（《嵞山集》卷四） 11. 〈九日〉（《嵞山集》卷四） 12. 〈寄懷從子密之〉（《嵞山集》卷四） 13. 〈送蔡湘渚之吳門〉（《嵞山集》卷四） 14. 〈除夕〉（《嵞山集》卷四） 15. 〈白鷺洲訪蔡魯子〉（《嵞山集》卷六） 16. 〈送沈石友歸普安〉（《嵞山集》卷六） 17. 〈送葛甫震歸洞庭〉（《嵞山集》卷六） 18. 〈送劉藏夫歸麻城〉（《嵞山集》卷六） 19. 〈送朱子葆歸嘉興〉（《嵞山集》卷六） 20. 〈寄懷三兄仁植先生〉（《嵞山集》卷六） 21. 〈送白安石先生司理滇南〉（《嵞山集》卷六） 22. 〈送杜于皇北上庭試〉（《嵞山集》卷六） 23. 〈懷蔡四攄兼問朗三越遊消息〉（《嵞山

			集》卷六） 24.〈送王升如歸滇〉（《嵞山集》卷六） 25.〈水鏡園漫興〉（《嵞山集》卷十二） 26.〈贈漁者〉（《嵞山集》卷十二） 27.〈春愁〉（《嵞山集》卷十二） 28.〈過吳氏舊園〉（《嵞山集》卷十二）
崇禎十四年，辛巳（1641）	30	1. 入蔡如蘅幕下，而秋即辭去。	1.〈秋浦感懷呈劉伯宗〉（《嵞山集》卷一） 2.〈留別吳尚乾〉（《嵞山集》卷一） 3.〈題韓孟小母氏卷〉（《嵞山集》卷一） 4.〈禊日牛渚〉（《嵞山集》卷三） 5.〈穀日飲從子奕于宅吳子遠亦載酒至〉（《嵞山集》卷四） 6.〈天門訪魯孺發不值〉（《嵞山集》卷四） 7.〈舟次裕溪〉（《嵞山集》卷四） 8.〈肥水春望〉（《嵞山集》卷四） 9.〈舟次繁昌待孫克咸〉（《嵞山集》卷四） 10.〈銅陵遇姚若侯〉（《嵞山集》卷四） 11.〈江上望九華山〉（《嵞山集》卷四） 12.〈池口晚眺〉（《嵞山集》卷四） 13.〈夜泊阮家（土偪）訪族人某不遇〉（《嵞山集》卷四） 14.〈從子奕于初度〉（《嵞山集》卷四） 15.〈秋日還龍暝山〉（《嵞山集》卷四） 16.〈秋浦喜遇田長康兼懷令兄孫若〉（《嵞山集》卷四） 17.〈夜偕孫克咸過劉伯宗齋頭言別〉（《嵞山集》卷四） 18.〈喜從子密之京師歸〉（《嵞山集》卷四） 19.〈送左三山先生巡按浙江〉（《嵞山集》卷四） 20.〈送梁平叔令宣城〉（《嵞山集》卷六） 21.〈姜須班荊社初集賦此〉（《嵞山集》卷六） 22.〈留別宋子建徐闇公〉（《嵞山集》卷六） 23.〈送馬倩若令陽江〉（《嵞山集》卷六） 24.〈書事〉（《嵞山集》卷六） 25.〈許石疏園喜晤李秀升秦虞桓王燕友諸子〉（《嵞山集》卷六） 26.〈左子正歸自京師〉（《嵞山集》卷六） 27.〈吳子遠三十初度〉（《嵞山集》卷六） 28.〈酬何芝岳相公〉（《嵞山集》卷六） 29.〈奉酬范質公司馬〉（《嵞山集》卷六） 30.〈寄懷從兄孩未先生〉（《嵞山集》卷六） 31.〈樅川遇洪慧生〉（《嵞山集》卷六）

			32.〈姜先生六十雙壽〉（《嵞山集》卷六） 33.〈蕭先生六十〉（《嵞山集》卷六） 34.〈余先生六十〉（《嵞山集》卷六） 35.〈送許石疏園留別歌者〉（《嵞山集》卷十二） 36.〈送蔡大美携妾歸里用梅朗三舊韻〉（《嵞山集》卷十二）
崇禎十五年，壬午（1642）	31	1.秋試，又下第。	1.〈禊日與蔡芹谿同舟作〉（《嵞山集》卷一） 2.〈梅朗三招同劉長倩龔孟章集天逸閣〉（《嵞山集》卷一） 3.〈王抑之招集齋中有贈〉（《嵞山集》卷一） 4.〈湯君謨讀書敬亭寄此〉（《嵞山集》卷一） 5.〈送劉孔安北上〉（《嵞山集》卷一） 6.〈送三兄仁值先生應召北上〉（《嵞山集》卷一） 7.〈送侯赤社北歸〉（《嵞山集》卷一） 8.〈吳靜腑招同黎美周侯赤社康小范邵思遠胡豹生諸子燕集〉（《嵞山集》卷一） 9.〈嚴子餐招同王宇安暨令嗣茂遠朱岷左吳岱觀夜集有懷亡友子岸〉（《嵞山集》卷一） 10.〈喜馮歉然歸自白門〉（《嵞山集》卷三） 11.〈贈徐善生〉（《嵞山集》卷三） 12.〈贈張甥皙如冠〉（《嵞山集》卷四） 13.〈送三兄仁植先生謫寧波〉（《嵞山集》卷四） 14.〈送梅朗三授經白岳〉（《嵞山集》卷四） 15.〈送高若木游涇〉（《嵞山集》卷四） 16.〈送蔡大美之金陵〉（《嵞山集》卷四） 17.〈禾塘訪麻孟璿村居〉（《嵞山集》卷四） 18.〈麻無易招同張梅卿麻孟璿諸子飲〉（《嵞山集》卷四） 19.〈詹申如招同葛元士徐川生令弟借一飲〉（《嵞山集》卷四） 20.〈梅朗三白岳歸過訪留宿〉（《嵞山集》卷四） 21.〈懷三兄仁植先生浙東未歸〉（《嵞山集》卷四） 22.〈留別彭燕又〉（《嵞山集》卷四） 23.〈送田孫若憲副之浙東〉（《嵞山集》卷四） 24.〈送姚若侯計偕〉（《嵞山集》卷四） 25.〈贈白孟新仲調移居〉（《嵞山集》卷四） 26.〈泊燕磯送客〉（《嵞山集》卷四）

			27. 〈重過西湖〉(《嵞山集》卷四)
			28. 〈錢塘江樓偕何湘來邢懋生飲〉(《嵞山集》卷四)
			29. 〈徐聖開社集北樓以中間小謝又請發為韻予得中字〉(《嵞山集》卷六)
			30. 〈沈眉生招集西澗〉(《嵞山集》卷六)
			31. 〈錢九章招同麻孟璿沈景山園集〉(《嵞山集》卷六)
			32. 〈喜彭燕又至白雲間共訂午日之游〉(《嵞山集》卷六)
			33. 〈雨夜偕葛元士宿徐川生山房〉(《嵞山集》卷六)
			34. 〈乾明寺雜咏〉(《嵞山集》卷六)
			35. 〈孫直公見懷卻寄〉(《嵞山集》卷六)
			36. 〈贈吳孟虎鴻臚〉(《嵞山集》卷六)
			37. 〈寄懷從子密之〉(《嵞山集》卷六)
			38. 〈送齊介人計偕〉(《嵞山集》卷六)
			39. 〈晚過孫克咸齋中〉(《嵞山集》卷六)
			40. 〈得梅朗三凶問因寄麻孟璿沈景山〉(《嵞山集》卷六)
			41. 〈寄張恢生明府〉(《嵞山集》卷六)
			42. 〈留別鄭超宗并送其計偕〉(《嵞山集》卷六)
			43. 〈宿姜開先衍園〉(《嵞山集》卷六)
			44. 〈送劉生北征〉(《嵞山集》卷六)
			45. 〈陸夢明夢文招同周煥文徐維鳴夜集〉(《嵞山集》卷六)
			46. 〈菩提寺除夕偕潘孟陽〉(《嵞山集》卷六)
			47. 〈送劉長倩歸蜀〉(《嵞山集》卷十二)
			48. 〈送梅朗三東游〉(《嵞山集》卷十二)
			49. 〈雨夜宿吳聖水池閣有贈〉(《嵞山集》卷十二)
			50. 〈無題〉(《嵞山集》卷十二)
			51. 〈維揚舟中喜遇姜□穎李萊馭汪霏玉飲〉(《嵞山集》卷十二)
崇禎十六年，癸未（1643）	32	1. 張獻忠攻陷武昌。 2. 李自城破潼關。	1. 〈贈張長仁職方〉(《嵞山集》卷一)
			2. 〈贈姚有僕進士〉(《嵞山集》卷一)
			3. 〈宿何翰亦齋頭兼贈令嗣以燕〉(《嵞山集》卷一)
			4. 〈贈顧匠先兄弟〉(《嵞山集》卷一)
			5. 〈無題〉(《嵞山集》卷一)
			6. 〈贈黃穆生〉(《嵞山集》卷三)
			7. 〈送錢而介歸檇李〉(《嵞山集》卷三)
			8. 〈送陳旼昭御史徵兵廣西〉(《嵞山集》卷三)

			9. 〈湖上喜遇黎美周〉（《嵞山集》卷四）
			10. 〈關六鈴招同馮千秋何翰亦飲女蘿館〉（《嵞山集》卷四）
			11. 〈錢亢子招同徐蘭生關六鈴陸麗京吳錦雯汪魏美丁飛濤集〉（《嵞山集》卷四）
			12. 〈送胡豹生游白門〉（《嵞山集》卷四）
			13. 〈夜集沈佩彝水閣因偕過吳錦雯〉（《嵞山集》卷四）
			14. 〈留別吳錦雯〉（《嵞山集》卷四）
			15. 〈宿句容〉（《嵞山集》卷四）
			16. 〈寄懷邢孟貞〉（《嵞山集》卷四）
			17. 〈馬倩若陽江書來却寄〉（《嵞山集》卷四）
			18. 〈蔡魯子攜尊見訪〉（《嵞山集》卷四）
			19. 〈楊龍友招同邢孟貞戴敬夫飲〉（《嵞山集》卷四）
			20. 〈舟次三山〉（《嵞山集》卷四）
			21. 〈偕陳翼仲入山〉（《嵞山集》卷四）
			22. 〈金車山訪玉林禪師〉（《嵞山集》卷四）
			23. 〈西湖贈妓〉（《嵞山集》卷四）
			24. 〈石臼湖訪邢孟貞〉（《嵞山集》卷四）
			25. 〈喜潘麟長至自楚〉（《嵞山集》卷四）
			26. 〈壽姊氏姚夫人六十〉（《嵞山集》卷四）
			27. 〈偕朱長孺登鳳臺兼懷吳日生〉（《嵞山集》卷四）
			28. 〈吳日生見訪□官有贈〉（《嵞山集》卷四）
			29. 〈宛陵哭梅朗三兼示令弟季升〉（《嵞山集》卷四）
			30. 〈黃池訪梅杓司張共之〉（《嵞山集》卷四）
			31. 〈柬鄭元白〉（《嵞山集》卷四）
			32. 〈留別陸夢文〉（《嵞山集》卷六）
			33. 〈吳岱觀招予移居武林賦此〉（《嵞山集》卷六）
			34. 〈送繆湘芷水部北上〉（《嵞山集》卷六）
			35. 〈送徐州來讀書焦山〉（《嵞山集》卷六）
			36. 〈送丁仲融任高州兼寄馬倩若陽江〉（《嵞山集》卷六）
			37. 〈送蕭賡九北歸〉（《嵞山集》卷六）
			38. 〈從子子唯園中作〉（《嵞山集》卷六）
			39. 〈七夕前一日飲皮以立約之日過沈巨源〉（《嵞山集》卷六）
			40. 〈偕左子直飲鮑曼殊齋因過吳次遥許石疏〉（《嵞山集》卷六）
			41. 〈吳次遥瓶桂自開而舉子同人觴之〉（《嵞山集》卷六）

			42.〈九日攜兒登高〉（《嵞山集》卷六） 43.〈盛林玉閣中喜遇李三石〉（《嵞山集》卷六） 44.〈初冬歸里與七弟同舟〉（《嵞山集》卷六） 45.〈泊蕪湖〉（《嵞山集》卷六） 46.〈泊魯港〉（《嵞山集》卷六） 47.〈泊紫沙洲〉（《嵞山集》卷六） 48.〈聞陳百史及弟陳旻昭授卿史兼懷姚若侯〉（《嵞山集》卷六） 49.〈懷吳日生〉（《嵞山集》卷六） 50.〈樅川偕七弟歸〉（《嵞山集》卷六） 51.〈歸里喜遇劉未沫丈〉（《嵞山集》卷六） 52.〈同王以介弟爾從登眺城上〉（《嵞山集》卷六） 53.〈鳳凰橋宿龍靖卿家〉（《嵞山集》卷六） 54.〈樅川對雪有懷〉（《嵞山集》卷六） 55.〈即事〉（《嵞山集》卷十二） 56.〈從兄浣叟令昌化又攝臨安將遷餘杭賦此贈之〉（《嵞山集》卷十二） 57.〈寒食舟中襍味〉（《嵞山集》卷十二） 58.〈偕盛林玉張介人陳元錫過訪陳翼仲山莊〉（《嵞山集》卷十二）
崇禎十七年，清順治元年，甲申（1644）	33	1.吳三桂引清兵入山海關，大敗李自成。 2.下薙髮令。	1.〈宋遺民詠〉（《嵞山集》卷一） 2.〈石臼湖訪邢孟貞〉（《嵞山集》卷一） 3.〈送馮躋仲歸慈谿〉（《嵞山集》卷一） 4.〈惠泉歌〉（《嵞山集》卷三） 5.〈武林偕沈葵菴少府飲倪玉純宅〉（《嵞山集》卷三） 6.〈偕蔡芹溪至宛兼贈令弟玉立〉（《嵞山集》卷三） 7.〈贈劉叔及〉（《嵞山集》卷六） 8.〈寄懷倪臣北初度〉（《嵞山集》卷六） 9.〈湖上戲作廻文詩〉（《嵞山集》卷六） 10.〈呈張揆伯中丞〉（《嵞山集》卷六） 11.〈贈鄧東之〉（《嵞山集》卷六） 12.〈過天門懷魯孺發戴敬夫〉（《嵞山集》卷六） 13.〈除夕詠懷〉（《嵞山集》卷六） 14.〈贈青陽何寤明〉（《嵞山集》卷十）
清順治二年，南明弘光元年，乙酉（1645）	34	1.北固山哭崇禎帝。 2.有意追隨抗清，然因奉養母親之故，愧然卜隱梅墩。 3.娶小妾金鴛。	1.〈潤州訪楊龍友兵憲〉（《嵞山集》卷一） 2.〈三月十九日作〉（《嵞山集》卷一） 3.〈從吳錦雯讀宋玉叔詩喜而有寄〉（《嵞山集》卷一） 4.〈丹陽道中懷古〉（《嵞山集》卷一）

			5. 〈萬歲樓同潘江如作〉（《嵞山集》卷三）
			6. 〈汾湖贈祖仲美〉（《嵞山集》卷三）
			7. 〈寒食道中〉（《嵞山集》卷四）
			8. 〈清明道中〉（《嵞山集》卷四）
			9. 〈贈鄒沂公〉（《嵞山集》卷四）
			10. 〈贈萬年少〉（《嵞山集》卷四）
			11. 〈甘露寺訪范小范〉（《嵞山集》卷四）
			12. 〈戴公園社集歸偕潘江如夜話〉（《嵞山集》卷四）
			13. 〈徐微仲博士招集戴公園并送其令永定〉（《嵞山集》卷四）
			14. 〈三月晦日送春江上并送春江上并送史弱翁萬年少歸吳門〉（《嵞山集》卷四）
			15. 〈喜宋玉叔吳錦雯來京口〉（《嵞山集》卷四）
			16. 〈哭何翰亦〉（《嵞山集》卷四）
			17. 〈梅墩雜咏〉（《嵞山集》卷四）
			18. 〈東湖訪吳日生〉（《嵞山集》卷四）
			19. 〈西濛訪徐掌文〉（《嵞山集》卷四）
			20. 〈接待亭訪潘江如〉（《嵞山集》卷四）
			21. 〈泖西贈孫扶雲〉（《嵞山集》卷四）
			22. 〈畣史弱翁見惠生豚〉（《嵞山集》卷四）
			23. 〈喜潘江如錢馭少見訪〉（《嵞山集》卷四）
			24. 〈七夕〉（《嵞山集》卷四）
			25. 〈贈施玉謀博士〉（《嵞山集》卷四）
			26. 〈贈錢馭少〉（《嵞山集》卷四）
			27. 〈毘陵畣楊逢玉送米〉（《嵞山集》卷四）
			28. 〈舟次贈從子子留〉（《嵞山集》卷四）
			29. 〈贈張環生明府〉（《嵞山集》卷四）
			30. 〈趙止安招同馬倩若周穎侯小集〉（《嵞山集》卷四）
			31. 〈荊溪道中偕周穎侯〉（《嵞山集》卷四）
			32. 〈重過潤州上方寺〉（《嵞山集》卷四）
			33. 〈白門晤邢孟貞顧與治〉（《嵞山集》卷四）
			34. 〈訪林青仲兄弟暨從子子唯〉（《嵞山集》卷四）
			35. 〈宿陳翼仲齋頭〉（《嵞山集》卷四）
			36. 〈畣呂霖生吏部〉（《嵞山集》卷四）
			37. 〈鳳臺秋夜〉（《嵞山集》卷四）
			38. 〈潤州早發〉（《嵞山集》卷四）
			39. 〈寄懷吳錦雯〉（《嵞山集》卷四）
			40. 〈中秋日抵武陵〉（《嵞山集》卷四）
			41. 〈舟過蕪湖寄懷沈崑銅〉（《嵞山集》卷四）
			42. 〈荻港遇戴式其〉（《嵞山集》卷四）

			43. 〈大龍山重訪劉未沬丈兼懷白靖識師〉（《嵞山集》卷四）
			44. 〈宿義津橋不及訪姚休那先生寄此〉（《嵞山集》卷四）
			45. 〈柬周潁侯相約同往錢塘〉（《嵞山集》卷四）
			46. 〈訪吳錦雯不遇留此〉（《嵞山集》卷五）
			47. 〈潤州訪王望如廣父〉（《嵞山集》卷五）
			48. 〈甘露寺訪潘江如〉（《嵞山集》卷五）
			49. 〈譚友夏集中有六賣詩予素愛之今客潤州亦有四賣雖賣不同其詩情一也〉（〈賣犀杯〉、〈賣蜜珀墜〉、〈賣水晶章〉、〈賣碧玉環〉）（《嵞山集》卷五）
			50. 〈贈祖心師〉（《嵞山集》卷五）
			51. 〈七夕牛渚〉（《嵞山集》卷五）
			52. 〈重過東壩訪湯仲昭兄弟時仍三白下未歸〉（《嵞山集》卷五）
			53. 〈石臼訪韓元長〉（《嵞山集》卷五）
			54. 〈寄懷邢孟貞〉（《嵞山集》卷五）
			55. 〈秋夜懷湯仍三〉（《嵞山集》卷五）
			56. 〈丹陽訪關明府〉（《嵞山集》卷六）
			57. 〈贈楊總戎〉（《嵞山集》卷六）
			58. 〈喜吳錦雯至〉（《嵞山集》卷六）
			59. 〈寄懷史弱翁〉（《嵞山集》卷六）
			60. 〈潘江如招同邢孟貞史弱翁徐掌文集徐旻若宅有作〉（《嵞山集》卷六）
			61. 〈劉子約招同吳錦雯史補公諸子讌集〉（《嵞山集》卷六）
			62. 〈送吳錦雯沈冠東宋玉叔東行〉（《嵞山集》卷六）
			63. 〈又送宋玉叔〉（《嵞山集》卷六）
			64. 〈別張叔平〉（《嵞山集》卷六）
			65. 〈九日與錢馭少泛舟〉（《嵞山集》卷六）
			66. 〈汾湖訪宋玉仲玉叔〉（《嵞山集》卷六）
			67. 〈秋夜〉（《嵞山集》卷六）
			68. 〈夜雨〉（《嵞山集》卷六）
			69. 〈送錢馭少歸京口兼懷令兄開少及潘江如〉（《嵞山集》卷六）
			70. 〈送何元長歸興化〉（《嵞山集》卷六）
			71. 〈水月菴同盛伯含宿兼呈退谷師〉（《嵞山集》卷六）
			72. 〈飲田家〉（《嵞山集》卷六）
			73. 〈亂後過姑蘇驛〉（《嵞山集》卷六）
			74. 〈訪齊介人寓齋〉（《嵞山集》卷六）
			75. 〈楊逢玉招同令兄冰如夜坐〉（《嵞山集》卷六）
			76. 〈劉旋九招集韋園觀家伎〉（《嵞山集》

			卷六）
			77. 〈毗陵與何次德同舟至吳門〉（《嵞山集》卷六）
			78. 〈陳翼仲書來卻寄〉（《嵞山集》卷六）
			79. 〈寄酬李三石〉（《嵞山集》卷六）
			80. 〈祀竈夜泊魯港〉（《嵞山集》卷六）
			81. 〈江上望小青山懷倪臣北〉（《嵞山集》卷六）
			82. 〈除夕至白鹿莊訪三兄仁植先生〉（《嵞山集》卷六）
			83. 〈石塘訪白安石師〉（《嵞山集》卷六）
清順治三年，隆武二年，魯監國元年，丙戌（1646）	35	1.田產盡失，乃卜居樅川。	1. 〈贈趙止安先生〉（《嵞山集》卷一） 2. 〈贈別周穎侯〉（《嵞山集》卷三） 3. 〈喜遇從子子留即送之寧波〉（《嵞山集》卷三） 4. 〈吳門行〉（《嵞山集》卷三） 5. 〈疽歎〉（《嵞山集》卷三） 6. 〈人日歸里飲從子奕于家〉（《嵞山集》卷六） 7. 〈訪姚若侯山中不值留此〉（《嵞山集》卷六） 8. 〈偕鄧柬之潘蜀藻訪雪上人〉（《嵞山集》卷六） 9. 〈贈馬塈永公〉（《嵞山集》卷六） 10. 〈與從子子建感舊〉（《嵞山集》卷六） 11. 〈留別馬倩若兼訂毗陵之游〉（《嵞山集》卷六） 12. 〈京口訪鄔沂公感舊〉（《嵞山集》卷七） 13. 〈贈秦臣溥兼懷潘江如〉（《嵞山集》卷七） 14. 〈寄懷余澹心〉（《嵞山集》卷七） 15. 〈舟次虎丘何元長父子來晤因造酒家〉（《嵞山集》卷七） 16. 〈舟中有感〉（《嵞山集》卷七） 17. 〈武林喜晤吳錦雯〉（《嵞山集》卷七） 18. 〈夜集沈冠東齋頭〉（《嵞山集》卷七） 19. 〈贈龔孝緒〉（《嵞山集》卷七） 20. 〈贈嵇仲舉〉（《嵞山集》卷七） 21. 〈過陳玄倩陸鯤庭舊居有感〉（《嵞山集》卷七） 22. 〈贈沈冠東納姬〉（《嵞山集》卷七） 23. 〈潤州將與鄔沂公秦臣溥錢馭少別宿陳尊己樓頭〉（《嵞山集》卷七） 24. 〈卜居樅川〉（《嵞山集》卷七） 25. 〈松山曉行〉（《嵞山集》卷七） 26. 〈至日廟祭後飲從弟聲之宅〉（《嵞山集》卷七）

			27. 〈左子厚書室落成贈此〉(《嵞山集》卷十)
			28. 〈過水草庵〉(《嵞山集》卷十二)
			29. 〈八月十八日錢塘觀潮〉(《嵞山集》卷十二)
清順治四年，魯監國二年，南明永曆元年，丁亥（1647）	36	1. 賣卜杭州。	1. 〈白下移居〉(《嵞山集》卷一)
			2. 〈樅川苦雨柬李仲山孫子穀〉(《嵞山集》卷三)
			3. 〈潤州訪錢馭少〉(《嵞山集》卷三)
			4. 〈江上短歌〉(《嵞山集》卷三)
			5. 〈初度書懷〉(《嵞山集》卷七)
			6. 〈贈從弟井公新婚〉(《嵞山集》卷七)
			7. 〈三月十九日作〉(《嵞山集》卷七)
			8. 〈即事〉(《嵞山集》卷七)
			9. 〈樅川夜雨〉(《嵞山集》卷七)
			10. 〈與小范集任克家齋頭〉(《嵞山集》卷七)
			11. 〈山中訪從叔夢名〉(《嵞山集》卷七)
			12. 〈贈孫子穀〉(《嵞山集》卷七)
			13. 〈寄從子明圃〉(《嵞山集》卷七)
			14. 〈聞楊龍友孫克咸同日死難詩以哭之〉(《嵞山集》卷七)
			15. 〈過吳江有懷舊遊〉(《嵞山集》卷七)
			16. 〈五日抵武林〉(《嵞山集》卷七)
			17. 〈與張季昭同寓贈此〉(《嵞山集》卷七)
			18. 〈偕蔣穆之登金山懷龍友先生〉(《嵞山集》卷七)
			19. 〈張季昭妻妾死節詩以旌之〉(《嵞山集》卷七)
			20. 〈潘江如歸舊居夜集有作〉(《嵞山集》卷七)
			21. 〈賣卜潤州郤沂公談長益潘江如錢馭少玉汝秦臣溥李木仙各有詩見贈賦此答之〉(《嵞山集》卷七)
			22. 〈贈薛古詁廬墓詩〉(《嵞山集》卷七)
			23. 〈潘江如錢馭少陳昇公張則之共集皆山樓送予歸是日大雨與江如借宿〉(《嵞山集》卷七)
			24. 〈高淳晤黃敍百得楊龍友李卓如死難消息〉(《嵞山集》卷七)
			25. 〈歸思〉(《嵞山集》卷七)
			26. 〈留別湯仍三〉(《嵞山集》卷七)
			27. 〈八月晦日自淳湖歸〉(《嵞山集》卷七)
			28. 〈九日銅陵阻雨〉(《嵞山集》卷七)
			29. 〈重陽後五日歸里〉(《嵞山集》卷七)
			30. 〈八弟爾孚居喪結廬予為顏曰明發軒並系以詩〉(《嵞山集》卷七)

			31. 〈除夕〉（《嵞山集》卷七）
			32. 〈寄懷邢孟貞〉（《嵞山集》卷十）
			33. 〈春日即事〉（《嵞山集》卷十一）
			34. 〈東壩行〉（《嵞山集》卷十二）
			35. 〈京口即事〉（《嵞山集》卷十二）
			36. 〈冬日〉（《嵞山集》卷十二）
			37. 〈山行〉（《嵞山集》卷十二）
清順治五年，南明永曆二年，戊子（1648）	37	1.金駕生一子，名易耨。	1. 〈久不得子留消息〉（《嵞山集》卷一）
			2. 〈麻城贈枯木大師四十八韻〉（《嵞山集》卷一）
			3. 〈小孤山詩〉（《嵞山集》卷一）
			4. 〈寄酬李溉林明府〉（《嵞山集》卷一）
			5. 〈阿狗行〉（《嵞山集》卷三）
			6. 〈五月初九日作〉（《嵞山集》卷三）
			7. 〈七夕歸思〉（《嵞山集》卷三）
			8. 〈富池晚泊〉（《嵞山集》卷三）
			9. 〈雷江口〉（《嵞山集》卷三）
			10. 〈齊介人書至云宋玉叔客吳門念予甚切感而有作〉（《嵞山集》卷三）
			11. 〈荅邢孟貞江上見懷〉（《嵞山集》卷三）
			12. 〈廣陵同姚仙期鄧孝威飲吳園次獵梅花下〉（《嵞山集》卷三）
			13. 〈與治五十〉（《嵞山集》卷三）
			14. 〈石臼行贈崔正誼明府〉（《嵞山集》卷三）
			15. 〈初度〉（《嵞山集》卷五）
			16. 〈初晴〉（《嵞山集》卷五）
			17. 〈潛山道中〉（《嵞山集》卷五）
			18. 〈望天柱山〉（《嵞山集》卷五）
			19. 〈太湖贈李溉林明府〉（《嵞山集》卷五）
			20. 〈寄懷子建李明府署中〉（《嵞山集》卷五）
			21. 〈贈戴其懷〉（《嵞山集》卷五）
			22. 〈金井（土畣）宿沈瞻球宅〉（《嵞山集》卷五）
			23. 〈寶筏禪堂贈大愚越塵二上人〉（《嵞山集》卷五）
			24. 〈喜晤劉藏夫〉（《嵞山集》卷五）
			25. 〈劉藏夫山中送酒米至却寄〉（《嵞山集》卷五）
			26. 〈雨夜宿徐子九明府署中〉（《嵞山集》卷五）
			27. 〈立秋〉（《嵞山集》卷五）
			28. 〈促織有二種一形小色黔音細藏草石間即蟋蟀也一形大色青音急立瓜蔓上俗謂紡績娘亦其類也秋宵客館二蟲爭鳴感而有作〉（《嵞山集》卷五）

| | | | 29. 〈富池口〉(《嵞山集》卷五)
30. 〈東流〉(《嵞山集》卷五)
31. 〈歸舍舉子〉(《嵞山集》卷五)
32. 〈夜坐〉(《嵞山集》卷五)
33. 〈未至楊樹灣十里而暮〉(《嵞山集》卷五)
34. 〈白下喜遇何瘖明〉(《嵞山集》卷五)
35. 〈廣陵贈姚仙期〉(《嵞山集》卷五)
36. 〈韓聖秋招同紀伯紫杜于皇丁菡生集烏龍潭〉(《嵞山集》卷五)
37. 〈元旦書淵明集後〉(《嵞山集》卷七)
38. 〈壽姚休那先生〉(《嵞山集》卷七)
39. 〈壽劉未沬先生〉(《嵞山集》卷七)
40. 〈小寒食山行〉(《嵞山集》卷七)
41. 〈清明〉(《嵞山集》卷七)
42. 〈三月十九日作〉(《嵞山集》卷七)
43. 〈海會寺阻雨〉(《嵞山集》卷七)
44. 〈麻城訪稿木大師〉(《嵞山集》卷七)
45. 〈陸放翁集有身後人傳千首詩之句予樂而賦之〉(《嵞山集》卷七)
46. 〈戲贈梅希亮〉(《嵞山集》卷七)
47. 〈酬鄒師可見投之作〉(《嵞山集》卷七)
48. 〈秋夜不寐憶吳江舊事悵然有懷〉(《嵞山集》卷七)
49. 〈送王涓來應試北上寄陳吏部〉(《嵞山集》卷七)
50. 〈午睡〉(《嵞山集》卷七)
51. 〈客麻城六十日不及上劉同人墓深以為歉〉(《嵞山集》卷七)
52. 〈岐亭曉發別槁師藏夫希亮〉(《嵞山集》卷七)
53. 〈舟中漫興〉(《嵞山集》卷七)
54. 〈樅陽〉(《嵞山集》卷七)
55. 〈歸里〉(《嵞山集》卷七)
56. 〈聞姚休那先生病予寄之詩與金先生得詩而亡報以一詩久之金復在又寄一詩並長書屬望予答此〉(《嵞山集》卷七)
57. 〈冬晴戲為俳體〉(《嵞山集》卷七)
58. 〈客有自白門歸者云陳翼仲望予甚因以寄之〉(《嵞山集》卷七)
59. 〈廣陵懷古〉(《嵞山集》卷七)
60. 〈與程穆倩感舊〉(《嵞山集》卷七)
61. 〈與黃石公感舊〉(《嵞山集》卷七)
62. 〈贈王尊素〉(《嵞山集》卷七)
63. 〈贈吳園次〉(《嵞山集》卷七)
64. 〈贈趙友沂〉(《嵞山集》卷七)
65. 〈與紀伯紫約還白下〉(《嵞山集》卷 |

			七）
			66. 〈偕姚仙期王尊素素紀伯紫趙友沂鄧孝威吳園次劉玉少龔半千李秀升集龔孝升寓齋爲別恨韻〉（《嵞山集》卷七）
			67. 〈蔣子卿寓石城外詩以訊之〉（《嵞山集》卷七）
			68. 〈遲從兄坦菴廣陵不至有寄〉（《嵞山集》卷七）
			69. 〈訪張文崤王穆如有感〉（《嵞山集》卷七）
			70. 〈除夕〉（《嵞山集》卷七）
			71. 〈廣陵飲龔孝升太嘗寓齋〉（《嵞山集》卷十）
			72. 〈姑孰有和尙港蘄陽有道士狀王元美先生以爲絕對紀以詩予往來姑孰舊矣今過蘄陽亦有作〉（《嵞山集》卷十一）
			73. 〈七夕〉（《嵞山集》卷十二）
			74. 〈過黃州〉（《嵞山集》卷十二）
			75. 〈舟人自潯陽回奉報槁師〉（《嵞山集》卷十二）
			76. 〈過彭澤〉（《嵞山集》卷十二）
			77. 〈馬當〉（《嵞山集》卷十二）
			78. 〈中秋〉（《嵞山集》卷十二）
			79. 〈夜半〉（《嵞山集》卷十二）
			80. 〈客路〉（《嵞山集》卷十二）
			81. 〈江上吟〉（《嵞山集》卷十二）
清順治六年，南明永曆三年，己丑（1649）	38	1. 長子御寇亡。 2. 方其義病卒。	1. 〈石臼湖贈邢孟貞兄弟〉（《嵞山集》卷一）
			2. 〈邢孟貞復去白門予送之郊外賦此〉（《嵞山集》卷一）
			3. 〈贈林殿颺〉（《嵞山集》卷一）
			4. 〈贈湯幼嘗之子令仔〉（《嵞山集》卷三）
			5. 〈哭從子直之〉（《嵞山集》卷三）
			6. 〈贈孟六玗明府〉（《嵞山集》卷三）
			7. 〈元宵同邢氏諸子觀燈月下〉（《嵞山集》卷五）
			8. 〈田家〉（《嵞山集》卷五）
			9. 〈湯仍三宅即事〉（《嵞山集》卷五）
			10. 〈家人至蕪陰傳兒子嘔血之症催歸江上〉（《嵞山集》卷五）
			11. 〈偕槁師至沈崑銅莊四首〉（《嵞山集》卷五）
			12. 〈呈覺浪大師四首〉（《嵞山集》卷五）
			13. 〈送紀伯紫歸舊京〉（《嵞山集》卷五）
			14. 〈元旦試筆〉（《嵞山集》卷七）
			15. 〈人日同陳汝颺吳弗如訪邢孟貞村居〉（《嵞山集》卷七）

			16. 〈雨後赴韓元長之招途中有作〉（《盦山集》卷七）
			17. 〈元月廿一日為母氏壽辰懷歸有作〉（《盦山集》卷七）
			18. 〈送春日偕東茹吉羅天成許銓臣看牡丹分賦〉（《盦山集》卷七）
			19. 〈湯仍三作茅屋成詩以訊之〉（《盦山集》卷七）
			20. 〈午日書懷示湯仍三〉（《盦山集》卷七）
			21. 〈壽胡印度先生〉（《盦山集》卷七）
			22. 〈雨夜宿崔明府署中言別〉（《盦山集》卷七）
			23. 〈蕪陰訪蕭尺木有贈〉（《盦山集》卷七）
			24. 〈與羅繡銘感舊有作〉（《盦山集》卷七）
			25. 〈送五兄爾唯令粵東〉（《盦山集》卷七）
			26. 〈蕪湖訪宋玉叔計部感舊四首〉（《盦山集》卷七）
			27. 〈送陳伯璣歸南州兼懷徐巨源陳士業〉（《盦山集》卷七）
			28. 〈喜檹木師至〉（《盦山集》卷七）
			29. 〈訪沈崑銅村居〉（《盦山集》卷七）
			30. 〈咏木芙蓉〉（《盦山集》卷七）
			31. 〈劉遠公有扁舟江上圖命予題之〉（《盦山集》卷七）
			32. 〈蕭尺木建醮于庭有道士召白鶴至迴翔久之予與繡銘皆有賦〉（《盦山集》卷七）
			33. 〈晚泊浮橋贈曹梁父〉（《盦山集》卷七）
			34. 〈贈袁長卿郡伯〉（《盦山集》卷七）
			35. 〈王希文招同林殿颺姚戊生于止園紀伯紫張與瞻夜集有贈〉（《盦山集》卷七）
			36. 〈贈倪叔遠丈〉（《盦山集》卷七）
			37. 〈自姑孰返吳江別王希文〉（《盦山集》卷七）
			38. 〈蔡芹溪見訪有哭亡兒詩賦此荅之〉（《盦山集》卷七）
			39. 〈祀竈日宿宋玉叔官舍有感〉（《盦山集》卷七）
			40. 〈竹醉日湯仍三種竹於庭戲贈四絕〉（《盦山集》卷十一）
			41. 〈春晴歸偕束吉廣文郊行〉（《盦山集》卷十二）
			42. 〈送濁師遊苑〉（《盦山集》卷十二）
清順治七年，南明永曆四年，庚寅（1650）	39	1. 受李世治延邀講學。	1. 〈咏史〉（《盦山集》卷一） 2. 〈寄懷明圃子留〉（《盦山集》卷一） 3. 〈重至太湖訪李明府溉林先生〉（《盦山集》卷一）

			4. 〈宛陵雨中訪蔡四芹溪〉（《嵞山集》卷三）
			5. 〈（土奄）塘與甯山同宿胡允右宅醉後作〉（《嵞山集》卷三）
			6. 〈初度日宋玉叔計部載酒見訪因偕蕭尺木羅天成登范羅山限春光二字〉（《嵞山集》卷五）
			7. 〈吳震生舉子〉（《嵞山集》卷五）
			8. 〈送王玉門從軍大梁〉（《嵞山集》卷五）
			9. 〈喜左又錞見訪即送其歸里〉（《嵞山集》卷五）
			10. 〈明江訪胡允右有贈〉（《嵞山集》卷五）
			11. 〈劉遠公三十初度〉（《嵞山集》卷五）
			12. 〈送王白虹歸餘杭兼寄嚴子餐兄弟〉（《嵞山集》卷五）
			13. 〈雨夜宿宋玉叔署齋分韻明日將之宛陵〉（《嵞山集》卷五）
			14. 〈天逸閣懷仁亡友朗三用蔡四韻〉（《嵞山集》卷五）
			15. 〈古劍〉（《嵞山集》卷五）
			16. 〈響山訪梅杓司及令第崑白次日日談長益至各賦二首〉（《嵞山集》卷五）
			17. 〈飲梅周文秋莊〉（《嵞山集》卷五）
			18. 〈鏡中初見白髮〉（《嵞山集》卷五）
			19. 〈太湖山中訪馬籾生兄弟〉（《嵞山集》卷五）
			20. 〈送陳仲育博士之山陽任〉（《嵞山集》卷五）
			21. 〈元旦書懷〉（《嵞山集》卷七）
			22. 〈人日飲孫無逸齋頭有贈〉（《嵞山集》卷七）
			23. 〈送王翰明遊日下〉（《嵞山集》卷七）
			24. 〈自題采藥圖用談長益韻〉（《嵞山集》卷七）
			25. 〈寄懷梁公狄〉（《嵞山集》卷七）
			26. 〈送吳無奇還昆陵〉（《嵞山集》卷七）
			27. 〈寒食〉（《嵞山集》卷七）
			28. 〈上巳日社集梅杓司房同社者獨渥師談長益蔡芹溪梅季升幼龍高夢姞予共八人〉（《嵞山集》卷七）
			29. 〈梅季升招飲天逸閣因弔亡友朗三孟璿景山〉（《嵞山集》卷七）
			30. 〈沈景山墓上作〉（《嵞山集》卷七）
			31. 〈喜王玉門見訪因偕吳無奇陳遐作王賦西錢既白夜集寓齋限韻〉（《嵞山集》卷七）
			32. 〈送程少游揚州兼懷姚仙期王尊素吳

			園次諸子〉（《嵞山集》卷七）
			33. 〈喜吳錦雯來自越〉（《嵞山集》卷七）
			34. 〈卜居〉（《嵞山集》卷七）
			35. 〈與吳錦雯羅天成送春〉（《嵞山集》卷七）
			36. 〈蕭尺木有詩見訊答之〉（《嵞山集》卷七）
			37. 〈天逸閣社集懷古分得韓昌黎〉（《嵞山集》卷七）
			38. 〈予去宛後家人乏食蕭尺木羅天成胡允右張與瞻各餉米一石歸日賦此謝之〉（《嵞山集》卷七）
			39. 〈聞蕭伯闇虞九將至姑孰相見有期爰賦此詩〉（《嵞山集》卷七）
			40. 〈中秋日張東圖見枉小飲有作〉（《嵞山集》卷七）
			41. 〈寄懷邢孟貞石臼〉（《嵞山集》卷七）
			42. 〈雨中柬束茹吉博士〉（《嵞山集》卷七）
			43. 〈贈于息菴先生〉（《嵞山集》卷七）
			44. 〈李士雅江上見訪談粵中事甚詳感而有作〉（《嵞山集》卷七）
			45. 〈太湖訪戴其懷〉（《嵞山集》卷七）
			46. 〈贈馬嘉甫〉（《嵞山集》卷七）
			47. 〈題寺壁畫蕉〉（《嵞山集》卷十一）
			48. 〈贈宛陵僧〉（《嵞山集》卷十一）
			49. 〈品魚四十首〉（《嵞山集》卷十一）
			50. 〈題徐翁小像〉（《嵞山集》卷十二）
			51. 〈送徐翁游越〉（《嵞山集》卷十二）
			52. 〈題畫寄馬倩若〉（《嵞山集》卷十二）
			53. 〈咏並蒂蘭戲贈蔡芹溪〉（《嵞山集》卷十二）
			54. 〈三月晦前一日江樓贈妓〉（《嵞山集》卷十二）
			55. 〈梅崑白齋頭看秋海棠〉（《嵞山集》卷十二）
			56. 〈江上望九華山雪〉（《嵞山集》卷十二）
			57. 〈舟中聞鵑〉（《嵞山集》卷十二）
			58. 〈周善承園中咏竹〉（《嵞山集》卷十二）
			59. 〈過蔡羲微故居傷之〉（《嵞山集》卷十二）
			60. 〈咏章明卿山中瀑布〉（《嵞山集》卷十二）
			61. 〈六聲猿〉（《嵞山集》卷十二）
清順治八年，南明永曆五年，辛卯（1651）	40	1. 移家太湖。	1. 〈初度書懷〉（《嵞山集》卷一）
			2. 〈四令君詩〉（《嵞山集》卷一）
			3. 〈寄陳襄雲〉（《嵞山集》卷一）
			4. 〈籬客〉（《嵞山集》卷一）
			5. 〈羅溪訪詹錫卿有贈〉（《嵞山集》卷三）

			6. 〈城西行〉（《嵞山集》卷三） 7. 〈早春別蕪陰諸子〉（《嵞山集》卷五） 8. 〈春日齋居雜咏〉（《嵞山集》卷五） 9. 〈上巳同徐掌人先生戴其懷馬嘉甫呂性之東溪散步〉（《嵞山集》卷五） 10. 〈贈李德純丈〉（《嵞山集》卷五） 11. 〈苦熱〉（《嵞山集》卷五） 12. 〈夜坐〉（《嵞山集》卷五） 13. 〈立秋後一日雨〉（《嵞山集》卷五） 14. 〈七夕雨將訪阮□卿山居不果〉（《嵞山集》卷五） 15. 〈野菊花〉（《嵞山集》卷五） 16. 〈喜八弟爾孚見訪即送其楚遊〉（《嵞山集》卷五） 17. 〈窮冬六詠〉（《嵞山集》卷五） 18. 〈人日飲汪瑞卿宅兼別實公枚臣〉（《嵞山集》卷八） 19. 〈四十初度〉（《嵞山集》卷八） 20. 〈寄懷徐子九明府〉（《嵞山集》卷八） 21. 〈兔兒夭王言如王詒白夏廣生見過有作〉（《嵞山集》卷八） 22. 〈夏日即事〉（《嵞山集》卷八） 23. 〈熱〉（《嵞山集》卷八） 24. 〈客有教予謹言者口占謝之〉（《嵞山集》卷八） 25. 〈中秋後一日訪章明卿羅溪山中〉（《嵞山集》卷八） 26. 〈諸生入秋闈八人念之有寄〉（《嵞山集》卷八） 27. 〈夜坐贈內〉（《嵞山集》卷八） 28. 〈寄懷劉旭采博士〉（《嵞山集》卷八） 29. 〈熙城漫興〉（《嵞山集》卷八） 30. 〈題烟波獨釣圖〉（《嵞山集》卷八） 31. 〈喜馬倩若至夜話〉（《嵞山集》卷八） 32. 〈冬日即事〉（《嵞山集》卷八） 33. 〈雪夜訪阮睿卿齋頭小飲〉（《嵞山集》卷八） 34. 〈訪宋君尺山居不果並寄阮質夫〉（《嵞山集》卷八） 35. 〈爲園〉（《嵞山集》卷八） 36. 〈壽程丈〉（《嵞山集》卷八） 37. 〈太湖壽李溉林明府百韻〉（《嵞山集》卷十）
清順治九年，南明永曆六年，壬辰（1652）	41	1. 復賣卜蕪陰。 2. 買妾鶴胎。 3. 復移家樅川。	1. 〈廬山詩〉三十六首（《嵞山集》卷二） 2. 〈風雷行贈雪田上人〉（《嵞山集》卷三） 3. 〈張道人園居歌〉（《嵞山集》卷三） 4. 〈顧與治白下書來却寄〉（《嵞山集》卷

			三）
			5. 〈喜得姚休那先生書〉（《嵞山集》卷三）
			6. 〈廬山訪從子密之同宿九夜臨別作歌〉（《嵞山集》卷三）
			7. 〈金竹坪雨雪行〉（《嵞山集》卷三）
			8. 〈三疊泉歌〉（《嵞山集》卷三）
			9. 〈采薇〉（《嵞山集》卷五）
			10. 〈蕪陰送錢既白遊太湖〉（《嵞山集》卷五）
			11. 〈寒食水亭〉（《嵞山集》卷五）
			12. 〈清明日飲竇計部署中觀劇有感〉（《嵞山集》卷五）
			13. 〈三月二日林玉樹招同余誕北先生俞玄中陳伯璣曹梁父夜集坐有二妓皆吳女也〉（《嵞山集》卷五）
			14. 〈張與瞻招飲未赴寄此〉（《嵞山集》卷五）
			15. 〈重至姑孰訪王希文〉（《嵞山集》卷五）
			16. 〈月下同張兆蘇王崑生飲希文園〉（《嵞山集》卷五）
			17. 〈蕪江曉發〉（《嵞山集》卷五）
			18. 〈江月〉（《嵞山集》卷五）
			19. 〈泊池口帋吳次尾劉伯宗〉（《嵞山集》卷五）
			20. 〈彭澤懷古〉（《嵞山集》卷五）
			21. 〈廬山訪無可道人〉（《嵞山集》卷五）
			22. 〈山行八詠〉（《嵞山集》卷五）
			23. 〈賦得鍾山梅下僧〉（《嵞山集》卷八）
			24. 〈送曾庭聞游漢中〉（《嵞山集》卷八）
			25. 〈寄懷潘江如〉（《嵞山集》卷八）
			26. 〈雨中同康祖吳震生過張元毓小飲〉（《嵞山集》卷八）
			27. 〈訪賓仲先生寓園〉（《嵞山集》卷八）
			28. 〈贈湯玄翼〉（《嵞山集》卷八）
			29. 〈贈張必簡〉（《嵞山集》卷八）
			30. 〈贈唐嗣履授徒陽明書院〉（《嵞山集》卷八）
			31. 〈懷范小范滁州不至〉（《嵞山集》卷八）
			32. 〈王復四以所居書室儭人感而有作〉（《嵞山集》卷八）
			33. 〈答梅崑白見懷並寄令兄杓同〉（《嵞山集》卷八）
			34. 〈贈楊泗水丈〉（《嵞山集》卷八）
			35. 〈寄懷蔡四芹溪〉（《嵞山集》卷八）
			36. 〈唐髯孫招同施孝章飲因出萬年少所寫令祖司理公像感而有贈〉（《嵞山集》卷八）

			37. 〈五日至程少月宅〉（《嵞山集》卷八）
			38. 〈贈俞玄中〉（《嵞山集》卷八）
			39. 〈夜同少月過許詮臣小飲〉（《嵞山集》卷八）
			40. 〈喜明圃至即送其東行謁浪大師〉（《嵞山集》卷八）
			41. 〈飯籮山休夏〉（《嵞山集》卷八）
			42. 〈送史赤豹游姑孰〉（《嵞山集》卷八）
			43. 〈七月初三日大雨〉（《嵞山集》卷八）
			44. 〈七夕同少月既白漢侯飲朗公房即事〉（《嵞山集》卷八）
			45. 〈七夕後一日宿羅天成寓齋留別〉（《嵞山集》卷八）
			46. 〈留別蕭尺木沈崑銅湯玄翼張東圖諸子〉（《嵞山集》卷八）
			47. 〈錢既白爲予書嵞山集成賦此謝之〉（《嵞山集》卷八）
			48. 〈自蕪陰還太湖舟中作〉（《嵞山集》卷八）
			49. 〈歸泊皖口〉（《嵞山集》卷八）
			50. 〈中秋飲夏汝明廣文署齋兼別阮睿卿戴其懷章明卿馬嘉甫章仲衍何九亨畢暉吉諸子〉（《嵞山集》卷八）
			51. 〈江上聞雁〉（《嵞山集》卷八）
			52. 〈訪任克家山中〉（《嵞山集》卷八）
			53. 〈訪劉超宗不值留此寄懷〉（《嵞山集》卷八）
			54. 〈九日〉（《嵞山集》卷八）
			55. 〈松山湖中〉（《嵞山集》卷八）
			56. 〈潘蜀藻招同陳二如夜集有贈〉（《嵞山集》卷八）
			57. 〈送周思皇歸麻城兼寄楢大師劉藏夫孫謀子澥毛公實梅希亮暨令兄遠害〉（《嵞山集》卷八）
			58. 〈孫魯山司馬招飲談匡廬之游甚快〉（《嵞山集》卷八）
			59. 〈江月〉（《嵞山集》卷八）]
			60. 〈初至南康東游伯羽太守〉（《嵞山集》卷八）
			61. 〈徐太守招同胡司李薛星子黃山人夜集〉（《嵞山集》卷八）
			62. 〈重過玉京山至五老峰下〉（《嵞山集》卷八）
			63. 〈白鹿洞謁文廟〉（《嵞山集》卷八）
			64. 〈萬松坪阻雪贈雁上人〉（《嵞山集》卷八）
			65. 〈含鄱嶺至太乙峰〉（《嵞山集》卷八）
			66. 〈宿棲賢寺〉（《嵞山集》卷八）

			67. 〈開先寺贈曹源禪丈〉（《嵞山集》卷八）
			68. 〈黃巖贈山子禪丈〉（《嵞山集》卷八）
			69. 〈開先寺阻雨同曹上人夜坐〉（《嵞山集》卷八）
			70. 〈贈孷上人〉（《嵞山集》卷八）
			71. 〈寄懷宋未有吳敬躋二孝廉〉（《嵞山集》卷八）
			72. 〈贈黃伯圓山人〉（《嵞山集》卷八）
			73. 〈李明府爲家子建構一茅亭于署中命賦〉（《嵞山集》卷八）
			74. 〈題畫四首〉（《嵞山集》卷十一）〈除夕歸思〉（《嵞山集》卷十一）
			75. 〈病鶴〉（《嵞山集》卷十二）
			76. 〈螭子湖〉（《嵞山集》卷十二）
			77. 〈夢吳錦雯〉（《嵞山集》卷十二）
			78. 〈上廬山絕頂〉（《嵞山集》卷十二）
			79. 〈題陶靖節先生小像〉（《嵞山集》卷十二）
清順治十年，南明永曆七年，癸巳（1653）	42	1. 方授病卒。2. 鶴胎遣出。	1. 〈夢崔正誼李漑林二明府見訪談笑竟夜醒而有作〉（《嵞山集》卷二）
			2. 〈暑夜行〉（《嵞山集》卷二）
			3. 〈喜雨〉（《嵞山集》卷二）
			4. 〈秋夜聞松聲〉（《嵞山集》卷二）
			5. 〈噉椒堂詩〉（《嵞山集》卷二）
			6. 〈宋儒李文定祠〉（《嵞山集》卷二）
			7. 〈炭婦港〉（《嵞山集》卷二）
			8. 〈大孤塘阻雪〉（《嵞山集》卷二）
			9. 〈龍竹歌〉（《嵞山集》卷三）
			10. 〈左蠡行〉（《嵞山集》卷三）
			11. 〈賣馬行爲祝一之賦〉（《嵞山集》卷三）
			12. 〈山中休夏〉（《嵞山集》卷三）
			13. 〈秋日漫興〉（《嵞山集》卷三）
			14. 〈漳湖歌贈范小范〉（《嵞山集》卷三）
			15. 〈皖口行〉（《嵞山集》卷三）
			16. 〈雷江口〉（《嵞山集》卷三）
			17. 〈建昌魏明府招飲署齋即席作歌〉（《嵞山集》卷三）
			18. 〈徐園看臘梅花〉（《嵞山集》卷三）
			19. 〈雲居訪晦山大師贈三十韻〉（《嵞山集》卷三）
			20. 〈立春日郊行〉（《嵞山集》卷五）
			21. 〈清明日泊吳城〉（《嵞山集》卷五）
			22. 〈旅況〉（《嵞山集》卷五）
			23. 〈獨坐〉（《嵞山集》卷五）
			24. 〈都昌懷古七詠〉（《嵞山集》卷五）
			25. 〈南康重晤魏竟甫明府有贈〉（《嵞山集》

			卷五）
			26. 〈路灌溝喜遇談長益話舊〉（《嵞山集》卷五）
			27. 〈夏蟲四詠〉（《嵞山集》卷五）
			28. 〈微雨〉（《嵞山集》卷五）
			29. 〈八月〉（《嵞山集》卷五）
			30. 〈玉龍峽〉（《嵞山集》卷五）
			31. 〈贈內金駕〉（《嵞山集》卷五）
			32. 〈抵建昌〉（《嵞山集》卷五）
			33. 〈錦山僧舍〉（《嵞山集》卷五）
			34. 〈舟中書懷〉（《嵞山集》卷五）
			35. 〈小孤狀〉（《嵞山集》卷五）
			36. 〈大雷岸〉（《嵞山集》卷五）
			37. 〈元日星渚〉（《嵞山集》卷八）
			38. 〈贈星子薛明府〉（《嵞山集》卷八）
			39. 〈贈祝一之〉（《嵞山集》卷八）
			40. 〈胡石林司理夜集郡齋談詩甚快有贈〉（《嵞山集》卷八）
			41. 〈贈王斌爲宋未有〉（《嵞山集》卷八）
			42. 〈都昌南樓柬彭明府〉（《嵞山集》卷八）
			43. 〈曬書〉（《嵞山集》卷八）
			44. 〈夜半〉（《嵞山集》卷八）
			45. 〈再贈宋未有孝廉〉（《嵞山集》卷八）
			46. 〈臨別星渚望廬山瀑布〉（《嵞山集》卷八）
			47. 〈歸樅川〉（《嵞山集》卷八）
			48. 〈鰣魚〉（《嵞山集》卷八）
			49. 〈山崖哭明圃子留〉十首（《嵞山集》卷八）
			50. 〈與錢幼光入山同哭子留因有贈〉（《嵞山集》卷八）
			51. 〈旱〉（《嵞山集》卷八）
			52. 〈五兄爾唯自粵東歸寄北〉（《嵞山集》卷八）
			53. 〈立秋籛子子克歸自饒州〉（《嵞山集》卷八）
			54. 〈孫子穀招同子克夜集分韻〉（《嵞山集》卷八）
			55. 〈枕上喜雨兼柬子穀〉（《嵞山集》卷八）
			56. 〈寄懷李溉林明府〉（《嵞山集》卷八）
			57. 〈孫振公招同戴山民道及諸子夜集談詩因懷其叔克咸職方〉（《嵞山集》卷八）
			58. 〈王定爾招飲論詩有贈〉（《嵞山集》卷八）
			59. 〈馬倩若舉第五孫柬此〉（《嵞山集》卷八）
			60. 〈左子兼招同蜀藻登北山作〉（《嵞山集》

			卷八）
			61.〈喜曾止山見訪〉（《嵞山集》卷八）
			62.〈送馬倩若北征〉（《嵞山集》卷八）
			63.〈和陳二如同婦嘆〉（《嵞山集》卷八）
			64.〈贈孫赤玉〉（《嵞山集》卷八）
			65.〈竇將軍祠和江向若韻〉（《嵞山集》卷八）
			66.〈九月十六日載酒城東送曾止山還匡廬左子直游歸德同送者陳子垣張濬之陳二如馬孔璋左子厚也〉（《嵞山集》卷八）
			67.〈西山晚眺遇左三山先生因至其家小飲即事有作〉（《嵞山集》卷八）
			68.〈李仲山五十〉（《嵞山集》卷八）
			69.〈送李仲山游六安兼寄張徐諸子〉（《嵞山集》卷八）
			70.〈贈小孤山僧〉（《嵞山集》卷八）
			71.〈雪後順風至南康〉（《嵞山集》卷八）
			72.〈建昌訪魏竟甫明府〉（《嵞山集》卷八）
			73.〈望雲居山寄懷晦公〉（《嵞山集》卷九）
			74.〈題陶上人棠竹軒〉（《嵞山集》卷九）
			75.〈錦山嶺月夜〉（《嵞山集》卷九）
			76.〈李仙亭〉（《嵞山集》卷九）
			77.〈冬青吟〉（《嵞山集》卷九）
			78.〈送廬山僧〉（《嵞山集》卷九）
			79.〈上雲居山〉（《嵞山集》卷九）
			80.〈雪夜訪熊約生給陳留宿有贈〉（《嵞山集》卷九）
			81.〈天寧寺〉（《嵞山集》卷九）
			82.〈柬廬山諸衲〉（《嵞山集》卷九）
			83.〈祀竈夜阻風彭澤〉（《嵞山集》卷九）
			84.〈小孫㳟冒雪至磨盤洲〉（《嵞山集》卷九）
			85.〈除夕前一日泊大雷岸〉（《嵞山集》卷九）
			86.〈除夕泊路灌溝〉（《嵞山集》卷九）
			87.〈秋日歸里飲潘蜀藻茅堂談香山詩甚快有贈并示從弟井公〉（《嵞山集》卷十）
			88.〈長女因錄予詩成帙因題十韻〉（《嵞山集》卷十）
			89.〈阻風謠〉（《嵞山集》卷十一）
			90.〈脩江行〉（《嵞山集》卷十二）
			91.〈江行十咏〉（《嵞山集》卷十二）
			92.〈孫子穀宅嘗新有感〉（《嵞山集》卷十二）
			93.〈代內答〉（《嵞山集》卷十二）
			94.〈修水〉（《嵞山集》卷十二）
			95.〈雪舟〉（《嵞山集》卷十二）

| 清順治十一年，南明永曆八年，甲午（1654） | 43 | 1. 從友資助，贖回蕭家園歸田。 | 1. 〈田居雜詠〉（《嵞山集》卷二）
2. 〈太湖詠竹題章明卿壁〉（《嵞山集》卷二）
3. 〈秋夜吟〉（《嵞山集》卷二）
4. 〈崔李行〉（《嵞山集》卷三）
5. 〈送八弟爾孚游武昌兼寄徐莘叟〉（《嵞山集》卷三）
6. 〈戲答友人借書〉（《嵞山集》卷三）
7. 〈老姑行爲姚姊夫人七十壽〉（《嵞山集》卷三）
8. 〈雙松歌爲楊嘉樹尊人壽〉（《嵞山集》卷三）
9. 〈人日飲孫子穀齋頭〉（《嵞山集》卷五）
10. 〈送史趾祥歸宜興兼寄陳定生周潁侯〉（《嵞山集》卷五）
11. 〈題汪延年山樓〉（《嵞山集》卷五）
12. 〈贈毛卓人學博〉（《嵞山集》卷五）
13. 〈李明府祈雨有應鑴詩于壁屬予和之〉（《嵞山集》卷五）
14. 〈潛山重訪陳襄雲〉（《嵞山集》卷五）
15. 〈孫豹人布袍成有贈〉（《嵞山集》卷五）
16. 〈皖上宿小范寓樓〉（《嵞山集》卷五）
17. 〈人日哭從子留〉（《嵞山集》卷九）
18. 〈寄懷無可道人〉（《嵞山集》卷九）
19. 〈答婦問〉（《嵞山集》卷九）
20. 〈八弟爾孚自蓼城歸予與諸子夜集甚宅因得觀許妓詩甚佳感而有作〉（《嵞山集》卷九）
21. 〈左子兼買山而隱寄此訊之〉（《嵞山集》卷九）
22. 〈閱汪君酬先生詩集于羽年齋頭有作〉（《嵞山集》卷九）
23. 〈馬塙永公入學有贈〉（《嵞山集》卷九）
24. 〈姚若候暑中見訪并有所餽賦此答之〉（《嵞山集》卷九）
25. 〈重訪李太湖〉（《嵞山集》卷九）
26. 〈送宗兄聖羽遊宿松兼寄田孫若長康〉（《嵞山集》卷九）
27. 〈李明府龍崖禱雨余亦同泛〉（《嵞山集》卷九）
28. 〈訪章明卿山中〉（《嵞山集》卷九）
29. 〈送夏汝明學博遷江寧兼寄顧與治紀伯紫余澹心諸子〉（《嵞山集》卷九）
30. 〈仲秋入龍眠山偶遇高除了偕往即則賦此送之〉（《嵞山集》卷九）
31. 〈夜宿子直蜀厂感舊有作〉（《嵞山集》卷九）
32. 〈壽五兄齊凝齋六十〉（《嵞山集》卷九） |

			33. 〈九日偕左三山先生又鐔諸子登此山作〉（《嵞山集》卷九）
			34. 〈月夜過從兄臣梅小飲因出宣爐宮壺諸器感而有作〉（《嵞山集》卷九）
			35. 〈石仲昭明府枉駕草堂〉（《嵞山集》卷九）
			36. 〈三原豹人投詩三章賦此答之〉（《嵞山集》卷九）
			37. 〈送張濬之計偕〉（《嵞山集》卷九）
			38. 〈喜李仲山肥水歸〉（《嵞山集》卷九）
			39. 〈夏霧山房訪左子兼作〉（《嵞山集》卷十）
			40. 〈戲贈左子直納妾詩〉（《嵞山集》卷十）
			41. 〈正月三日抵樅川〉（《嵞山集》卷十一）
			42. 〈梳頭漫作〉（《嵞山集》卷十二）
			43. 〈護節菴〉（《嵞山集》卷十二）
			44. 〈茅花〉（《嵞山集》卷十二）
			45. 〈田間夜坐〉（《嵞山集》卷十二）
			46. 〈僧話〉（《嵞山集》卷十二）
			47. 〈咏友人杖〉（《嵞山集》卷十二）
			48. 〈題山僧補衲圖〉（《嵞山集》卷十二）
			49. 〈羅溪道中〉（《嵞山集》卷十二）
			50. 〈章明卿山房遇雨〉（《嵞山集》卷十二）
			51. 〈寥峰〉（《嵞山集》卷十二）
			52. 〈題畫寄劉十二爾仁〉（《嵞山集》卷十二）
			53. 〈有客畫報恩寺塔者索予題之〉（《嵞山集》卷十二）
			54. 〈題汪大年小像〉（《嵞山集》卷十二）
			55. 〈孫豹人寓中贈妓霞標〉（《嵞山集》卷十二）
			56. 〈贈歌者宛鷖〉（《嵞山集》卷十二）
清順治十二年，南明永曆九年，乙未（1655）	44	1.方孔炤卒。	1. 〈姑溪懷古十詠〉（《嵞山集》卷二）
			2. 〈施粥行贈曹二梁父〉（《嵞山集》卷二）
			3. 〈懷羅天成西江不至〉（《嵞山集》卷二）
			4. 〈送薪行苔胡公嶠〉（《嵞山集》卷二）
			5. 〈七夕立秋飲杜杜若寓中限秋字〉（《嵞山集》卷二）
			6. 〈山谷寺短歌〉（《嵞山集》卷三）
			7. 〈彰法山經橋公故居〉（《嵞山集》卷三）
			8. 〈四月四日龍河阻雨〉（《嵞山集》卷三）
			9. 〈泣象行〉（《嵞山集》卷三）
			10. 〈白門三子行贈陳翼仲張介人鄭元白〉（《嵞山集》卷三）
			11. 〈書汪五河母行狀〉（《嵞山集》卷三）
			12. 〈訪林青仲不值留此兼悼令兄儲乙〉

			《盍山集》卷三）
			13. 〈早春移竹〉（《盍山集》卷五）
			14. 〈八弟爾孚見過小飲次日予游潛山〉（《盍山集》卷五）
			15. 〈周將軍廟〉（《盍山集》卷五）
			16. 〈春日訪汪公彝村居不值因過劉芳遠小飲回遇公彝並梨園子弟邀至其舍張宴竟夕賦此贈之〉（《盍山集》卷五）
			17. 〈三月晦日立夏〉（《盍山集》卷五）
			18. 〈從黃俞邰借宋遺民錄感舊〉（《盍山集》卷五）
			19. 〈曉發板橋〉（《盍山集》卷五）
			20. 〈孔千一招同巫川南夜飲留宿各有贈〉（《盍山集》卷五）
			21. 〈雨夜又飲千一宅〉（《盍山集》卷五）
			22. 〈雪夜泊天門〉（《盍山集》卷五）
			23. 〈廿六日抵樅川飲子轂家〉（《盍山集》卷五）
			24. 〈送陳子垣游上谷兼寄從子奕於司理〉（《盍山集》卷九）
			25. 〈讀戴敬夫河邨〉（《盍山集》卷九）〕
			26. 〈重訪陳襄雲山居〉（《盍山集》卷九）
			27. 〈柬鄭恪菴明府〉（《盍山集》卷九）
			28. 〈陳襄雲雨中送米走筆答之〉（《盍山集》卷九）
			29. 〈贈潘含仲廣文〉（《盍山集》卷九）
			30. 〈壽朱山人〉（《盍山集》卷九）
			31. 〈清明日偕潘含仲先生踏青至陳襄雲家陳兼布余善長各邀一日因拉含仲之山谷寺〉（《盍山集》卷九）
			32. 〈禊日同潘含仲陳襄雲金去的飲石牛洞〉（《盍山集》卷九）
			33. 〈山谷寺回又至去的家借宿并贈其兄簡在〉（《盍山集》卷九）
			34. 〈又偕含仲襄雲去的訪任汪紫照山居〉（《盍山集》卷九）
			35. 〈訪陳爾靖山居因遊石壁寺〉（《盍山集》卷九）
			36. 〈滕王閣詩〉（《盍山集》卷九）
			37. 〈暮春感懷〉（《盍山集》卷九）
			38. 〈石公子挽詞〉（《盍山集》卷九）
			39. 〈席間二聾者一博雅隱君子一村俗夫或欲予作二聾詩各有肖其人用事不復複請韻得聰字〉（《盍山集》卷九）
			40. 〈同宗兄聖羽夜坐感舊〉（《盍山集》卷九）
			41. 〈喜孫子轂再入城因偕仲山子直訂龍眠

			之〉（《嵞山集》卷九）
			42. 〈滕王閣再題〉（《嵞山集》卷九）
			43. 〈寄懷孫豹人〉（《嵞山集》卷九）
			44. 〈七弟爾從初度招同陳爾靖小飲〉（《嵞山集》卷九）
			45. 〈送杜杜若遊廣陵〉（《嵞山集》卷九）
			46. 〈寄懷從子子唯〉（《嵞山集》卷九）
			47. 〈送宗兄聖羽博士訓江都〉（《嵞山集》卷九）
			48. 〈九日董學博子九見訪因同登西山〉（《嵞山集》卷九）
			49. 〈江上寄元白禪師〉（《嵞山集》卷九）
			50. 〈高座寺〉（《嵞山集》卷九）
			51. 〈訪星卿君渥二高士〉（《嵞山集》卷九）
			52. 〈重晤張恢生少府〉（《嵞山集》卷九）
			53. 〈飲李三石兄弟宅留宿有贈〉（《嵞山集》卷九）
			54. 〈贈范民部正〉（《嵞山集》卷九）
			55. 〈王望如招飲談時節席賦此〉（《嵞山集》卷九）
			56. 〈去金陵前一日飲紀伯紫齋頭有贈〉（《嵞山集》卷九）
			57. 〈姑溪哭王希文〉（《嵞山集》卷九）
			58. 〈贈張洞陽〉（《嵞山集》卷九）
			59. 〈飲從兄擂公民部〉（《嵞山集》卷九）
			60. 〈潛山道中〉（《嵞山集》卷十二）
			61. 〈舒王臺〉（《嵞山集》卷十二）
			62. 〈山谷寺〉（《嵞山集》卷十二）
			63. 〈汪紫照山房戲贈〉（《嵞山集》卷十二）
			64. 〈石壁寺懷從子子建〉（《嵞山集》卷十二）
			65. 〈題硯板〉（《嵞山集》卷十二）
			66. 〈沙河〉（《嵞山集》卷十二）
			67. 〈挂車河〉（《嵞山集》卷十二）
			68. 〈過朱司農邑墓〉（《嵞山集》卷十二）
			69. 〈悶〉（《嵞山集》卷十二）
			70. 〈賦得魚戲新荷動〉（《嵞山集》卷十二）
			71. 〈三王問〉（《嵞山集》卷十二）
			72. 〈秋雨〉（《嵞山集》卷十二）
			73. 〈戲贈賣藥者〉（《嵞山集》卷十二）
			74. 〈題友人墨竹〉（《嵞山集》卷十二）
			75. 〈此韻〉（《嵞山集》卷十二）
			76. 〈催租〉（《嵞山集》卷十二）
			77. 〈左夏子書堂有牧羊圖索予題之〉（《嵞山集》卷十二）
			78. 〈詩人酒人予所愛也然惡步韻與熱飲者

			口占刺之〉（《嵞山集》卷十二）
			79. 〈題李生小像〉（《嵞山集》卷十二）
			80. 〈送范小范歸漳湖〉（《嵞山集》卷十二）
			81. 〈穀賤〉（《嵞山集》卷十二）
			82. 〈偕張水蒼李岴瞻飲寇白門齋頭有贈〉（《嵞山集》卷十二）
			83. 〈孝陵棉〉（《嵞山集》卷十二）
			84. 〈題錢孚公小像〉（《嵞山集》卷十二）
清順治十三年，南明永曆十年，丙申（1656）	45	1. 妻左氏暴死，金鴛有孕見殺，家難肇始。 2. 避仇移家樅川。 3. 因家難之故，出游江淮。 4. 母王氏病卒樅川。	1. 〈偕王以介入山訪元尊宿〉（《嵞山集》卷二） 2. 〈金陵訪王元倬先生並題其南陔詩〉（《嵞山集》卷二） 3. 〈訪孤豹人不遇因題其壁〉（《嵞山集》卷二） 4. 〈露筋祠〉（《嵞山集》卷二） 5. 〈題張虞山理琴圖〉（《嵞山集》卷二） 6. 〈揚州遇鄧孝威有作〉（《嵞山集》卷三） 7. 〈梁仲木招同鄧孝威飲瓊華觀醉後作歌兼懷令弟公狄〉（《嵞山集》卷三） 8. 〈王雷臣侍御招同沈仲連李叔則梁公狄集黍酒宋瓷喜而作歌〉（《嵞山集》卷三） 9. 〈淮瀆敕〉（《嵞山集》卷三） 10. 〈韓侯兒〉（《嵞山集》卷三） 11. 〈題宋射陵蔬枰巷〉（《嵞山集》卷三） 12. 〈廣陵會宋澄嵐先生見贈〉（《嵞山集》卷五） 13. 〈喜龔孝升都憲至〉（《嵞山集》卷五） 14. 〈題闇牛叟眷西堂〉（《嵞山集》卷五） 15. 〈夜同叔則季貞飲彥遠僧舍限韻〉（《嵞山集》卷五） 16. 〈慧山夜坐同元尊宿王著作〉（《嵞山集》卷九） 17. 〈元尊宿賞予三人露坐成厽字之句復成此詩〉（《嵞山集》卷九） 18. 〈偕金去的汪紫照諸子訪徐亮工山居〉（《嵞山集》卷九） 19. 〈訪徐次歐山居即事有感〉（《嵞山集》卷九） 20. 〈揚州飲陳公獻兼贈王平格〉（《嵞山集》卷九） 21. 〈與李叔則先生感舊〉（《嵞山集》卷九） 22. 〈梵伊上人結茆西湖索贈〉（《嵞山集》卷九） 23. 〈送孫無言歸新安〉（《嵞山集》卷九） 24. 〈露筋祠〉（《嵞山集》卷九） 25. 〈題范眉生小像〉（《嵞山集》卷九）

			26. 〈贈宋份臣〉（《嵞山集》卷九） 27. 〈贈程婁東〉（《嵞山集》卷九） 28. 〈題丘季貞西軒〉（《嵞山集》卷九） 29. 〈賀范眉生納姬〉（《嵞山集》卷九） 30. 〈靳茶坡生日奉訪留宿因贈〉（《嵞山集》卷九） 31. 〈贈李繡波明府〉（《嵞山集》卷九） 32. 〈嵇淑子胡天彷同日送酒詩以酬之〉（《嵞山集》卷九） 33. 〈除夕前二日柬胡彥遠程穆倩〉（《嵞山集》卷九） 34. 〈贈閻百詩續娶詩〉（《嵞山集》卷十） 35. 〈題露筋祠碑上〉（《嵞山集》卷十二） 36. 〈壽朱翁〉（《嵞山集》卷十二） 37. 〈湖嘴漫興〉（《嵞山集》卷十二） 38. 〈孫無言廣陵移居王于一孫豹邀予過訪指壁間九韻各賦詩三首贈之〉（《嵞山集》卷十二） 39. 〈又用前韻述懷三首〉（《嵞山集》卷十二） 40. 〈池口阻風〉（《嵞山集》卷十二） 41. 〈金陵喜遇雪田上人〉（《嵞山集》卷十二） 42. 〈贈扶漢鼎山人〉（《嵞山集》卷十二） 43. 〈留別宗兄聖羽學博〉（《嵞山集》卷十二） 44. 〈題梵伊上人像〉（《嵞山集》卷十二） 45. 〈予北征日張虞山趙天醉閻百詩枉送至清江浦因訪談長益不遇宿其僧舍次日而長益來各賦七首〉（《嵞山集》卷十二） 46. 〈宿遷〉（《嵞山集》卷十二） 47. 〈將近徐州〉（《嵞山集》卷十二） 48. 〈贈妓墨仙〉（《嵞山集》卷十二） 49. 〈從吳用九乞炭〉（《嵞山集》卷十二） 50. 〈李康侯水部索題其嘯園詩〉（《嵞山集》卷十二）
清順治十四年， 南明永曆十一年， 丁酉（1657）	46	1. 奔母喪。	1. 〈述哀〉（《嵞山集》卷二） 2. 〈題李三石畫冊〉（《嵞山集》卷二） 3. 〈嘉樹行爲閻牛叟賦〉（《嵞山集》卷二） 4. 〈將去彭城留別魏少尹竟甫〉（《嵞山集》卷二） 5. 〈馴鶴亭詩〉（《嵞山集》卷二） 6. 〈友人吳肅之父諱汝琦死歸德徐州志平不敢立傳予感而題此〉（《嵞山集》卷二） 7. 〈子房山〉（《嵞山集》卷二） 8. 〈四女寺〉（《嵞山集》卷二） 9. 〈蓮池種竹歌〉（《嵞山集》卷三）

			10. 〈負版行〉（《嵞山集》卷三）
			11. 〈二客行贈萬遇客瞿客〉（《嵞山集》卷三）
			12. 〈中秋夜吳中黃招同諸子當月作吳郎行〉（《嵞山集》卷三）
			13. 〈道上遇陳伯璣有感而作〉（《嵞山集》卷三）
			14. 〈正月六日范麋生家試燈予與沈仲連留宿〉（《嵞山集》卷五）
			15. 〈十六夜同徐雲吉胡彥遠宿徐梁瑞家〉（《嵞山集》卷五）
			16. 〈五日謁卜忠貞祠〉（《嵞山集》卷五）
			17. 〈王元倬招同周苦蟲顧寧人黃師先甯山同吳素夫李三石雨中小集〉（《嵞山集》卷五）
			18. 〈偕閔無作孔千一甯山同登雨花臺〉（《嵞山集》卷五）
			19. 〈夜泊東昌〉（《嵞山集》卷五）
			20. 〈送胡彥遠歸杭州并壽其尊公〉（《嵞山集》卷九）
			21. 〈題靳茶坡讀書圖〉（《嵞山集》卷九）
			22. 〈喜徐雲吉至〉（《嵞山集》卷九）
			23. 〈答張伯至玉虞山送別之作〉（《嵞山集》卷九）
			24. 〈淮干別杜湘草徐梁瑞〉（《嵞山集》卷九）
			25. 〈寶應訪梁公狄〉（《嵞山集》卷九）
			26. 〈石塔寺訪介立師并謝其贐〉（《嵞山集》卷九）
			27. 〈大龍灣訪劉超宗〉（《嵞山集》卷九）
			28. 〈蕪陰訪沈崑銅飲其山閣〉（《嵞山集》卷九）
			29. 〈飲楊泗水丈〉（《嵞山集》卷九）
			30. 〈喜杜于皇見訪因過令昭小飲〉（《嵞山集》卷九）
			31. 〈哭李六出林〉（《嵞山集》卷九）
			32. 〈重至揚州過孫無言值于一豹人小飲兼懷公狄〉（《嵞山集》卷九）
			33. 〈題朱方伯鐵橋志〉（《嵞山集》卷九）
			34. 〈同豹人聖羽飲朱卓月總戎宅〉（《嵞山集》卷九）
			35. 〈答俞九定見訪〉（《嵞山集》卷九）
			36. 〈贈貢鹿田學博〉（《嵞山集》卷九）
			37. 〈送許松牖今粵東〉（《嵞山集》卷九）
			38. 〈過杜生之小飲〉（《嵞山集》卷九）
			39. 〈題范眉生烟艇圖〉（《嵞山集》卷九）
			40. 〈題趙天醉荷鋤圖〉（《嵞山集》卷九）

			41. 〈皂河〉（《嵞山集》卷九）
			42. 〈徐州秋夜〉（《嵞山集》卷九）
			43. 〈寄懷陳簡菴處士〉（《嵞山集》卷九）
			44. 〈黃芽岡興陳善長萬遐客諸子爲別〉（《嵞山集》卷九）
			45. 〈魏少尹竟甫以二裘見贈走筆謝之〉（《嵞山集》卷九）
			46. 〈濟寧謠〉（《嵞山集》卷九）
			47. 〈金陵留別從兄繡山計部〉（《嵞山集》卷十）
			48. 〈揚州石塔寺宿介立禪師房〉（《嵞山集》卷十）
			49. 〈彭城古蹟十二詠〉（《嵞山集》卷十一）
			50. 〈都門懷古十六詠〉（《嵞山集‧北游草》）
			51. 〈十月一日入都遇朱山西長〉（《嵞山集‧北游草》）
			52. 〈王秘書涓來齋頭夜集〉（《嵞山集‧北游草》）
			53. 〈程詹事其相齋頭夜集〉（《嵞山集‧北游草》）
			54. 〈奉酬都憲石生〉（《嵞山集‧北游草》）
清順治十五年，南明永曆十二年，戊戌（1658）	47	1. 卜居南京。 2. 繼娶汪偉之女。	1. 〈永平訪宋副憲玉叔〉（《嵞山集‧北游草》）
			2. 〈謁夷齊廟〉（《嵞山集‧北游草》）
			3. 〈贈盧龍李明府公洽〉（《嵞山集‧北游草》）
			4. 〈贈華州東雲雛〉（《嵞山集‧北游草》）
			5. 〈聞吳錦雯授蘇州司理喜而有寄〉（《嵞山集‧北游草》）
			6. 〈宋副憲玉叔見惠繭袍謝之〉（《嵞山集‧北游草》）
			7. 〈無題〉（《嵞山集‧北游草》）
			8. 〈夜泊張秋〉（《嵞山集‧北游草》）
			9. 〈夏鎮贈水部見山〉（《嵞山集‧北游草》）
			10. 〈淮上遇姜侍御眞源兼送其入都〉（《嵞山集‧北游草》）
			11. 〈揚州訪鳳詹中丞感舊〉（《嵞山集‧北游草》）
			12. 〈武林行贈陳胤倩處士〉（《嵞山集‧北游草》）
			13. 〈空同行贈韓子新處士〉（《嵞山集‧北游草》）
			14. 〈射虎石歌〉（《嵞山集‧北游草》）
			15. 〈天台圖歌爲遷安劉明府初度〉（《嵞山集‧北游草》）
			16. 〈高麗二馬歌〉（《嵞山集‧北游草》）
			17. 〈劉生行爲樂亭劉臥子作〉（《嵞山集‧

			北游草》）
			18. 〈柳枝詞〉（《嵞山集・北游草》）
			19. 〈擊缶行留別韓子任〉（《嵞山集・北游草》）
			20. 〈古藤歌爲兄子子詍比部作〉（《嵞山集・北游草》）
			21. 〈贈馬行留別王涓來秘書〉（《嵞山集・北游草》）
			22. 〈炎風行留別兄子子唯〉（《嵞山集・北游草》）
			23. 〈安陵行〉（《嵞山集・北游草》）
			24. 〈金龍四大王歌〉（《嵞山集・北游草》）
			25. 〈露筋祠歌書梁公狄樞部詩後〉（《嵞山集・北游草》）
			26. 〈通州道中遇丘季貞文學〉（《嵞山集・北游草》）
			27. 〈初寓天壇作〉（《嵞山集・北游草》）
			28. 〈虎坊橋訪吳見末郎中〉（《嵞山集・北游草》）
			29. 〈報國寺訪曹淮湄天行〉（《嵞山集・北游草》）
			30. 〈王燕友銀臺招同兄子吉偶與三敦四夜集〉（《嵞山集・北游草》）
			31. 〈趙友沂中翰招飲感舊兼呈王涓來秘書〉（《嵞山集・北游草》）
			32. 〈從兄坦菴詹事有贈謝之〉（《嵞山集・北游草》）
			33. 〈元日偕談長益處士宿吳岱觀孝廉寓中限春寒二字〉（《嵞山集・北游草》）
			34. 〈柬吳錦雯孝廉〉（《嵞山集・北游草》）
			35. 〈二月四日同談長益出都門〉（《嵞山集・北游草》）
			36. 〈通州〉（《嵞山集・北游草》）
			37. 〈永平〉（《嵞山集・北游草》）
			38. 〈盧龍〉（《嵞山集・北游草》）
			39. 〈灤河〉（《嵞山集・北游草》）
			40. 〈贈劉聲玉司理〉（《嵞山集・北游草》）
			41. 〈同李非文登孤竹山因悼其友徐大拙〉（《嵞山集・北游草》）
			42. 〈送嚴天行吳平露還都寄懷兒子蛟峰〉（《嵞山集・北游草》）
			43. 〈憶江南〉（《嵞山集・北游草》）
			44. 〈遷安寓程生園有贈〉（《嵞山集・北游草》）
			45. 〈談長益永平書來卻寄〉（《嵞山集・北游草》）
			46. 〈會試榜發久不得報有懷同社諸子〉

			《《盫山集・北游草》》
			47. 〈宋玉叔憲使署中臺成招同長益雲雛諸子宴集其上各賦二詩〉（《盫山集・北游草》）
			48. 〈飲張友鴻進士寓兼懷吳六益束鹿未回飲程弢章進士寓因有三泖之約束章翌茲許天玉姚瞻子陸漢東四孝廉〉（《盫山集・北游草》）
			49. 〈宋其武學士枉過為竟日之談闚於展待答此〉（《盫山集・北游草》）
			50. 〈龔孝升總憲以古色輕□褥見惠謝之〉（《盫山集・北游草》）
			51. 〈嚴子餐給諫以七言長歌送予歸率爾奉答〉（《盫山集・北游草》）
			52. 〈兄子吉偶員外為余題李伯時畫謝之〉（《盫山集・北游草》）
			53. 〈王貽上進士攜其全集見示答此〉（《盫山集・北游草》）
			54. 〈胡東甌時府書至〉（《盫山集・北游草》）
			55. 〈答程北海進士送別之作〉（《盫山集・北游草》）
			56. 〈留別丘曙戒秘書〉（《盫山集・北游草》）
			57. 〈滄州飲馬倩若參軍〉（《盫山集・北游草》）
			58. 〈七夕泊故城〉（《盫山集・北游草》）
			59. 〈臨清道中立秋〉（《盫山集・北游草》）
			60. 〈分水廟〉（《盫山集・北游草》）
			61. 〈魚臺道中〉（《盫山集・北游草》）
			62. 〈入都訪兄子子詒中翰〉（《盫山集・北游草》）
			63. 〈送李漑林憲使之任徐州〉（《盫山集・北游草》）
			64. 〈束兄子子建山人〉（《盫山集・北游草》）
			65. 〈贈丘曙戒秘書〉（《盫山集・北游草》）
			66. 〈贈王涓來秘書〉（《盫山集・北游草》）
			67. 〈嚴子餐給諫為題西陵女子傳感有作〉（《盫山集・北游草》）
			68. 〈陳階六給諫餉金謝之〉（《盫山集・北游草》）
			69. 〈飲方干霄郎中邸〉（《盫山集・北游草》）
			70. 〈喜晤劉石帆太學〉（《盫山集・北游草》）
			71. 〈與魏辨若涵一兩孝廉談易有合兼呈令

				兄石生都憲〉（《鈍山集・北游草》）
			72.	〈寄懷吳素夫處士〉（《鈍山集・北游草》）
			73.	〈韓六一員外招同方干霄郎中小集于慧男博士招同王山長孝廉小集歲暮宿王秘書邸見其早朝甚苦戲爲此詩〉（《鈍山集・北游草》）
			74.	〈人日吳園次中秘招集興誠寺古槐下〉（《鈍山集・北游草》）
			75.	〈元宵步月〉（《鈍山集・北游草》）
			76.	〈正月十九日龔孝升都憲社集觀燈〉（《鈍山集・北游草》）
			77.	〈玉盧觀與李倏侯夜話〉（《鈍山集・北游草》）
			78.	〈正月晦日同談長益吳六益陳胤倩集報國寺松下爲四布衣飲分得餘字〉（《鈍山集・北游草》）
			79.	〈贈遷安劉明府含輝〉（《鈍山集・北游草》）
			80.	〈韓子新兄弟招同長益夜集〉（《鈍山集・北游草》）
			81.	〈趙獻清招飲聞邊曲有感〉（《鈍山集・北游草》）
			82.	〈戲題北平寓壁〉（《鈍山集・北游草》）
			83.	〈隆教寺贈壽上人〉（《鈍山集・北游草》）
			84.	〈送笑上人出關兼懷祖心師〉（《鈍山集・北游草》）
			85.	〈禊日飲田家〉（《鈍山集・北游草》）
			86.	〈宋憲使署中鸚鵡能言索贈二首〉（《鈍山集・北游草》）
			87.	〈三月十九日〉（《鈍山集・北游草》）
			88.	〈答徐玉海借書〉（《鈍山集・北游草》）
			89.	〈偶過玉海小飲〉（《鈍山集・北游草》）
			90.	〈贈北平楊太守九章〉（《鈍山集・北游草》）
			91.	〈送王酉山明府之任閩中〉（《鈍山集・北游草》）
			92.	〈徐月鹿水部奉使杭州與予有同舟之約令羈北平不得遄往遙寄此時〉（《鈍山集・北游草》）
			93.	〈登韓侍御釣臺〉（《鈍山集・北游草》）
			94.	〈樂亭遇雨宿曹位之宅〉（《鈍山集・北游草》）
			95.	〈留別宋大塗〉（《鈍山集・北游草》）
			96.	〈靳茶坡入都寄張虞山范爨生閣百詩三書〉（《鈍山集・北游草》）

97. 〈西苑同茶坡閑步〉(《嵞山集‧北游草》)
98. 〈韓聖秋中秘招同許天玉白仲調諸子小集〉(《嵞山集‧北游草》)
99. 〈送李屺瞻進士西歸并壽其尊公〉(《嵞山集‧北游草》)
100. 〈哭從子訥〉(《嵞山集‧北游草》)
101. 〈六月望日陳階六黃門社集分韻〉(《嵞山集‧北游草》)
102. 〈七月一日出都門〉(《嵞山集‧北游草》)
103. 〈臨清追吳錦雯司理不及〉(《嵞山集‧北游草》)
104. 〈東昌贈劉太守定宇〉(《嵞山集‧北游草》)
105. 〈濟寧贈王別駕石公〉(《嵞山集‧北游草》)
106. 〈夏陽贈郭明府摩菴〉(《嵞山集‧北游草》)
107. 〈清江贈任計部崧翰〉(《嵞山集‧北游草》)
108. 〈贈胡水部階平〉(《嵞山集‧北游草》)
109. 〈題范蘗生幽草軒〉(《嵞山集‧北游草》)
110. 〈又題蘗生樂志堂〉(《嵞山集‧北游草》)
111. 〈丘季貞西軒社集分韻〉(《嵞山集‧北游草》)
112. 〈一蒲庵訪閣百詩夜話〉(《嵞山集‧北游草》)
113. 〈揚州飲王于一孫豹人齋頭偕宗兄聖羽學博〉(《嵞山集‧北游草》)
114. 〈邗關留別諸駿男〉(《嵞山集‧北游草》)
115. 〈龍江北岸阻雨〉(《嵞山集‧北游草》)
116. 〈故宮燕〉(《嵞山集‧北游草》)
117. 〈故宮鵞〉(《嵞山集‧北游草》)
118. 〈故宮鴉〉(《嵞山集‧北游草》)
119. 〈題酒家壁〉(《嵞山集‧北游草》)
120. 〈三月晦日〉(《嵞山集‧北游草》)
121. 〈五日〉(《嵞山集‧北游草》)
122. 〈七夕〉(《嵞山集‧北游草》)
123. 〈王燕友銀臺以四鼇杯見惠云出自宮中者賦此謝之〉(《嵞山集‧北游草》)
124. 〈天壇同劉社三王山長吳岱觀嵇淑子吳錦雯王白虹黃向先諸子飲屬余爲卜闓事皆不利戲贈二絕〉(《嵞山集‧北游草》)

			125. 〈喜談長益至〉（《嵞山集・北游草》）
			126. 〈王涓來席上贈歌者〉（《嵞山集・北游草》）
			127. 〈除夕感懷〉（《嵞山集・北游草》）
			128. 〈早春爲陳階六給諫初度〉（《嵞山集・北游草》）
			129. 〈喜晤陳胤倩處士兼懷陸麗京梯霞〉（《嵞山集・北游草》）
			130. 〈豐潤阻雪〉（《嵞山集・北游草》）
			131. 〈馬蟻阪〉（《嵞山集・北游草》）
			132. 〈卑耳溪〉（《嵞山集・北游草》）
			133. 〈灤河〉（《嵞山集・北游草》）
			134. 〈書白學博夢母詩後〉（《嵞山集・北游草》）
			135. 〈清明〉（《嵞山集・北游草》）
			136. 〈昌黎〉（《嵞山集・北游草》）
			137. 〈遷安〉（《嵞山集・北游草》）
			138. 〈偏涼汀〉（《嵞山集・北游草》）
			139. 〈玉河〉（《嵞山集・北游草》）
			140. 〈西苑〉（《嵞山集・北游草》）
			141. 〈金魚池納涼〉（《嵞山集・北游草》）
			142. 〈城南觀別者〉（《嵞山集・北游草》）
			143. 〈王涓來齋頭觀李屺瞻畫〉（《嵞山集・北游草》）
			144. 〈題友人垂釣圖〉（《嵞山集・北游草》）
			145. 〈都下竹枝詞〉（《嵞山集・北游草》）
清順治十六年，南明永曆十三年，己亥（1659）	48	1. 買桃葉渡東宋家園。 2. 賣卜杭州。	1. 〈和東坡先生除夕三首〉（《嵞山集・徐杭游草》）
			2. 〈彭城訪李觀察溉林先生〉（《嵞山集・徐杭游草》）
			3. 〈贈徐州守王吉士〉（《嵞山集・徐杭游草》）
			4. 〈從楊士佳索四賢詩〉（《嵞山集・徐杭游草》）
			5. 〈爲鐵佛寺僧題募疏〉（《嵞山集・徐杭游草》）
			6. 〈武林呈范僉憲正〉（《嵞山集・徐杭游草》）
			7. 〈題鬱林石〉（《嵞山集・徐杭游草》）
			8. 〈留別諸駿男文學〉（《嵞山集・徐杭游草》）
			9. 〈蔡子虛員外月下招飲賦此謝之〉（《嵞山集・徐杭游草》）
			10. 〈答沈方鄴見訪〉（《嵞山集・徐杭游草》）
			11. 〈黃樓歌爲魏少府竟甫先生作〉（《嵞山

			集・徐杭游草》)
			12. 〈寒食日吳臨垣明府招同來伯中黃諸子登放鶴亭〉(《嵞山集・徐杭游草》)
			13. 〈贈別吳來伯別駕〉(《嵞山集・徐杭游草》)
			14. 〈贈李孝乾孝廉〉(《嵞山集・徐杭游草》)
			15. 〈飲萬睢客樊桐堂感舊作歌〉(《嵞山集・徐杭游草》)
			16. 〈七夕飲李笠鴻齋頭〉(《嵞山集・徐杭游草》)
			17. 〈中秋日雨留別宗人秉虔〉(《嵞山集・徐杭游草》)
			18. 〈捉船行〉(《嵞山集・徐杭游草》)
			19. 〈喜陳伯璣移居相近贈此〉(《嵞山集・徐杭游草》)
			20. 〈題載花船短歌〉(《嵞山集・徐杭游草》)
			21. 〈從兄繡山新居〉(《嵞山集・徐杭游草》)
			22. 〈淮上遇潘江如有贈〉(《嵞山集・徐杭游草》)
			23. 〈補壽范眉生三十〉(《嵞山集・徐杭游草》)
			24. 〈丘季貞社集西軒分韻〉(《嵞山集・徐杭游草》)
			25. 〈題倪天章一草亭〉(《嵞山集・徐杭游草》)
			26. 〈彭城喜李條侯至〉(《嵞山集・徐杭游草》)
			27. 〈陳善長五十初度〉(《嵞山集・徐杭游草》)
			28. 〈曉渡燕子磯〉(《嵞山集・徐杭游草》)
			29. 〈送汪我生內兄北征〉(《嵞山集・徐杭游草》)
			30. 〈石城曉發〉(《嵞山集・徐杭游草》)
			31. 〈晚泊京口不得上岸問談長益潘江如消息〉(《嵞山集・徐杭游草》)
			32. 〈丹陽道中〉(《嵞山集・徐杭游草》)
			33. 〈立秋日范僉正憲招集西湖〉(《嵞山集・徐杭游草》)
			34. 〈立秋前一日與龔孝緒泛舟湖上〉(《嵞山集・徐杭游草》)
			35. 〈靈隱寺喜遇願雲禪兄〉(《嵞山集・徐杭游草》)
			36. 〈飛來峰〉(《嵞山集・徐杭游草》)
			37. 〈冷泉亭〉(《嵞山集・徐杭游草》)

			38.	〈六月廿六日內人初度予不及歸寄此〉（《嵞山集・徐杭游草》）
			39.	〈贈張卿子先生〉（《嵞山集・徐杭游草》）
			40.	〈贈劉望之〉（《嵞山集・徐杭游草》）
			41.	〈太湖避兵〉（《嵞山集・徐杭游草》）
			42.	〈喜胡逸菴見訪感舊〉（《嵞山集・徐杭游草》）
			43.	〈牛首雜詠〉（《嵞山集・徐杭游草》）
			44.	〈雪杜蒼略吳素父子見過限韻〉（《嵞山集・徐杭游草》）
			45.	〈元旦試筆〉（《嵞山集・徐杭游草》）
			46.	〈早春三日沈仲連移尊顧與治宅招同陳伯璣曾止山諸子各賦一詩〉（《嵞山集・徐杭游草》）
			47.	〈送方干霄兵憲之任粵東〉（《嵞山集・徐杭游草》）
			48.	〈上巳宿房村懷吳八中黃〉（《嵞山集・徐杭游草》）
			49.	〈哭萬二遐客〉（《嵞山集・徐杭游草》）
			50.	〈送徐二克任歸吳門〉（《嵞山集・徐杭游草》）
			51.	〈喜馬三嘉甫〉（《嵞山集・徐杭游草》）
			52.	〈答李司直見贈兼懷于息菴先生〉（《嵞山集・徐杭游草》）
			53.	〈奉別李觀察溉林先生〉（《嵞山集・徐杭游草》）
			54.	〈將去彭城前一日別韋佩二〉（《嵞山集・徐杭游草》）
			55.	〈閻百詩送予至平河橋兼示剩道人句〉（《嵞山集・徐杭游草》）
			56.	〈李研齋太史杜蒼略山人暑中見過限韻〉（《嵞山集・徐杭游草》）
			57.	〈周伯衡副憲招同康小范陳伯璣倪闇公諸小集〉（《嵞山集・徐杭游草》）
			58.	〈姑蘇柬吳司理錦雯〉（《嵞山集・徐杭游草》）
			59.	〈贈徐松之兼悼亡友史弨翁徐掌文〉（《嵞山集・徐杭游草》）
			60.	〈虎丘遇吳岱因偕姚仙期徐松之小飲達曙〉（《嵞山集・徐杭游草》）
			61.	〈吳江訪顧茂倫〉（《嵞山集・徐杭游草》）
			62.	〈武林訪徐月鹿水部〉（《嵞山集・徐杭游草》）
			63.	〈訪李笠鴻〉（《嵞山集・徐杭游草》）
			64.	〈訪胡彥遠〉（《嵞山集・徐杭游草》）
			65.	〈西湖廣化寺前樓崇祀近代死難諸公一

			日與客停舟登此徘徊久之蓋忠毅左公浮丘先生文烈汪公長源先生皆予外舅也因題一詩於壁〉（《嵞山集・徐杭游草》）
			66. 〈壽吳靜腑先生七十〉（《嵞山集・徐杭游草》）
			67. 〈飲陸麗京齋頭因與劉望之留宿〉（《嵞山集・徐杭游草》）
			68. 〈錢塘慕明府雨中見過〉（《嵞山集・徐杭游草》）
			69. 〈留別范文白〉（《嵞山集・徐杭游草》）
			70. 〈中秋後一日飲沈冠東學博齋頭〉（《嵞山集・徐杭游草》）
			71. 〈贈沈御泠宏度〉（《嵞山集・徐杭游草》）
			72. 〈白下逢朱子茶感舊〉（《嵞山集・徐杭游草》）
			73. 〈李三石自京口至〉（《嵞山集・徐杭游草》）
			74. 〈牛首山頂望南村〉（《嵞山集・徐杭游草》）
			75. 〈祖堂待月〉（《嵞山集・徐杭游草》）
			76. 〈沈子遷五十初度招同張虞筏孫阿匯紀伯紫集興善庵〉（《嵞山集・徐杭游草》）
			77. 〈顧與治齋頭話舊〉（《嵞山集・徐杭游草》）
			78. 〈張古岳侍御見過〉（《嵞山集・徐杭游草》）
			79. 〈冬日種花〉（《嵞山集・徐杭游草》）
			80. 〈李雲田見訪並攜談長益書至〉（《嵞山集・徐杭游草》）
			81. 〈移居宋家園〉（《嵞山集・徐杭游草》）
			82. 〈金陵感懷十首〉（《嵞山集・徐杭游草》）
			83. 〈雪後渡黃河〉（《嵞山集・徐杭游草》）
			84. 〈寒食〉（《嵞山集・徐杭游草》）
			85. 〈李孝乾家賞白牡丹〉（《嵞山集・徐杭游草》）
			86. 〈送張楚材之碭山〉（《嵞山集・徐杭游草》）
			87. 〈贈徐生〉（《嵞山集・徐杭游草》）
			88. 〈湖上觀劇〉（《嵞山集・徐杭游草》）
			89. 〈與晦公坐三生石〉（《嵞山集・徐杭游草》）
			90. 〈別龔二孝緒〉（《嵞山集・徐杭游草》）
			91. 〈題問旭上人畫〉（《嵞山集・徐杭游草》）
			92. 〈寄蔡芹溪〉（《嵞山集・徐杭游草》）

| 清順治十七年，南明永曆十四年，庚子（1660） | 49 | 1. 清禁社盟。
2. 游山左。 | 1. 〈初至兗州贈趙五絃司理〉（《嵞山集・魯游草》）
2. 〈恭謁聖廟〉（《嵞山集・魯游草》）
3. 〈恭謁聖林〉（《嵞山集・魯游草》）
4. 〈詠檜〉（《嵞山集・魯游草》）
5. 〈詠楷〉（《嵞山集・魯游草》）
6. 〈曲阜城樓望尼山作〉（《嵞山集・魯游草》）
7. 〈蠟山尋歷下亭故址〉（《嵞山集・魯游草》）
8. 〈華不注〉（《嵞山集・魯游草》）
9. 〈泰安道中望岱〉（《嵞山集・魯游草》）
10. 〈日觀峰〉（《嵞山集・魯游草》）
11. 〈登封臺〉（《嵞山集・魯游草》）
12. 〈石經峪〉（《嵞山集・魯游草》）
13. 〈馬上偶然作〉（《嵞山集・魯游草》）
14. 〈兗州古南樓〉（《嵞山集・魯游草》）
15. 〈魯酒吟〉（《嵞山集・魯游草》）
16. 〈聞陳階六給事丘曙戒編修俱外轉悵然有作〉（《嵞山集・魯游草》）
17. 〈聞談長益至徐州久而未歸詩以促之〉（《嵞山集・魯游草》）
18. 〈畫陶石簣先生放生詩後〉（《嵞山集・魯游草》）
19. 〈憶內〉（《嵞山集・魯游草》）
20. 〈憂旱1〉（《嵞山集・魯游草》）
21. 〈苦蠅〉（《嵞山集・魯游草》）
22. 〈汶上贈呂孝芝明府〉（《嵞山集・魯游草》）
23. 〈濟寧贈陳斗山州守〉（《嵞山集・魯游草》）
24. 〈答楊聖喻處士〉（《嵞山集・魯游草》）
25. 〈書張孝烈先生傳後〉（《嵞山集・魯游草》）
26. 〈東阿贈吳雨蒼明府〉（《嵞山集・魯游草》）
27. 〈永年贈余中台明府〉（《嵞山集・魯游草》）
28. 〈贈申鳧盟處士〉（《嵞山集・魯游草》）
29. 〈白下留別梅杓司〉（《嵞山集・魯游草》）
30. 〈北道行〉（《嵞山集・魯游草》）
31. 〈濟寧道中短歌〉（《嵞山集・魯游草》）
32. 〈春歸歎〉（《嵞山集・魯游草》）
33. 〈趵突泉歌〉（《嵞山集・魯游草》）
34. 〈大明湖歌〉（《嵞山集・魯游草》）
35. 〈濟水歌〉（《嵞山集・魯游草》） |

36. 〈嶽廟歌〉(《嵞山集・魯游草》)
37. 〈岱宗密雪圖歌〉(《嵞山集・魯游草》)
38. 〈題徐文長先生水墨眞蹟并正五絃司理〉(《嵞山集・魯游草》)
39. 〈六月初三夜夢與蕭尺木談詩竟日且以其居典予庭中秋花爛熳覺而異之因記以詩〉(《嵞山集・魯游草》)
40. 〈夜坐納涼有感〉(《嵞山集・魯游草》)
41. 〈李漑林副憲書來卻寄〉(《嵞山集・魯游草》)
42. 〈題張大風山人松石圖〉(《嵞山集・魯游草》)
43. 〈夢劍行〉(《嵞山集・魯游草》)
44. 〈濟寧署中喜遇潘蜀藻〉(《嵞山集・魯游草》)
45. 〈廣平謁申節愍公祠〉(《嵞山集・魯游草》)
46. 〈蔡中郎八分書歌〉(《嵞山集・魯游草》)
47. 〈將之兗州留別內子〉(《嵞山集・魯游草》)
48. 〈禊日瀓江宿烏衣鎭〉(《嵞山集・魯游草》)
49. 〈滁州〉(《嵞山集・魯游草》)
50. 〈清流關〉(《嵞山集・魯游草》)
51. 〈臨淮〉(《嵞山集・魯游草》)
52. 〈濠梁〉(《嵞山集・魯游草》)
53. 〈塗山〉(《嵞山集・魯游草》)
54. 〈宿州〉(《嵞山集・魯游草》)
55. 〈永城〉(《嵞山集・魯游草》)
56. 〈太丘祠〉(《嵞山集・魯游草》)
57. 〈酇陽〉(《嵞山集・魯游草》)
58. 〈曹縣〉(《嵞山集・魯游草》)
59. 〈定陶〉(《嵞山集・魯游草》)
60. 〈鉅野〉(《嵞山集・魯游草》)
61. 〈嘉祥〉(《嵞山集・魯游草》)
62. 〈濟寧〉(《嵞山集・魯游草》)
63. 〈兗州〉(《嵞山集・魯游草》)
64. 〈寧陽〉(《嵞山集・魯游草》)
65. 〈禹廟〉(《嵞山集・魯游草》)
66. 〈肥城〉(《嵞山集・魯游草》)
67. 〈長清〉(《嵞山集・魯游草》)
68. 〈濟南〉(《嵞山集・魯游草》)
69. 〈歷城〉(《嵞山集・魯游草》)
70. 〈曲阜〉(《嵞山集・魯游草》)
71. 〈汶上〉(《嵞山集・魯游草》)
72. 〈東平〉(《嵞山集・魯游草》)
73. 〈東阿〉(《嵞山集・魯游草》)

			74.〈東昌〉（《盒山集・魯游草》） 75.〈堂邑〉（《盒山集・魯游草》） 76.〈館陶〉（《盒山集・魯游草》） 77.〈曲周〉（《盒山集・魯游草》） 78.〈廣平〉（《盒山集・魯游草》） 79.〈大名〉（《盒山集・魯游草》） 80.〈早春寄懷馬倩若定陶〉（《盒山集・魯游草》） 81.〈清明日家祭因懷先隴〉（《盒山集・魯游草》） 82.〈將之兗州留別草堂〉（《盒山集・魯游草》） 83.〈劉家口渡河〉（《盒山集・魯游草》） 84.〈定陶署中與馬倩若夜話〉（《盒山集・魯游草》） 85.〈三月十九日鉅野道中〉（《盒山集・魯游草》） 86.〈魯故宮〉（《盒山集・魯游草》） 87.〈司理署有三塵五鶴時時至予坐隅似欲相親者因贈以詩〉（《盒山集・魯游草》） 88.〈寄懷萊州守鄧叔奇〉（《盒山集・魯游草》） 89.〈戲題趵突泉壁〉（《盒山集・魯游草》） 90.〈七忠祠讀施尚白使君碑記〉（《盒山集・魯游草》） 91.〈登岱十首〉（《盒山集・魯游草》） 92.〈午日寄懷從兄繡山〉（《盒山集・魯游草》） 93.〈歸思〉（《盒山集・魯游草》） 94.〈休夏〉（《盒山集・魯游草》） 95.〈六月十五日夜見月有懷〉（《盒山集・魯游草》） 96.〈聞從子蛟峰補濟寧兵憲寄此〉（《盒山集・魯游草》） 97.〈喜撲面到〉（《盒山集・魯游草》） 98.〈七夕宿趙無損進士村居兼晤姚山人多只〉（《盒山集・魯游草》） 99.〈嘉祥贈張護木明府〉（《盒山集・魯游草》） 100.〈雨中過淮不及上岸有懷范眉生丘季貞閻百詩諸子〉（《盒山集・魯游草》） 101.〈重至兗州贈季顯公〉（《盒山集・魯游草》） 102.〈送趙五絃之任南安〉（《盒山集・魯游草》） 103.〈廣平贈許復菴太守〉（《盒山集・魯游草》） 104.〈至日飲申亮盟齋頭同令弟觀仲隨叔〉

			（《嵞山集・魯游草》）
			105. 〈婺源汪策以出其尊人青巖傳索予題之〉（《嵞山集・魯游草》）
			106. 〈寄懷麻城劉石帆〉（《嵞山集・魯游草》）
			107. 〈三月晦日〉（《嵞山集・魯游草》）
			108. 〈晝寢〉（《嵞山集・魯游草》）
			109. 〈夜坐〉（《嵞山集・魯游草》）
			110. 〈泰山道中賦得尼父昔於此三首〉（《嵞山集・魯游草》）
			111. 〈太白酒樓〉（《嵞山集・魯游草》）
			112. 〈南池〉（《嵞山集・魯游草》）
			113. 〈遇鄉人〉（《嵞山集・魯游草》）
			114. 〈得家書〉（《嵞山集・魯游草》）
			115. 〈黃河〉（《嵞山集・魯游草》）
			116. 〈上巳渡江〉（《嵞山集・魯游草》）
			117. 〈臨淮道中〉（《嵞山集・魯游草》）
			118. 〈旅店贈歌者〉（《嵞山集・魯游草》）
			119. 〈兗州〉（《嵞山集・魯游草》）
			120. 〈五日有懷〉（《嵞山集・魯游草》）
			121. 〈五月十五夜夢孫豹人〉（《嵞山集・魯游草》）
			122. 〈夜坐〉（《嵞山集・魯游草》）
			123. 〈焚香〉（《嵞山集・魯游草》）
			124. 〈試茶〉（《嵞山集・魯游草》）
			125. 〈糊窗〉（《嵞山集・魯游草》）
			126. 〈立秋〉（《嵞山集・魯游草》）
			127. 〈苦吟〉（《嵞山集・魯游草》）
			128. 〈贈卜者〉（《嵞山集・魯游草》）
			129. 〈七月十五日悼亡〉（《嵞山集・魯游草》）
			130. 〈八月初七抵舍〉（《嵞山集・魯游草》）
清順治十八年，南明永曆十五年，辛丑（1661）	50	1. 順治帝駕崩，康熙即位。 2. 弟孔性卒。	1. 〈寄懷濟寧楊聖喻兼寄令弟聖美聖企〉（《嵞山集・西江游草》）
			2. 〈題王望如白雲書屋圖〉（《嵞山集・西江游草》）
			3. 〈施尚白少參社集秦淮分得來字即送其之任臨江〉（《嵞山集・西江游草》）
			4. 〈江行即事〉（《嵞山集・西江游草》）
			5. 〈過彭澤有懷董澹園明府〉（《嵞山集・西江游草》）
			6. 〈南昌訪周伯衡觀察〉（《嵞山集・西江游草》）
			7. 〈寄藥地上人〉（《嵞山集・西江游草》）
			8. 〈廬陵趙國子嶷讀李太虛先生召對錄悲其言之不用作五言排律百韻弘瑋瑰異洵詩史也予欲取而註之并刻以行世先成三

			十韻書其詩後〉（《嵞山集・西江游草》）
			9. 〈贈章翌茲司理〉（《嵞山集・西江游草》）
			10. 〈贈趙千門司理〉（《嵞山集・西江游草》）
			11. 〈十八灘〉（《嵞山集・西江游草》）
			12. 〈留別周計百司理〉（《嵞山集・西江游草》）
			13. 〈生米潭寄懷尚白少參〉（《嵞山集・西江游草》）
			14. 〈江上晤劉遠修即送其遊山東〉（《嵞山集・西江游草》）
			15. 〈將近樅陽舟中遣興〉（《嵞山集・西江游草》）
			16. 〈浦口過江〉（《嵞山集・西江游草》）
			17. 〈文德橋步月〉（《嵞山集・西江游草》）
			18. 〈東林茂之先生〉（《嵞山集・西江游草》）
			19. 〈答施尚白少參見訪之作〉（《嵞山集・西江游草》）
			20. 〈煙水亭歌爲崔正誼計部作〉（《嵞山集・西江游草》）
			21. 〈東湖行〉（《嵞山集・西江游草》）
			22. 〈霜螫行〉（《嵞山集・西江游草》）
			23. 〈陳士業讀書樓歌〉（《嵞山集・西江游草》）
			24. 〈李太盧宗伯招同黎左學憲飲陳士業徵君讀書樓用王子安體限樓字各賦詩三章〉（《嵞山集・西江游草》）
			25. 〈新淦訪施尚白少參〉（《嵞山集・西江游草》）
			26. 〈南風歎〉（《嵞山集・西江游草》）
			27. 〈初至虔州遇黃伯圓即送其歸南昌〉（《嵞山集・西江游草》）
			28. 〈贈高淑觀明府〉（《嵞山集・西江游草》）
			29. 〈就亭歌爲尚白少參作〉（《嵞山集・西江游草》）
			30. 〈題半山禪客卷〉（《嵞山集・西江游草》）
			31. 〈除夕歎〉（《嵞山集・西江游草》）
			32. 〈和龔孝升都憲送周元亮司農南歸韻〉（《嵞山集・西江游草》）
			33. 〈贈羅原村〉（《嵞山集・西江游草》）
			34. 〈秋至樅川〉（《嵞山集・西江游草》）
			35. 〈八弟退谷聞余歸枉步湖上留別〉（《嵞山集・西江游草》）
			36. 〈中秋夜泊望江〉（《嵞山集・西江游

			草》）
			37. 〈九江訪崔正誼員外〉（《嵞山集・西江游草》）
			38. 〈九日飲周伯衡憲副署中同倪闇公作〉（《嵞山集・西江游草》）
			39. 〈旅夜〉（《嵞山集・西江游草》）
			40. 〈信至〉（《嵞山集・西江游草》）
			41. 〈新淦訪施向白使君一宿而去〉（《嵞山集・西江游草》）
			42. 〈哭蔡芹溪〉（《嵞山集・西江游草》）
			43. 〈過十八灘〉（《嵞山集・西江游草》）
			44. 〈贈畢仲青郡丞〉（《嵞山集・西江游草》）
			45. 〈答曾庭聞孝廉見贈〉（《嵞山集・西江游草》）
			46. 〈施向白使君來卻寄〉（《嵞山集・西江游草》）
			47. 〈苦雨棟蕭伯闇孝廉〉（《嵞山集・西江游草》）
			48. 〈送陸漢東孝廉歸粵并謝其贈研〉（《嵞山集・西江游草》）
			49. 〈蕭伯闇家移竹〉（《嵞山集・西江游草》）
			50. 〈答黃波民見訪之作〉（《嵞山集・西江游草》）
			51. 〈四月朔日同汪我生錢季水白夢新飲王元倬先生齋頭〉（《嵞山集・西江游草》）
			52. 〈壽盛茂開山人八十〉（《嵞山集・西江游草》）
			53. 〈內子初度〉（《嵞山集・西江游草》）
			54. 〈七月初三夜過周元亮先生小飲有贈〉（《嵞山集・西江游草》）
			55. 〈與王燕友銀臺感舊有贈〉（《嵞山集・西江游草》）
			56. 〈喜錢牧齋先生惠書復寄〉（《嵞山集・西江游草》）
			57. 〈喜張繡虎卜居相近贈此〉（《嵞山集・西江游草》）
			58. 〈李研齋舊史遷居秦淮過訪有贈〉（《嵞山集・西江游草》）
			59. 〈柬李屺膽進士〉（《嵞山集・西江游草》）
			60. 〈張僧持賣藥南都詩以贈之〉（《嵞山集・西江游草》）
			61. 〈采石訪孔千一不遇〉（《嵞山集・西江游草》）
			62. 〈蕪陰訪羅原村〉（《嵞山集・西江游

			草》）
			63. 〈九江送周園客南歸兼懷元亮先生〉（《嵞山集・西江游草》）
			64. 〈周觀察署中喜晤倪闇公〉（《嵞山集・西江游草》）
			65. 〈章門訪陳士業徵君〉（《嵞山集・西江游草》）
			66. 〈九日雨李太虛先生以詩見招未赴重九後二日同陳士業飲李太虛齋頭〉（《嵞山集・西江游草》）
			67. 〈送周亮臣還白下〉（《嵞山集・西江游草》）
			68. 〈喜遇趙五絃少府〉（《嵞山集・西江游草》）
			69. 〈贈周計百司理〉（《嵞山集・西江游草》）
			70. 〈贈劉興父兼懷伯宗先生〉（《嵞山集・西江游草》）
			71. 〈寄懷甯山同〉（《嵞山集・西江游草》）
			72. 〈贈陳元夫別駕〉（《嵞山集・西江游草》）
			73. 〈贈賈曜南總戎〉（《嵞山集・西江游草》）
			74. 〈虔州旅懷〉（《嵞山集・西江游草》）
			75. 〈祀竈日泊豐城之曲江胡悅之枉顧舟中一宿而別悵然有作〉（《嵞山集・西江游草》）
			76. 〈臨江天寧寺同半山上人守歲〉（《嵞山集・西江游草》）
			77. 〈壽徐子星給諫母夫人〉（《嵞山集・西江游草》）
			78. 〈虔州〉（《嵞山集・西江游草》）
			79. 〈茉莉謠〉（《嵞山集・西江游草》）
			80. 〈秋蘭謠〉（《嵞山集・西江游草》）
			81. 〈春日漫興〉（《嵞山集・西江游草》）
			82. 〈潘江如自楚歸過白門訪予不值留札而去〉（《嵞山集・西江游草》）
			83. 〈閏七夕〉（《嵞山集・西江游草》）
			84. 〈題梅杓司藏卷〉（《嵞山集・西江游草》）
			85. 〈贈陳未典醫士〉（《嵞山集・西江游草》）
			86. 〈偶向鄰叟乞得斑竹數竿手植小閣西隅相訂笋生招飲〉（《嵞山集・西江游草》）
			87. 〈乍涼〉（《嵞山集・西江游草》）
			88. 〈樅川夜集送從孫董次就婚六合〉（《嵞山集・西江游草》）

			89. 〈溢浦訪琵琶亭〉(《鈍山集・西江游草》)
			90. 〈贈胡悅之處士〉(《鈍山集・西江游草》)
			91. 〈夜讀白詩〉(《鈍山集・西江游草》)
			92. 〈豐城〉(《鈍山集・西江游草》)
			93. 〈新淦〉(《鈍山集・西江游草》)
			94. 〈野泊〉(《鈍山集・西江游草》)
			95. 〈峽江〉(《鈍山集・西江游草》)
			96. 〈吉水〉(《鈍山集・西江游草》)
			97. 〈百家村〉(《鈍山集・西江游草》)
			98. 〈惶恐灘〉(《鈍山集・西江游草》)
			99. 〈題劉紫涼山人品泉圖〉(《鈍山集・西江游草》)
			100. 〈題周計百司理二影〉(《鈍山集・西江游草》)
			101. 〈去虔州日曾青藜趙國子攜酒舟中相送且留余次日看春口占謝之〉(《鈍山集・西江游草》)
			102. 〈題半山道人畫冊〉(《鈍山集・西江游草》)
			103. 〈題尙白所葳徐青藤畫冊〉(《鈍山集・西江游草》)
清康熙元年，南明永曆十六年，壬寅（1662）	51	1.復羈旅山左。	1. 〈壬寅初度奉酬尙白使君〉(《鈍山集・西江游草》)
			2. 〈正月晦日守風生米潭〉(《鈍山集・西江游草》)
			3. 〈南浦歸思〉(《鈍山集・西江游草》)
			4. 〈寒食泊東流〉(《鈍山集・西江游草》)
			5. 〈送沈治先歸宛兼寄令兄眉生〉(《鈍山集・西江游草》)
			6. 〈泊西梁山有懷舊遊〉(《鈍山集・西江游草》)
			7. 〈早春歸思〉(《鈍山集・西江游草》)
			8. 〈壽宛陵李翁〉(《鈍山集・西江游草》)
			9. 〈題郭生卷〉(《鈍山集・西江游草》)
			10. 〈題就亭圖〉(《鈍山集・西江游草》)
			11. 〈章江曉發〉(《鈍山集・西江游草》)
			12. 〈舟中望廬山有懷舊遊〉(《鈍山集・西江游草》)
			13. 〈聞李宗伯家伎並遣傷之〉(《鈍山集・西江游草》)
			14. 〈竹枝詞〉(《鈍山集・西江游草》)
			15. 〈送吳錦雯歸杭州〉(《鈍山續集》卷一)
			16. 〈送從兄水厓歸里〉(《鈍山續集》卷一)
			17. 〈徐月鹿水部署中喜遇八弟退谷〉(《鈍

			山續集》卷一）
			18. 〈賦得萬里一歸人贈張虞山〉（《盒山續集》卷一）
			19. 〈贈劉山矅學憲〉（《盒山續集》卷一）
			20. 〈贈于念劬右藩〉（《盒山續集》卷一）
			21. 〈重登岱作〉（《盒山續集》卷一）
			22. 〈投書礄〉（《盒山續集》卷一）
			23. 〈贈曲憲章州守〉（《盒山續集》卷一）
			24. 〈贈孔輔垣上公〉（《盒山續集》卷一）
			25. 〈市隱園歌贈朱石者少參〉（《盒山續集》卷二）
			26. 〈學山草廬歌贈間牛叟〉（《盒山續集》卷二）
			27. 〈送徐林還彭城兼懷李孝乾陳善長吳中黃萬瞿客諸子〉（《盒山續集》卷二）
			28. 〈書吳晦之詩後歸其兄子公綽〉（《盒山續集》卷二）
			29. 〈濟寧遇五兄凝齋即送其南歸〉（《盒山續集》卷二）
			30. 〈送姚彥遠昭還萬里兼懷陳二如都下〉（《盒山續集》卷二）
			31. 〈李溉林參知九日招飲謝之〉（《盒山續集》卷二）
			32. 〈柬姜眞源憲副〉（《盒山續集》卷二）
			33. 〈同張祖望諸駿男遊歷山飲酒家醉後作歌〉（《盒山續集》卷二）
			34. 〈同黃愚長遊石經峪〉（《盒山續集》卷二）
			35. 〈贈嚴水子山人〉（《盒山續集》卷二）
			36. 〈贈戴絲如明府〉（《盒山續集》卷二）
			37. 〈送張眉令歸永城〉（《盒山續集》卷三）
			38. 〈清江訪徐月鹿水部〉（《盒山續集》卷三）
			39. 〈贈嚴水子胡雪漁〉（《盒山續集》卷三）
			40. 〈贈魏竟甫使君〉（《盒山續集》卷三）
			41. 〈寄懷沈眉生徵君〉（《盒山續集》卷四）
			42. 〈宋其武少參枉顧舟中兼送酒資謝之〉（《盒山續集》卷四）
			43. 〈送陳二如鄉試貢北上〉（《盒山續集》卷四）
			44. 〈李條侯尊人雙壽〉（《盒山續集》卷四）
			45. 〈丘曙戒侍講招飲話舊贈此〉（《盒山續集》卷四）
			46. 〈留別徐子星給諫〉（《盒山續集》卷四）
			47. 〈送從孫有懷歸江南〉（《盒山續集》卷四）
			48. 〈登岱不得觀日悵然有作〉（《盒山續集》

			卷四）
			49.〈謁魯兩先生祠〉（《盒山續集》卷四）
			50.〈送兄子竹西歸里〉（《盒山續集》卷四）
			51.〈題劉永錫將軍畫冊〉（《盒山續集》卷四）
			52.〈贈岳鎮九進士兼懷趙無損〉（《盒山續集》卷四）
			53.〈寄懷陳襄雲處士〉（《盒山續集》卷四）
			54.〈宿遷晚泊〉（《盒山續集》卷四）
			55.〈送郭鞏之歸山石〉（《盒山續集》卷四）
			56.〈贈鄭梅龕〉（《盒山續集》卷四）
			57.〈送周元亮使君之任青州〉（《盒山續集》卷四）
			58.〈和丘季貞燈夕詩〉（《盒山續集》卷五）
			59.〈落馬湖〉（《盒山續集》卷五）
			60.〈中秋泊夏鎮〉（《盒山續集》卷五）
			61.〈青溪歎〉（《盒山續集》卷五）
			62.〈白髮歎〉（《盒山續集》卷五）
			63.〈春日漫興〉（《盒山續集》卷五）
			64.〈暑夜聞歌〉（《盒山續集》卷五）
康熙二年，癸卯（1663）	52	1.交戴蒼山人作〈四壬子圖〉。 2.撰《字學蒙求》。	1.〈早春喜程崑崙別駕見訪即送其還潤州〉（《盒山續集》卷一）
			2.〈和鼎實刺史渡江見訪賦此送之〉（《盒山續集》卷一）
			3.〈癸卯三月十九日潤州客舍同潘江如小飲述懷四十韻〉（《盒山續集》卷一）
			4.〈訪談長益村居見其子平因寄此詩〉（《盒山續集》卷一）
			5.〈萬歲樓送春詩〉（《盒山續集》卷一）
			6.〈喜遇顧茂倫杓石施又王即送又王入燕〉（《盒山續集》卷一）
			7.〈再遊焦山〉（《盒山續集》卷一）
			8.〈常州護國寺〉（《盒山續集》卷一）
			9.〈贈趙止安先生〉（《盒山續集》卷一）
			10.〈訪王雙白太平寺〉（《盒山續集》卷一）
			11.〈贈陳其年〉（《盒山續集》卷一）
			12.〈贈董文友〉（《盒山續集》卷一）
			13.〈贈孫懷澧〉（《盒山續集》卷一）
			14.〈喜晤吳賓賢郝羽吉汪舟次三子有贈〉（《盒山續集》卷一）
			15.〈書房兵曹儀凡先生傳後兼贈令嗣興公進士〉（《盒山續集》卷一）
			16.〈題劍南集〉（《盒山續集》卷一）
			17.〈大水歎〉（《盒山續集》卷一）
			18.〈縱筆〉（《盒山續集》卷一）
			19.〈題王元倬先生娛齋〉（《盒山續集》卷

			一）
			20. 〈喜遇沈仲連先生即送其南游〉（《嵞山續集》卷一）
			21. 〈元旦〉（《嵞山續集》卷二）
			22. 〈王元倬先生七十〉（《嵞山續集》卷二）
			23. 〈送兄子象山遊姑孰兼寄唐祖命張兆蘇曹梁父子吹臺孔千一諸子〉（《嵞山續集》卷二）
			24. 〈喜孫豹人見訪予爲稍遲虞山之行因作歌〉（《嵞山續集》卷二）
			25. 〈櫻桃行答周兼三見遺〉（《嵞山續集》卷二）
			26. 〈常州顯慶寺訪楊逢玉留飲作歌〉（《嵞山續集》卷二）
			27. 〈與惲仲升感舊并呈王雙白楊逢玉〉（《嵞山續集》卷二）
			28. 〈常熟訪錢牧齋先生〉（《嵞山續集》卷二）
			29. 〈答錢夕公感舊之作〉（《嵞山續集》卷二）
			30. 〈揚州訪貽上司理并爲其三十初度〉（《嵞山續集》卷二）
			31. 〈枕上聞風雨聲〉（《嵞山續集》卷二）
			32. 〈魏崑林冢襲芝麓總憲同時惠書感贈〉（《嵞山續集》卷二）
			33. 〈哭靳茶坡先生〉（《嵞山續集》卷二）
			34. 〈椰冠道人歌〉（《嵞山續集》卷二）
			35. 〈初度〉（《嵞山續集》卷三）
			36. 〈沈方鄴同王山史杜蒼略黃俞邠諸子集報恩寺分韻兼送其歸苑〉（《嵞山續集》卷三）
			37. 〈題畫爲田雪崖司理壽〉（《嵞山續集》卷三）
			38. 〈丹徒曉發與吳襄宗同舟〉（《嵞山續集》卷三）
			39. 〈武進訪岳聲國有贈〉（《嵞山續集》卷三）
			40. 〈常熟訪錢尊王雨中留飲〉（《嵞山續集》卷三）
			41. 〈毗陵遇潘蜀藻一宿而別〉（《嵞山續集》卷三）
			42. 〈老覺〉（《嵞山續集》卷三）
			43. 〈白下〉（《嵞山續集》卷三）
			44. 〈猛雨〉（《嵞山續集》卷三）
			45. 〈雨後〉（《嵞山續集》卷三）
			46. 〈獨坐〉（《嵞山續集》卷三）
			47. 〈眞州〉（《嵞山續集》卷三）

| | | | 48. 〈石塔寺懷僧介立〉(《盒山續集》卷三)
49. 〈秋霖〉(《盒山續集》卷三)
50. 〈十月十九日郜陽王幼華初度孫豹人房興公吳賓賢郗羽吉汪舟次咸集其寓予後至因贈二詩〉(《盒山續集》卷三)
51. 〈自王家營至濟寧雜詠〉(《盒山續集》卷三)
52. 〈癸卯除夕定陶署中寫懷六首並呈正誼明府〉(《盒山續集》卷三)
53. 〈寄任玉成御史〉(《盒山續集》卷四)
54. 〈贈智劍大師〉(《盒山續集》卷四)
55. 〈雪後束從子象山〉(《盒山續集》卷四)
56. 〈答王無異辛卯見懷四首〉(《盒山續集》卷四)
57. 〈送何第五之任廣州兼懷施尚白周計百〉(《盒山續集》卷四)
58. 〈夜坐〉(《盒山續集》卷四)
59. 〈潤州訪張季昭陳尊己李木仙諸子〉(《盒山續集》卷四)
60. 〈偕周兼三潘江如吳襄宗皮以立游焦山〉(《盒山續集》卷四)
61. 〈姑蘇道中〉(《盒山續集》卷四)
62. 〈登虞山〉(《盒山續集》卷四)
63. 〈別錢牧齋先生〉(《盒山續集》卷四)
64. 〈休夏〉(《盒山續集》卷四)
65. 〈喜鄰人見訪〉(《盒山續集》卷四)
66. 〈草堂〉(《盒山續集》卷四)
67. 〈白屋〉(《盒山續集》卷四)
68. 〈立秋日紀伯紫見訪草堂〉(《盒山續集》卷四)
69. 〈送吳不官還六合〉(《盒山續集》卷四)
70. 〈喜從子還青少府見訪感舊〉(《盒山續集》卷四)
71. 〈聞張子千捷音有贈〉(《盒山續集》卷四)
72. 〈與紀伯紫同舟至儀眞而別〉(《盒山續集》卷四)
73. 〈揚州九日同王貽上司理登蜀岡觀音閣〉(《盒山續集》卷四)
74. 〈送黃心甫游青州兼懷周元亮使君〉(《盒山續集》卷四)
75. 〈從兄坦菴先生招飲寓齋看菊率成二首〉(《盒山續集》卷四)
76. 〈白母八十壽詩〉(《盒山續集》卷四)
77. 〈漫興〉(《盒山續集》卷四)
78. 〈與吳賓賢同宿汪舟次齋頭有贈〉(《盒山續集》卷四) |

			79. 〈章縫村夜宿〉（《嵞山續集》卷四） 80. 〈贈韓五仲連〉（《嵞山續集》卷四） 81. 〈問旭上人三十初度〉（《嵞山續集》卷五） 82. 〈七夕書懷〉（《嵞山續集》卷五） 83. 〈次韻題吳不官詩卷〉（《嵞山續集》卷五） 84. 〈飲朱四均園中漫成二十韻〉（《嵞山續集》卷五） 85. 〈魚龍洞紀遊二十六韻〉（《嵞山續集》卷五） 86. 〈題樊會公小像〉（《嵞山續集》卷五） 87. 〈買花〉（《嵞山續集》卷五） 88. 〈與天寄上人感舊〉（《嵞山續集》卷五） 89. 〈贈歌者韻郎〉（《嵞山續集》卷五） 90. 〈午日楊靜山太史招看龍舟因出北門看竹〉（《嵞山續集》卷五） 91. 〈贈錢二郎〉（《嵞山續集》卷五） 92. 〈贈滕鍊師〉（《嵞山續集》卷五） 93. 〈紅豆詩〉（《嵞山續集》卷五） 94. 〈夜泊〉（《嵞山續集》卷五） 95. 〈丹陽〉（《嵞山續集》卷五） 96. 〈晝寢〉（《嵞山續集》卷五） 97. 〈夜坐〉（《嵞山續集》卷五） 98. 〈煮瓠〉（《嵞山續集》卷五） 99. 〈贈老僧〉（《嵞山續集》卷五） 100. 〈題倪闇公近稿〉（《嵞山續集》卷五） 101. 〈題葉九來小像〉（《嵞山續集》卷五） 102. 〈龍江關雨泊〉（《嵞山續集》卷五） 103. 〈廣陵一貴家讌客伶人呈劇目首坐者點萬歷予大呼曰不可豈有使祖宗立於堂下而我輩坐觀者乎主人重違客意予即奮袖而起曰吾寧先去留此一綫於天地間王貽上拊几曰壯哉遺民也遂改他劇〉（《嵞山續集》卷五） 104. 〈客至〉（《嵞山續集》卷五）
康熙三年，甲辰（1664）	53	1. 年初游曹南，後歸南京。 2. 是年友卒者最多，故作〈歲暮哭友〉五首。	1. 〈曹州贈何六惟重〉（《嵞山續集》卷一） 2. 〈曹南懷古〉（《嵞山續集》卷一） 3. 〈爲從兄繡山六十壽〉（《嵞山續集》卷一） 4. 〈憶昔行贈湖州守何元長〉（《嵞山續集》卷一） 5. 〈贈程姜若別駕〉（《嵞山續集》卷一） 6. 〈喜遇張則之感舊〉（《嵞山續集》卷一） 7. 〈飲李望之齋頭有贈同集者費湘人王徵宜葉伯如張子張〉（《嵞山續集》卷一）

			8. 〈錢霏玉孝廉招游白溪朱翁園有贈〉（《嵞山續集》卷一）
			9. 〈壽蕭伯闇孝廉六十〉（《嵞山續集》卷一）
			10. 〈贈黃子威〉（《嵞山續集》卷一）
			11. 〈送宗彥寶臣歸新安〉（《嵞山續集》卷一）
			12. 〈喜龔半千還金陵〉（《嵞山續集》卷一）
			13. 〈夢藥地道人〉（《嵞山續集》卷一）
			14. 〈送李太虛先生還南昌〉（《嵞山續集》卷一）
			15. 〈元旦〉（《嵞山續集》卷二）
			16. 〈百歲翁歌贈趙撝謙先生〉（《嵞山續集》卷二）
			17. 〈畫松行答王東郭見貽之作〉（《嵞山續集》卷二）
			18. 〈京口與陳翼仲飲酒家作歌〉（《嵞山續集》卷二）
			19. 〈雪溪觀水歌〉（《嵞山續集》卷二）
			20. 〈贈張禹村〉（《嵞山續集》卷二）
			21. 〈贈喬孚五〉（《嵞山續集》卷二）
			22. 〈南潯歎〉（《嵞山續集》卷二）
			23. 〈送湯宮若歸南豐〉（《嵞山續集》卷二）
			24. 〈王左軍見訪不值卻寄〉（《嵞山續集》卷二）
			25. 〈胡靜夫見訪草堂有贈〉（《嵞山續集》卷二）
			26. 〈贈湯巖夫〉（《嵞山續集》卷二）
			27. 〈贈吳子班〉（《嵞山續集》卷二）
			28. 〈施愚山少參加惠乳山林翁不一而足詩以紀之〉（《嵞山續集》卷二）
			29. 〈月下飲王左車〉（《嵞山續集》卷三）
			30. 〈夜泊毗陵〉（《嵞山續集》卷三）
			31. 〈贈劉爾符明府〉（《嵞山續集》卷三）
			32. 〈蟬〉（《嵞山續集》卷三）
			33. 〈蚊〉（《嵞山續集》卷三）
			34. 〈長興道中〉（《嵞山續集》卷三）
			35. 〈吳江訪顧茂倫即別〉（《嵞山續集》卷三）
			36. 〈京口道中〉（《嵞山續集》卷三）
			37. 〈過鍾山下〉（《嵞山續集》卷三）
			38. 〈八月十二日自茗歸〉（《嵞山續集》卷三）
			39. 〈偶集成語二句為門聯曰真作野人居請迴俗士駕復係以詩〉（《嵞山續集》卷三）
			40. 〈李闇翁寓市隱園招同黃子威陳俞公小集〉（《嵞山續集》卷三）

			41. 〈九日周雪招飲觀劇〉（《嵞山續集》卷三）
			42. 〈歲暮哭友〉（《嵞山續集》卷三）
			43. 〈初度有感〉（《嵞山續集》卷四）
			44. 〈得馬墫永公書〉（《嵞山續集》卷四）
			45. 〈送孔士崇之任宜平〉（《嵞山續集》卷四）
			46. 〈留別毋書曹州承乾〉（《嵞山續集》卷四）
			47. 〈送趙月潭太史歸無錫兼懷牧齋先生〉（《嵞山續集》卷四）
			48. 〈出太平門望後湖〉（《嵞山續集》卷四）
			49. 〈棲霞寺訪竺菴禪師〉（《嵞山續集》卷四）
			50. 〈吳饒州見末枉駕草堂出其近詩相質因及孟貞與治有感而作〉（《嵞山續集》卷四）
			51. 〈喜晤岳聲國進士〉（《嵞山續集》卷四）
			52. 〈嚴蔚宗孝廉招飲有贈〉（《嵞山續集》卷四）
			53. 〈送張則之歸宗口〉（《嵞山續集》卷四）
			54. 〈王徵宣孝廉招集遙青書并其游福州〉（《嵞山續集》卷四）
			55. 〈葉明府紫羽招游罨畫溪〉（《嵞山續集》卷四）
			56. 〈喜從弟漢士見訪〉（《嵞山續集》卷四）
			57. 〈戒酒〉（《嵞山續集》卷四）
			58. 〈題周計百看山樓〉（《嵞山續集》卷四）
			59. 〈寄懷王涓來侍講〉（《嵞山續集》卷四）
			60. 〈送王望如補官北上〉（《嵞山續集》卷四）
			61. 〈送周雪客省侍之青州〉（《嵞山續集》卷四）
			62. 〈喜從孫董次見訪草堂〉（《嵞山續集》卷四）
			63. 〈哭程少月山人〉（《嵞山續集》卷四）
			64. 〈為陳俞公五十初度〉（《嵞山續集》卷四）
			65. 〈曹子顧秘書見訪感舊〉（《嵞山續集》卷四）
			66. 〈寄懷五兄凝齋七十〉（《嵞山續集》卷四）
			67. 〈寄懷許韻遠〉（《嵞山續集》卷四）
			68. 〈去京口之前一日杜蒼略見過送以詩答此〉（《嵞山續集》卷四）
			69. 〈為梅杓司悼亡〉（《嵞山續集》卷四）
			70. 〈喜施愚山使君至即訂棲霞之游〉（《嵞

			山續集》卷四）
			71. 〈同愚山登攝山頂〉（《嵞山續集》卷四）
			72. 〈立春日何第五招同愚山夜集兼呈令兄次德〉（《嵞山續集》卷四）
			73. 〈除夕戲爲數詩〉（《嵞山續集》卷四）
			74. 〈上元月蝕爲雲所隱〉（《嵞山續集》卷五）
			75. 〈牛首山密公房〉（《嵞山續集》卷五）
			76. 〈題王元倬先生小像〉（《嵞山續集》卷五）
			77. 〈題張則之小像〉（《嵞山續集》卷五）
			78. 〈柬王汾仲〉（《嵞山續集》卷五）
			79. 〈雪後懷林茂之先生〉（《嵞山續集》卷五）
			80. 〈溪行遇牛首僧〉（《嵞山續集》卷五）
			81. 〈杜湘草有廬笛製甚工其聲亦異爲贈此詩〉（《嵞山續集》卷五）
			82. 〈題友人蛺蝶圖〉（《嵞山續集》卷五）
			83. 〈題張大風畫四首〉（《嵞山續集》卷五）
			84. 〈霜月〉（《嵞山續集》卷五）
			85. 〈答王左軍父子以詩見寄〉（《嵞山續集》卷五）
康熙四年，乙巳（1665）	54	1. 搜考六書，欲撰一書。 2. 游揚州。 3. 妻汪氏生一女。	1. 〈元旦讀陶詩〉（《嵞山續集》卷一） 2. 〈惜陰篇〉（《嵞山續集》卷一） 3. 〈題湯巖夫千文篆冊〉（《嵞山續集》卷一） 4. 〈寒食日宿掃公房〉（《嵞山續集》卷一） 5. 〈天界寺書懷〉（《嵞山續集》卷一） 6. 〈攝山紀游六十韻〉（《嵞山續集》卷一） 7. 〈立秋日汪叔定季用招同張韞仲飲愛園〉（《嵞山續集》卷一） 8. 〈贈趙五絃〉（《嵞山續集》卷一） 9. 〈別吳野人〉（《嵞山續集》卷一） 10. 〈喜左又錞見訪有贈〉（《嵞山續集》卷一） 11. 〈臘八前一日訪張瑤星松風閣小飲因至報恩寺訪楊嘉樹復飲達旦即事得三十韻〉（《嵞山續集》卷一） 12. 〈即事〉（《嵞山續集》卷一） 13. 〈西府海棠歌〉（《嵞山續集》卷二） 14. 〈東園杏花歌〉（《嵞山續集》卷二） 15. 〈贈文及先〉（《嵞山續集》卷二） 16. 〈爲彭旦兮母夫人壽〉（《嵞山續集》卷二） 17. 〈題王阮亭儀部像〉（《嵞山續集》卷二） 18. 〈金陵五峰行送王阮亭祠部北上〉（《嵞

			山續集》卷二）
			19. 〈贈戴山人葭湄〉（《盒山續集》卷二）
			20. 〈汪左嚴招同孫豹人汪秋潤及令兄舟次叔定季用泛舟紅橋作〉（《盒山續集》卷二）
			21. 〈楊東子宅題九龍山樵卷〉（《盒山續集》卷二）
			22. 〈贈吳仁趾〉（《盒山續集》卷二）
			23. 〈送徐子九歸雲間〉（《盒山續集》卷二）
			24. 〈喜關中王幼華見訪草堂〉（《盒山續集》卷二）
			25. 〈吳平露齋頭小飲作歌〉（《盒山續集》卷二）
			26. 〈寄蕭尺木先生七十〉（《盒山續集》卷二）
			27. 〈癡翁嫁女行〉（《盒山續集》卷二）
			28. 〈人日飲從子邵村宅〉（《盒山續集》卷四）
			29. 〈天界寺訪笠山師〉（《盒山續集》卷四）
			30. 〈元宵書王元倬先生詩後〉（《盒山續集》卷四）
			31. 〈哺雛軒獨坐〉（《盒山續集》卷四）
			32. 〈正月晦日喜姚六康孝廉見訪〉（《盒山續集》卷四）
			33. 〈二月初五日雨〉（《盒山續集》卷四）
			34. 〈倪闇公四十初度〉（《盒山續集》卷四）
			35. 〈施愚山書來卻寄〉（《盒山續集》卷四）
			36. 〈吳弘人見訪草堂〉（《盒山續集》卷四）
			37. 〈上巳日湯嚴夫王左車黃俞邰程子介馬永公王安節次第見過因留小飲賦此〉（《盒山續集》卷四）
			38. 〈雨後閑步〉（《盒山續集》卷四）
			39. 〈三月十九日作〉（《盒山續集》卷四）
			40. 〈過水草庵弔黃海岸先生〉（《盒山續集》卷四）
			41. 〈三月晦日送黃子捷歸建昌〉（《盒山續集》卷四）
			42. 〈送竺菴禪丈還南嶽〉（《盒山續集》卷四）
			43. 〈王左車招同湯嚴夫龔半千楊古度程子介飲莫愁湖上〉（《盒山續集》卷四）
			44. 〈同王阮亭祠部游牛首山〉（《盒山續集》卷四）
			45. 〈送彭且兮之壬丹陽〉（《盒山續集》卷四）
			46. 〈寄懷陳襄雲〉（《盒山續集》卷四）
			47. 〈揚州東李長文使君〉（《盒山續集》卷

			四）
			48. 〈六月十七夜社集王仔園齋頭賦得聽詩 靜夜分〉（《嵞山續集》卷四）
			49. 〈壽郝羽吉母〉（《嵞山續集》卷四）
			50. 〈送劉興父歸秋浦〉（《嵞山續集》卷四）
			51. 〈訪蕭伯闇新居〉（《嵞山續集》卷四）
			52. 〈九日登木末亭飲景公祠〉（《嵞山續集》 卷四）
			53. 〈王塏安節以九日詩見貽走筆答之〉 （《嵞山續集》卷四）
			54. 〈九日十五夜即事〉（《嵞山續集》卷四）
			55. 〈贈彭鍊師〉（《嵞山續集》卷四）
			56. 〈送谷語師游武夷〉（《嵞山續集》卷四）
			57. 〈酬胡吉甫先生見贈之作〉（《嵞山續集》 卷四）
			58. 〈哭林茂之先生〉（《嵞山續集》卷四）
			59. 〈笠山禪師初度〉（《嵞山續集》卷四）
			60. 〈除夕〉（《嵞山續集》卷四）
			61. 〈半嶺庵看花戲題其壁〉（《嵞山續集》 卷五）
			62. 〈同龔半千訪掃葉上人〉（《嵞山續集》 卷五）
			63. 〈二月十二日作〉（《嵞山續集》卷五）
			64. 〈又題王貽上看花圖〉（《嵞山續集》卷 五）
			65. 〈祖堂訪石谿師不遇〉（《嵞山續集》卷 五）
			66. 〈題吳子班一草亭冊〉（《嵞山續集》卷 五）
			67. 〈題姚伯輔小像〉（《嵞山續集》卷五）
			68. 〈題江天際畫〉（《嵞山續集》卷五）
			69. 〈憶予十八歲時初學爲詩清明日隨師塾 師出郭至丁翁家有絳桃綠梅二本翁言手 自種果三四年便開花師命予作絕句予 應聲云云翁大喜爲書屛間今四十餘載翁 之子某過予話舊因誦前詩附綠〉（《嵞山 續集》卷五）
康熙五年， 丙午（1666）	55	1.《六書貫》已脫 稿，詩亦得三千餘 首。 2. 編定《丙午詩》三 卷。	1. 〈早春寄鄒明府〉（《嵞山續集》卷一）
			2. 〈京口投吳少府〉（《嵞山續集》卷一）
			3. 〈禊日風雨孫豹人陳其年相約登金山不 果是夜有作〉（《嵞山續集》卷一）
			4. 〈寄懷潘江如〉（《嵞山續集》卷一）
			5. 〈題丙丁龜鑑〉（《嵞山續集》卷一）
			6. 〈何雍南爲其先人乞詩因題此作〉（《嵞山 續集》卷一）
			7. 〈夏日楊嘉樹同從孫田伯見過感時有作〉

			《嵞山續集》卷一）
			8. 〈合肥投贈龔芝麓尚書〉（《嵞山續集》卷一）
			9. 〈贈紀伯紫〉（《嵞山續集》卷一）
			10. 〈贈山曉師〉（《嵞山續集》卷一）
			11. 〈題杜蒼略冊子兼寄徐莘叟〉（《嵞山續集》卷一）
			12. 〈月夜過巢湖同張公上〉（《嵞山續集》卷一）
			13. 〈嘉興贈項嵋雪〉（《嵞山續集》卷一）
			14. 〈京口喜遇孫豹人〉（《嵞山續集》卷二）
			15. 〈送韓叔夜歸鄢陵〉（《嵞山續集》卷二）
			16. 〈贈陳延喜〉（《嵞山續集》卷二）
			17. 〈春日同孫豹人陳喜楊襟海呂弓薛飲酒家〉（《嵞山續集》卷二）
			18. 〈二周行贈周建西子常〉（《嵞山續集》卷二）
			19. 〈磨笄山下酒家同孫豹人陳其年談長益何雍南程千一小飲作歌〉（《嵞山續集》卷二）
			20. 〈程崑崙別駕招飲潘園賦謝〉（《嵞山續集》卷二）
			21. 〈常州贈王詒白廣文〉（《嵞山續集》卷二）
			22. 〈桃葉渡歌〉（《嵞山續集》卷二）
			23. 〈題孫無言新居〉（《嵞山續集》卷二）
			24. 〈郝羽吉宅同孫無言豹人汪舟次夜集兼懷吳賓賢〉（《嵞山續集》卷二）
			25. 〈江上短歌〉（《嵞山續集》卷二）
			26. 〈秋夜邀同汪舟次程飛濤周雪客潘蜀藻王安節秦淮小泛作歌〉（《嵞山續集》卷二）
			27. 〈合肥贈秦虞桓〉（《嵞山續集》卷二）
			28. 〈贈孫秋我〉（《嵞山續集》卷二）
			29. 〈贈闊古古丈〉（《嵞山續集》卷二）
			30. 〈九十九翁歌〉（《嵞山續集》卷二）
			31. 〈送姚六康之任石埭〉（《嵞山續集》卷二）
			32. 〈嘉興贈曹中峽〉（《嵞山續集》卷二）
			33. 〈答陳堯夫見贈〉（《嵞山續集》卷二）
			34. 〈王涓來侍講書室〉（《嵞山續集》卷三）
			35. 〈吳超士見訪同至雨花臺小飲而別〉（《嵞山續集》卷三）
			36. 〈燕子磯阻風〉（《嵞山續集》卷三）
			37. 〈同諸君游竹林寺歸至鶴林寺飲米元章墓柏下〉（《嵞山續集》卷三）
			38. 〈題華龍眉新居〉（《嵞山續集》卷三）

		39. 〈羅公倬招同長益豹人其年諸子小集有贈〉（《嵞山續集》卷三）
		40. 〈將去潤州別孫豹人〉（《嵞山續集》卷三）
		41. 〈夏寒〉（《嵞山續集》卷三）
		42. 〈雨中〉（《嵞山續集》卷三）
		43. 〈晝寢〉（《嵞山續集》卷三）
		44. 〈夜步〉（《嵞山續集》卷三）
		45. 〈寄壽嚴頌顯亭母夫人七十〉（《嵞山續集》卷三）
		46. 〈夜集汪舟次齋頭有贈〉（《嵞山續集》卷三）
		47. 〈七夕立秋〉（《嵞山續集》卷三）
		48. 〈中秋前二日龔孝緒招集稻香樓〉（《嵞山續集》卷三）
		49. 〈中秋日龔公芝麓復集稻香樓〉（《嵞山續集》卷三）
		50. 〈袁籜菴寓中小飲限韻〉（《嵞山續集》卷三）
		51. 〈秦虞桓招同諸公集潭影堂限韻〉（《嵞山續集》卷三）
		52. 〈李二則職方招同兄子洵羞廣文夜集〉（《嵞山續集》卷三）
		53. 〈答李述蓮見贈〉（《嵞山續集》卷三）
		54. 〈巢縣即事〉（《嵞山續集》卷三）
		55. 〈和州贈林孝草〉（《嵞山續集》卷三）
		56. 〈贈馬堯都〉（《嵞山續集》卷三）
		57. 〈贈苟與適〉（《嵞山續集》卷三）
		58. 〈贈葉梟仲〉（《嵞山續集》卷三）
		59. 〈贈林斯遠〉（《嵞山續集》卷三）
		60. 〈訪楊惺一先生村居〉（《嵞山續集》卷三）
		61. 〈飲夏又新山莊同李二則孫曼倩〉（《嵞山續集》卷三）
		62. 〈歷陽道中送龔司寇〉（《嵞山續集》卷三）
		63. 〈過張于湖讀書處因懷張文昌〉（《嵞山續集》卷三）
		64. 〈襄城伯李公墓上作〉（《嵞山續集》卷三）
		65. 〈周侯廟〉（《嵞山續集》卷三）
		66. 〈鎮淮樓〉（《嵞山續集》卷三）
		67. 〈答疊影上人〉（《嵞山續集》卷三）
		68. 〈送李武曾之上谷〉（《嵞山續集》卷三）
		69. 〈留別項崐雪〉（《嵞山續集》卷三）
		70. 〈天寧寺贈涵蒼上人〉（《嵞山續集》卷三）

			71. 〈歲暮哭友五首〉（《嵞山續集》卷三）
			72. 〈丙午初度〉（《嵞山續集》卷四）
			73. 〈元宵雨集汪西京寓齋觀妓〉（《嵞山續集》卷四）
			74. 〈春雪飲鷲峰寺〉（《嵞山續集》卷四）
			75. 〈雪中柬彭寄庵〉（《嵞山續集》卷四）
			76. 〈雨後訪吳平露汪西京不值〉（《嵞山續集》卷四）
			77. 〈上河訪王汾仲〉（《嵞山續集》卷四）
			78. 〈閱鄭所南詩〉（《嵞山續集》卷四）
			79. 〈二月二日平露西京置酒舟中送余行〉（《嵞山續集》卷四）
			80. 〈京口訪談長益〉（《嵞山續集》卷四）
			81. 〈妙高臺看月〉（《嵞山續集》卷四）
			82. 〈贈李雲士〉（《嵞山續集》卷四）
			83. 〈談長益移尊過予招同韓叔夜吳乾行何雍南程千一小集各賦一詩〉（《嵞山續集》卷四）
			84. 〈同吳園次登多景樓兼送其之任吳興〉（《嵞山續集》卷四）
			85. 〈寒食日飲酒家〉（《嵞山續集》卷四）
			86. 〈清明日程崑崙司馬招同豹人其年小飲〉（《嵞山續集》卷四）
			87. 〈王詒白廣文招同董文友陳廣明游青山莊〉（《嵞山續集》卷四）
			88. 〈端午後一日得施尚白少參書是日商聞周元亮轉江寧糧憲〉（《嵞山續集》卷四）
			89. 〈喜湯宮若見訪即送其歸江右〉（《嵞山續集》卷四）
			90. 〈答曹州何惟重見寄〉（《嵞山續集》卷四）
			91. 〈露坐〉（《嵞山續集》卷四）
			92. 〈揚州晤顧云美感舊〉（《嵞山續集》卷四）
			93. 〈答支山上人見訪之作〉（《嵞山續集》卷四）
			94. 〈夜過七弟爾從寓中小飲〉（《嵞山續集》卷四）
			95. 〈合肥贈唐祖命丈〉（《嵞山續集》卷四）
			96. 〈答龔木公見詒之作〉（《嵞山續集》卷四）
			97. 〈和州贈戴無忝兼懷令兄務旃〉（《嵞山續集》卷四）
			98. 〈姚作哲招飲話舊〉（《嵞山續集》卷四）
			99. 〈孫曼倩齋頭看菊〉（《嵞山續集》卷四）
			100. 〈孫敏克鑿池得泉屬題〉（《嵞山續集》卷四）

			101. 〈嘉興重訪陳子木〉（《嵞山續集》卷四）
			102. 〈飲朱子葆山樓〉（《嵞山續集》卷四）
			103. 〈贈大興上人〉（《嵞山續集》卷四）
			104. 〈題汪西京像卷〉（《嵞山續集》卷五）
			105. 〈邗上遇沈方鄴即送其歸苑〉（《嵞山續集》卷五）
			106. 〈潤州即事〉（《嵞山續集》卷五）
			107. 〈與諸公遊鶴林寺飲米元章墓柏下〉（《嵞山續集》卷五）
			108. 〈鶴林寺懷古〉（《嵞山續集》卷五）
			109. 〈八公巖題一微上人壁〉（《嵞山續集》卷五）
			110. 〈焦山絕頂〉（《嵞山續集》卷五）
			111. 〈中泠泉〉（《嵞山續集》卷五）
			112. 〈即事贈周建子常〉（《嵞山續集》卷五）
			113. 〈牙落〉（《嵞山續集》卷五）
			114. 〈旅食歎〉（《嵞山續集》卷五）
			115. 〈六月〉（《嵞山續集》卷五）
			116. 〈題笠山師詩卷〉（《嵞山續集》卷五）
			117. 〈夢與施愚山論詩醒而有作〉（《嵞山續集》卷五）
			118. 〈屏間題句〉（《嵞山續集》卷五）
			119. 〈題郝羽吉振衣千仞圖〉（《嵞山續集》卷五）
			120. 〈從弟既平以詩草就正題此〉（《嵞山續集》卷五）
			121. 〈過西華門〉（《嵞山續集》卷五）
			122. 〈題友人瘦馬圖〉（《嵞山續集》卷五）
			123. 〈桃花村戲答閻古古〉（《嵞山續集》卷五）
			124. 〈雨中漫興〉（《嵞山續集》卷五）
			125. 〈題鍾廣漢詩冊〉（《嵞山續集》卷五）
			126. 〈題雨凡上人像〉（《嵞山續集》卷五）
康熙六年，丁未（1667）	56	1.賣卜池州。 2.返樅川重葬母柩。	1. 〈讀畫樓詩爲周櫟園憲使作〉（《嵞山續集》卷一）
			2. 〈石埭訪姚六康明府〉（《嵞山續集》卷一）
			3. 〈贈陳益受茂才〉（《嵞山續集》卷一）
			4. 〈題周寶鐙夫人坐月浣花圖〉（《嵞山續集》卷一）
			5. 〈謁蘇岡卿祠兼贈其嗣君凝之〉（《嵞山續集》卷一）
			6. 〈登陵陽山望黃山作〉（《嵞山續集》卷一）

			7. 〈青陽道中見山家園林甚多有感而作〉（《嵞山續集》卷一）
			8. 〈贈吳山賓高士〉（《嵞山續集》卷一）
			9. 〈齊山〉（《嵞山續集》卷一）
			10. 〈西廟〉（《嵞山續集》卷一）
			11. 〈送高念祖游涇縣兼懷萬道吉〉（《嵞山續集》卷一）
			12. 〈吳興贈嚴修人進士〉（《嵞山續集》卷二）
			13. 〈訪李望之山人兼懷王徵宣孝廉〉（《嵞山續集》卷二）
			14. 〈贈劉民長茂才〉（《嵞山續集》卷二）
			15. 〈老蕩子失意行爲漢陽李雲田作〉（《嵞山續集》卷二）
			16. 〈泉酒行柬姚六康明府〉（《嵞山續集》卷二）
			17. 〈送盧升卿孝廉兼壽其母太夫人〉（《嵞山續集》卷二）
			18. 〈劉興父挽歌〉（《嵞山續集》卷二）
			19. 〈吳山賓見贈八分歌賦此答之〉（《嵞山續集》卷二）
			20. 〈丁未初度〉（《嵞山續集》卷三）
			21. 〈贈葉伯如〉（《嵞山續集》卷三）
			22. 〈贈李望之〉（《嵞山續集》卷三）
			23. 〈贈戴季默〉（《嵞山續集》卷三）
			24. 〈王無異書來卻寄〉（《嵞山續集》卷三）
			25. 〈石埭道中〉（《嵞山續集》卷三）
			26. 〈姚六康明府署中同李雲田姜鐵夫夜坐各賦三詩〉（《嵞山續集》卷三）
			27. 〈喜姚彥昭至〉（《嵞山續集》卷三）
			28. 〈寓樓遣懷〉（《嵞山續集》卷三）
			29. 〈文廟納涼〉（《嵞山續集》卷三）
			30. 〈任柋翰寓齋小飲兼令弟克家〉（《嵞山續集》卷三）
			31. 〈留別郭昆冶太守〉（《嵞山續集》卷三）
			32. 〈夜泊清谿同潘崑生〉（《嵞山續集》卷三）
			33. 〈九月八日張僧持王左車宿石頭庵贈遠逸上人〉（《嵞山續集》卷三）
			34. 〈施愚山枉駕草堂闕于展待因訂尋山之約〉（《嵞山續集》卷三）
			35. 〈至日〉（《嵞山續集》卷三）
			36. 〈早春游弁山法華寺〉（《嵞山續集》卷四）
			37. 〈嚴修人招同劉民長李望之葉伯如諸子夜集限韻〉（《嵞山續集》卷四）
			38. 〈羅鏡菴招同曾止山諸子夜集有贈〉

			《盧山續集》卷四）
		39.	〈送曾止山之吳門〉（《盧山續集》卷四）
		40.	〈三月三日飲程弘執寓兼贈令兄在茲去疑〉（《盧山續集》卷四）
		41.	〈清明日丹徒道中〉（《盧山續集》卷四）
		42.	〈喜晤宋荔裳觀察四首〉（《盧山續集》卷四）
		43.	〈午日石埭姚六康明府招同諸子燕集各賦一詩〉（《盧山續集》卷四）
		44.	〈題寓樓壁〉（《盧山續集》卷四）
		45.	〈青陽訪甯山同不值〉（《盧山續集》卷四）
		46.	〈秋浦立秋喜吳山賓見過〉（《盧山續集》卷四）
		47.	〈送孫臥公歸里〉（《盧山續集》卷四）
		48.	〈六月廿六日爲內人四十初度寄之〉（《盧山續集》卷四）
		49.	〈七夕喜甯山同至〉（《盧山續集》卷四）
		50.	〈贈石開上人〉（《盧山續集》卷四）
		51.	〈王邨雨少府見過謝之〉（《盧山續集》卷四）
		52.	〈陳碧涵學博招飲有贈〉（《盧山續集》卷四）
		53.	〈送從子處厚返潛山兼寄令岳陳襄雲〉（《盧山續集》卷四）
		54.	〈魯江訪胡逸菴不遇因補悼亡之作〉（《盧山續集》卷四）
		55.	〈吳素夫六十初度〉（《盧山續集》卷四）
		56.	〈卜仲璵移居〉（《盧山續集》卷四）
		57.	〈歷陽留別龍天士〉（《盧山續集》卷四）
		58.	〈同曹中峽飲王左車宅〉（《盧山續集》卷四）
		59.	〈臘雪吟〉（《盧山續集》卷四）
		60.	〈丁未除夕喜顧云美曾止山見過守歲〉（《盧山續集》卷四）
		61.	〈法華寺古蹟〉（《盧山續集》卷五）
		62.	〈寄懷葉子羽長興〉（《盧山續集》卷五）
		63.	〈送曾止山登舟〉（《盧山續集》卷五）
		64.	〈答程弘執送葛粉〉（《盧山續集》卷五）
		65.	〈羅鏡菴歸舟有巨魚躍入載至太湖放之乞詩〉（《盧山續集》卷五）
		66.	〈李雲田乞姚氏女畫竹寄其室寶鐙并屬予爲題小詩〉（《盧山續集》卷五）
		67.	〈陵陽山三絕句〉（《盧山續集》卷五）
		68.	〈友人席上戲爲俳體〉（《盧山續集》卷五）
		69.	〈石埭紀遊十二首〉（《盧山續集》卷五）

			70. 〈九華道中〉（《嵞山續集》卷五）
			71. 〈題石開上人所藏無道人畫〉（《嵞山續集》卷五）
			72. 〈柬龔仲震〉（《嵞山續集》卷五）
			73. 〈送行腳僧〉（《嵞山續集》卷五）
康熙七年，戊申（1668）	57	1.再謁孝陵，伏地慟哭不能起。	1. 〈戊申正月初四恭謁孝陵感懷六百字〉（《嵞山續集》卷一）
			2. 〈酬徐子能見贈之作并柬吳公令〉（《嵞山續集》卷一）
			3. 〈鄧木上招同諸子集萬竹園看牡丹得十六韻〉（《嵞山續集》卷一）
			4. 〈齒有欲落不落者因作此詩〉（《嵞山續集》卷一）
			5. 〈送石谿師還武陵兼寄劉山臞先生〉（《嵞山續集》卷一）
			6. 〈喜湯荊峴使君訪即書其母恭夫人節烈傳後〉（《嵞山續集》卷一）
			7. 〈黟縣懷古二百字〉（《嵞山續集》卷一）
			8. 〈桃嶺道中〉（《嵞山續集》卷一）
			9. 〈留別姚六康明府三首〉（《嵞山續集》卷一）
			10. 〈題吳平露所藏倪雲林畫〉（《嵞山續集》卷二）
			11. 〈送王暄文學博之官宗口〉（《嵞山續集》卷二）
			12. 〈胡母節壽詩〉（《嵞山續集》卷二）
			13. 〈送黎愧曾之任永新兼寄青原長老〉（《嵞山續集》卷二）
			14. 〈送沈方鄴遊惠州〉（《嵞山續集》卷二）
			15. 〈為姚寒玉六十壽〉（《嵞山續集》卷二）
			16. 〈喜白孟新錢季水見過小飲作歌〉（《嵞山續集》卷二）
			17. 〈桃花潭短歌〉（《嵞山續集》卷二）
			18. 〈重至石埭訪姚六康明府〉（《嵞山續集》卷二）
			19. 〈笠山師枉駕草堂奉贈二首〉（《嵞山續集》卷三）
			20. 〈靜鑑上人招同文及先湯喦夫龔半千王左車安節諸子為謝公墩之游淹留竟日賦此〉（《嵞山續集》卷三）
			21. 〈王左車四十初度〉（《嵞山續集》卷三）
			22. 〈午日泛舟〉（《嵞山續集》卷三）
			23. 〈哭葉御濤廣文〉（《嵞山續集》卷三）
			24. 〈寶華山訪見月師〉（《嵞山續集》卷三）
			25. 〈揚州訪孫豹人汪舟次即飲舟次宅令兄巖季甪續至〉（《嵞山續集》卷三）
			26. 〈雨夜同豹人宿舟次館〉（《嵞山續集》

			卷三）
			27.〈期劉藜先游蔣山〉（《嵞山續集》卷三）
			28.〈吳平露四十初度〉（《嵞山續集》卷三）
			29.〈歲暮哭友五首〉附哭弟一首（《嵞山續集》卷三）
			30.〈寒食有感〉（《嵞山續集》卷三）
			31.〈酬戴其懷學博見訪之作〉（《嵞山續集》卷三）
			32.〈上巳柬王堉安節〉（《嵞山續集》卷三）
			33.〈城南罌粟園看花〉（《嵞山續集》卷三）
			34.〈喜徐仲光雨中見過因留宿各賦二詩〉（《嵞山續集》卷三）
			35.〈午日喜周仲宣胡逸菴汪少室見過〉（《嵞山續集》卷三）
			36.〈樓居對雨〉（《嵞山續集》卷三）
			37.〈友人齋頭看竹〉（《嵞山續集》卷三）
			38.〈李笠翁齋頭同王左車雨宿〉（《嵞山續集》卷三）
			39.〈七夕送徐子能歸吳門〉（《嵞山續集》卷三）
			40.〈七月十五夜宿鄧木上齋頭同錢湘靈作〉（《嵞山續集》卷三）
			41.〈同黃仙裳今周湘芷宅兼懷顧與治先生〉（《嵞山續集》卷三）
			42.〈贈邢命石〉（《嵞山續集》卷三）
			43.〈次韻黃仙裳見過小飲〉（《嵞山續集》卷三）
			44.〈石埭道中〉（《嵞山續集》卷三）
			45.〈遇沈方鄴〉（《嵞山續集》卷三）
			46.〈宏潭遇姚彥昭〉（《嵞山續集》卷三）
			47.〈石埭遇汪少室即送其還里〉（《嵞山續集》卷三）
			48.〈題屈翁山詩集〉（《嵞山續集》卷三）
			49.〈戊申元旦蘇州顧云美嘉興朱子葆贛州曾止山紹興吳平露同集哺雛軒分賦〉（《嵞山續集》卷四）
			50.〈虎踞關訪半千新居有贈〉（《嵞山續集》卷四）
			51.〈為顧云美六十壽〉（《嵞山續集》卷四）
			52.〈得錢湘靈書卻寄〉（《嵞山續集》卷四）
			53.〈鄧元昭太史招飲中林堂因訪前輩市隱園詩予有六卷遂舉以并係長句〉（《嵞山續集》卷四）
			54.〈三藏殿避暑題七淨師壁〉（《嵞山續集》卷四）
			55.〈紀災〉（《嵞山續集》卷四）
			56.〈立秋後二日王望如明府招飲即事〉（《嵞山續集》卷四）

			57. 〈月夜過吳平露寓樓小飲限韻〉（《嵞山續集》卷四）
			58. 〈重晤黃仙裳因造酒家小飲懷舊有作〉（《嵞山續集》卷四）
			59. 〈題徐仲光荷山草堂卷〉（《嵞山續集》卷四）
			60. 〈答林二史見訪之作〉（《嵞山續集》卷四）
			61. 〈鷲峰寺前閑步〉（《嵞山續集》卷四）
			62. 〈送孔吉人遊宣城〉（《嵞山續集》卷四）
			63. 〈柬魏惟度〉（《嵞山續集》卷四）
			64. 〈為鈕翁六十壽〉（《嵞山續集》卷四）
			65. 〈中秋日支山上人林二史黃仙裳曹尤咎沈方鄴同集草堂限懷字〉（《嵞山續集》卷四）
			66. 〈九日飲邢命石水閣有感〉（《嵞山續集》卷四）
			67. 〈贈趙伯良孝廉〉（《嵞山續集》卷四）
			68. 〈送西圃雪坡二衲游天目〉（《嵞山續集》卷四）
			69. 〈寄祁門何令〉（《嵞山續集》卷四）
			70. 〈贈趙子正〉（《嵞山續集》卷四）
			71. 〈胡君渥先生七十壽〉（《嵞山續集》卷五）
			72. 〈秋花雜詠〉（《嵞山續集》卷五）
			73. 〈上巳諫王左車〉（《嵞山續集》卷五）
			74. 〈哭胡吉甫先生〉（《嵞山續集》卷五）
			75. 〈三藏庵見陳百史遺墨有感〉（《嵞山續集》卷五）
			76. 〈張玉書橫潭冊子〉（《嵞山續集》卷五）
			77. 〈題畫寄桃源令魏公〉（《嵞山續集》卷五）
			78. 〈贈汪少室四絕句〉（《嵞山續集》卷五）
			79. 〈訪王子言秘書留飲竟日有贈〉（《嵞山續集》卷五）
			80. 〈題高翁小像〉（《嵞山續集》卷五）
			81. 〈贈江天章〉（《嵞山續集》卷五）
			82. 〈趙山子齋頭看沈石田畫〉（《嵞山續集》卷五）
			83. 〈重題探藥圖〉（《嵞山續集》卷五）
			84. 〈秋夜示內〉（《嵞山續集》卷五）
			85. 〈汪我家有婢肥白而眇年二十餘尚無偶一日有眇丈夫見之悅之持厚幣取去予適逢吉期戲為俳體〉（《嵞山續集》卷五）
			86. 〈重陽後一日徐仲光送酒〉（《嵞山續集》卷五）
			87. 〈偶過朱槐里齋頭因題其小像〉（《嵞山

			續集》卷五）
			88.〈爲張僧持五十初度〉（《崙山續集》卷五）
			89.〈上河守風邂逅江天申歡如故舊邀飲江樓而張南村適至遂成大醉詩以紀之〉（《崙山續集》卷五）
			90.〈桃花潭懷古〉（《崙山續集》卷五）
			91.〈題龔半千畫贈曹明府〉（《崙山續集》卷五）
			92.〈黟縣夜酌〉（《崙山續集》卷五）
康熙八年，己酉（1669）	58	1.過蕪陰病卒，年五十八。	1.〈張夢敦庶常見訪有作賦此酬之〉（《崙山續集》卷一）
			2.〈惠山游秦園作〉（《崙山續集》卷一）
			3.〈贈湯雨七〉（《崙山續集》卷一）
			4.〈三月三日方孫魯山侍郎飲李笠翁園即事作歌〉（《崙山續集》卷二）
			5.〈送鄧木上赴北雍〉（《崙山續集》卷二）
			6.〈送吳平露黔遊〉（《崙山續集》卷二）
			7.〈王雲從招飲大觀樓感舊有作〉（《崙山續集》卷二）
			8.〈橫江短歌〉（《崙山續集》卷二）
			9.〈梁爾礪母夫人五十〉（《崙山續集》卷二）
			10.〈潤州訪王璧亭學博〉（《崙山續集》卷三）
			11.〈喜晤錢馭少高士〉（《崙山續集》卷三）
			12.〈初至梁谿訪顧修遠適周子俶徐原一諸君皆至因留飲至夜爲此詩兼贈令嗣天石〉（《崙山續集》卷三）
			13.〈贈吳伯成明府〉（《崙山續集》卷三）
			14.〈丹陽訪吳襄宗同至姜子恂園小飲復回襄宗宅談讌竟日紀以二詩〉（《崙山續集》卷三）
			15.〈上河曉發〉（《崙山續集》卷三）
			16.〈同姚開仲夜坐因憶其兄玄長〉（《崙山續集》卷三）
			17.〈立秋夜獨酌〉（《崙山續集》卷三）
			18.〈秋浦善慶庵訪孫卧公〉（《崙山續集》卷三）
			19.〈攝山絕頂〉（《崙山續集》卷三）
			20.〈初春送屈翁山返番禺〉（《崙山續集》卷四）
			21.〈再送翁山〉（《崙山續集》卷四）
			22.〈同屈翁飲周雨邨齋留宿〉（《崙山續集》卷四）
			23.〈兄子邵村五十〉（《崙山續集》卷四）
			24.〈送林二史歸莆田〉（《崙山續集》卷四）
			25.〈送葉亨立歸漳州兼懷令叔伯俞先生〉

			《盆山續集》卷四）
			26. 〈三月十九日作〉（《盆山續集》卷四）
			27. 〈吳伯成明府招同秦留仙太史周子俶顧脩遠原一龔介眉孝廉黃漢臣高士嚴蓀友徐安士顧天石馬雲翎茂才社集限韻次日伯成去吳門予亦歸矣〉（《盆山續集》卷四）
			28. 〈三月晦日秦留仙太史招同諸子讌集有贈〉（《盆山續集》卷四）
			29. 〈贈別崑山徐原一〉（《盆山續集》卷四）
			30. 〈為鄭母七十壽〉（《盆山續集》卷四）
			31. 〈送錢湘靈北游時予亦將之楚〉（《盆山續集》卷四）
			32. 〈將之皖口留別吳畊方著作〉（《盆山續集》卷四）
			33. 〈喜趙國子見訪即別〉（《盆山續集》卷四）
			34. 〈古上庵喜七弟爾從至〉（《盆山續集》卷四）
			35. 〈白鹿山莊書懷兼示從孫有懷〉（《盆山續集》卷四）
			36. 〈皖上訪程崑崙貳守〉（《盆山續集》卷四）
			37. 〈柬陳襄雲兼寄豫字爾靖元的〉（《盆山續集》卷四）
			38. 〈贈蔣素書兼送其應舉白下〉（《盆山續集》卷四）
			39. 〈七夕飲成二鴻先生三劍閣〉（《盆山續集》卷四）
			40. 〈將之無錫別王塒安節〉（《盆山續集》卷五）
			41. 〈過弘濟寺不得上岸訪蒲菴師寄此〉（《盆山續集》卷五）
			42. 〈江上觀水勢因憶程孟陽有三月春愁水不如之句遂用其語作起〉（《盆山續集》卷五）
			43. 〈錢湘靈屈翁山鄒訏士甯山同古白上人見過草堂小飲因至晏家橋看罌粟花得七絕句〉（《盆山續集》卷五）
			44. 〈胡君籲山人七十壽〉（《盆山續集》卷五）
			45. 〈陶母九十節壽詩〉（《盆山續集》卷五）